U0586893

啰

地势坤，君子以厚德载物。

戴老师
魔性诗词课

戴建业　著

北京联合出版公司
Beijing United Publishing Co.,Ltd.

图书在版编目（CIP）数据

戴老师魔性诗词课 / 戴建业著 . -- 北京 : 北京联
合出版公司 , 2020.5（2025.8 重印）

ISBN 978-7-5596-4046-8

Ⅰ . ①戴… Ⅱ . ①戴… Ⅲ . ①古典诗歌－诗歌欣赏－
中国－唐代 Ⅳ . ① I207.22

中国版本图书馆 CIP 数据核字（2020）第 036463 号

戴老师魔性诗词课

作　　者：戴建业
责任编辑：肖　桓
封面设计：UNLOOK・@ 广岛 Alvin

北京联合出版公司出版

（北京市西城区德外大街 83 号楼 9 层　100088）

河北鹏润印刷有限公司印刷　新华书店经销

字数 216 千字　880 毫米 × 1230 毫米　1/32　10.5 印张

2020 年 5 月第 1 版　2025 年 8 月第 18 次印刷

ISBN 978-7-5596-4046-8

定价：48.00 元

版权所有，侵权必究

未经许可，不得以任何方式复制或抄袭本书部分或全部内容

本书若有质量问题，请与本公司图书销售中心联系调换。电话：（010）82069336

目　录
Contents

下 篇

后记

诗国的"爷们"

——和你侃侃李白与杜甫

朋友们打开的这本小书，是我几年前讲课的录音稿，课程名称叫"走近大诗人"，这里先出版"走近李白""走近杜甫"。

"走近大诗人"，原来是我给本科生开的选修课。当年超星给我随课堂录像，想不到，后来成了"超星名师讲坛"的精品课程。在全国各个大学里，每年都有几万名学生选修，深受青年学子们的欢迎。几年前，这些视频被传出以后，又受到广大网友的厚爱。几乎地不分南北，人不分老少，很多人都喜欢看我的视频。"戴建业口音""戴建业麻普"，很长一段时间一直排在热搜榜的前几名。

原来，我的普通话竟然讲得这么"标准"！原来，"戴建业口音"还这么动听！我的个天！

本书只选录了对单篇诗歌的分析，为了便于大家对李杜诗的整体把握，特地写了这篇《诗国的"爷们"》，权当全书的"绪论"。

一、你见过双日当空吗？

鲁迅先生曾说："我以为一切好诗，到唐已被做完。"（1934年12月20日《致杨霁云书》）

这句十分夸张的名言，表明在鲁迅先生心目中，唐诗是古代诗歌的高峰，而且我们后人无法逾越。

"熟读唐诗三百首，不会作诗也会吟"，早在清代就流行这样的俗语。从宋人开始，学诗的首选是唐诗，读唐诗的首选又是盛唐诗，而盛唐的杰出代表则是李白与杜甫。

宋代严羽在《沧浪诗话》中说："夫学诗者以识为主，入门须正，立志须高，以汉魏晋盛唐为师，不作开元、天宝以下人物。"明人更强调"文必秦汉，诗必盛唐"。假如唐诗是古代诗歌的高峰，那李杜就是这座高峰上的峰顶。

天宝三载，李白和杜甫在洛阳相会，闻一多先生十分形象地比喻说，这是中国的太阳和月亮碰了头。

细究起来，这个比喻会惹来很多麻烦：首先，李、杜两人，谁才是太阳？谁只是月亮？其次，太阳和月亮偶一"碰头"，它们就将连成一条直线，立即出现日食或月食，天象就是一片天昏地暗。

相反，李白与杜甫刚一碰头，中国的诗坛上便红霞满天——出现了光耀万代的"盛唐气象"。可见，李白与杜甫在洛阳的会面，不是诗坛上的太阳和月亮碰头，而是诗国的天空双日并耀。

诗国的"盛唐气象"仅可一见，而双日并世更是旷世奇观。

古代有"大诗人"与"名诗人"之分，"大诗人"是指伟大的诗人，"名诗人"就是著名的诗人。用英语来区分"大"与"名"，就是"great"与"famous""celebrated"之别。"大诗人"不仅必须诗艺非凡，还必须人格伟大和境界崇高。"名诗人"只要诗艺高超，甚至只要某一诗体独擅，如盛唐著名诗人王昌龄就因为他长于七绝，被人尊称为"诗家夫子"。中国古代被称为"大诗人"的屈指可数，如屈原、陶渊明、李白、杜甫、苏轼等。他们中间屈、陶、苏，在各自的时代都是孤日当空，唯独李白与杜甫是双日并世。

二、"盛唐气象"长啥样？

盛世必然出现伟人，伟人必然创造盛世！

诗国的盛世就是"盛唐气象"。

"盛唐气象"到底表现在哪些方面呢？就目前的资料看，这一术语由南宋严羽首创，可他并没有告诉我们，"盛唐气象"到底"长"啥样。他只在不同的地方零零碎碎说过："盛唐诸公之诗，如颜鲁公书，既笔力雄壮，又气象浑厚。"（《答出继叔临安吴景仙书》）"子美不能为太白之飘逸，太白不能为子美之沉郁。"（《沧浪诗话·诗评》）"高岑之诗悲壮，读之使人感慨。"（《沧浪诗话·诗评》）归纳一下这几处的说法，他的"盛唐气象"是指几种风格特点：或雄壮，或浑厚，或飘逸，或沉郁，或悲壮。

要是把它仅局限于诗歌风格，那"盛唐气象"就太单薄了。其实，"盛唐气象"这一概念内涵丰富，它涵盖了盛唐诗歌的诗情、诗境、诗风和诗语。

表现宏伟阔大的境界，抒发博大宽广的胸怀，书写目空一切的自信，富于奇幻夸张的想象，运用天然入妙的语言，还有那或激昂或沉郁的情感，或明朗或冲淡或悲凉的情调……把这一切有机地融汇在一起，就是"盛唐气象"的大致模样。

"盛唐气象"出现于诗歌史上的"盛唐"，盛唐诗主要是指唐玄宗开元初至天宝末这一时期的诗歌创作，历时四五十年时间。唐人殷璠在《河岳英灵集序》中说："开元十五年后，声律风骨兼备矣。"后人通常把"开元十五年后"作为盛唐诗歌成熟和繁荣的节点。

"开元十五年后"，迎来了诗国最美的春天。此前天寒地冻，地上刺骨的寒风在逞凶，头上漫天的雪花在飞舞，花花草草的嫩芽不敢露头；此后春意阑珊，连诗人也"长恨春归无觅处"，越到后来就越是"绿肥红瘦"，一直捱到秋天便"无边落木萧萧下"。

李白与杜甫的命真好，不早不晚刚好出现于此时。

要是没有"盛唐气象"的语境，怎会产生李白和杜甫这样的大诗人？马上有人会说，要是没有李白和杜甫，又怎会有诗国的"盛唐气象"？

那么，是因为有了李白和杜甫，才有这一诗国的春天，还是因为有了诗国的春天，才会涌现出李白和杜甫？

这种先有鸡还是先有蛋似的鬼问题，是刚才写着写着才冒出来的，说真的，它把我自己也给弄蒙了。

盛唐诗坛群星璀璨，除李白和杜甫两位大诗人外，一时的著名诗人还有：王维、孟浩然、王昌龄、岑参、高适、李颀、王之涣、崔颢、王翰、祖咏、储光羲……

李杜是这盛唐诗人群体中最出色的代表，是姹紫嫣红诗苑中最鲜艳的奇葩，是无边林海中最亮眼的参天大树。

三、"盛唐气象"的"橱窗"

在唐代诗人中，也许要数李白的人生最为彪悍，他的生命力最为旺盛，他的性格最为浪漫，他的激情最为猛烈，他的夸张最为火爆。

当然，好话不能对李白一个人说尽，要把另一些好形容词给杜甫留着。

要是英国的卡莱尔仍然活着，要是他也懂中文，他那本《英雄与英雄崇拜》中的"诗人英雄"，必定会换成——或至少要加上——李白与杜甫。

在半自传著作《瞧，这个人》中，尼采写了几篇"神文"：《我为什么如此智慧》《我为什么如此聪明》《我为什么能写出如此好书》。一看标题，你就知道作者有多"狂妄自大"，有多"恬不知耻"。其实，像尼采这种盖世天才，不是他"自大"，是他本来就"大"。

盛唐诗坛上的那群诗人，同样个个自我感觉良好。"旗亭画壁"的故事大家耳熟能详，王之涣、王昌龄、高适三人，个个都觉得"老子天下第一"，逞才竞技还谁怕谁？

当然，自我感觉最好的是李白，他不仅觉得自己是天下第一，还一直觉得自己身上有"仙气"。"谪仙人"的称号，并不是对他的敷衍恭维，而是同行发自内心的惺惺相惜。

从来到这个世界，到离开这个世界，李白老人家就觉得自己不是肉胎凡身，他一直认为自己无所不能，天下没有他李白搞不定的事情。年轻时称"虽长不满七尺，而心雄万夫"（《与韩荆州书》），中年说"仰天大笑出门去，我辈岂是蓬蒿人""天生我材必有用，千金散尽还复来"，老来仍然相信自己"怀经济之才，抗巢由之节，文可以变风俗，学可以究天人"（《为宋中丞自荐表》）。

自少至老李白都以大鹏自喻，年轻时的《大鹏赋》称道大鹏"斗转而天动，山摇而海倾"的神力，直到死前的《临路歌》还唱道："大鹏飞兮振八裔，中天摧兮力不济。馀风激兮万世，游扶桑兮挂石袂。"生要"斗转天动"，死也要"飞振八裔"，当得起"生当作人杰，死亦为鬼雄"。他所抒写的是"雄"与"力"，他让人赞叹的也是"雄"与"力"，他的价值意义也主要在于"雄"与"力"——李白通过个体生命的激扬，深刻地表现了我们民族处在盛世的那种伟大的活力。

人的生命力越旺盛，他的欲望就越多，他的抱负就越大，他的眼界也就越高，因而他的痛苦可能越深，他的失望可能越惨，这使他的精神世界长期处于冲动—亢奋—希望—沮丧等骚动紧张的状态。生命力孱弱的人承受不了这种精神磨难，他们会很快就放弃了自己的抱负，压抑住自己的欲望，回到"知足常乐"式的苟且偷安。只有李白这样的强者，才敢与绝望进行搏杀，才不会向挫折和失败认输，更不会向坎坷的命运屈服。在现实世界，李白敢于"直面惨淡的人生"；在精神世界，他勇于"与狼共舞"——

　　　　五花马，千金裘，呼儿将出换美酒，与尔同销万古愁。

（《将进酒》）

　　　　抽刀断水水更流，举杯销愁愁更愁。

（《宣州谢朓楼饯别校书叔云》）

　　　　大道如青天，我独不得出。

（《行路难》）

　　　　行路难，行路难，多歧路，今安在？长风破浪会有时，直挂云帆济沧海。

（《行路难》）

　　这才是"彪悍的人生"，这才是真正的"爷们"。

　　"爷们"的本质是笑饮生命的苦酒，笑对人生的成败，生命因其"彪悍"而深广，人生因为"爷们"而坦荡。在中国古代诗人中，最为"爷们"者非李白莫属。李白是唐代诗坛上横刀立马的英雄，他单枪匹马地在心灵的王国中纵横驰骋。这位精力弥满、才情奔涌的天才，不乐于也不屑于"吟安一个字，捻断数茎须"，"兴酣落笔摇五岳，诗成笑傲凌沧洲"才是他的创作方式。严羽说"他人作诗用笔想，太白但用胸口一喷即是"，文字就是他笔下的千军万马，强烈的激情就是他驱动的滚滚洪流。李白的诗中常常带有一些宏大的意象，冲撞着另一些同样宏大的意象；一种猛烈的激情，冲击着另一种同样猛烈的激情；一种强烈的意念，排斥着另一种同样强烈的意念；他像匹脱缰的烈马从情感的一极，突然跳跃到情感的另一极。他时而被淹没在愤怒的大海，时而又被逼上绝望的悬崖，时而又登上风光旖旎的峰顶，只有生命力极其旺盛的诗人，才会在心灵深处形成这种凶猛的海啸：

君不见黄河之水天上来，奔流到海不复回。君不见高堂明镜悲白发，朝如青丝暮成雪。人生得意须尽欢，莫使金樽空对月。

（《将进酒》）

噫吁嚱，危乎高哉！蜀道之难，难于上青天！蚕丛及鱼凫，开国何茫然！尔来四万八千岁，不与秦塞通人烟。西当太白有鸟道，可以横绝峨眉巅。地崩山摧壮士死，然后天梯石栈相钩连……

（《蜀道难》）

西岳峥嵘何壮哉！黄河如丝天际来。黄河万里触山动，盘涡毂转秦地雷……

（《西岳云台歌送丹丘子》）

极度亢奋的生命激扬，不可一世的傲兀狂放，出人意表的想象夸张，使人震撼的气势力量——李白的诗歌就是"盛唐气象"的"橱窗"。

四、别样的"盛唐"

杜甫给我们展示的，是另一种"盛唐气象"。

在唐代诗人中，无疑要数杜甫的心胸最为博大，他的境界最为崇高，他的人格最为健全，他的情感最为深沉，他的眼光最为敏锐，他的感受最为细腻，他的体察最为细致。

既然李杜并肩，二人必有其共同点：他们对自己的才华都同样自信，他们的生命力都同样旺盛，都同样具有英雄主义激情，都同样具有远大的抱负，也都同样具有深厚的同情心。

李、杜二人个性、气质和才情的不同，各人诗歌内容、风格和创作方法的差异，正好揭示了"盛唐气象"内在的丰富性。李白为人热烈奔放，豪迈不羁，他的诗歌更多地表现了那个时代蓬勃向上、浪漫豪放的精神；杜甫为人则稳健节制，博大深沉，他的诗歌更多地表现了大唐由盛转衰的痛苦历程。在李白那里的纵情欢乐，无限憧憬，恣意幻想，在杜甫那里则表现为忧心忡忡，痛苦的反思，深刻的揭露。因而，李白的诗风豪放飘逸，杜甫的诗风却沉郁顿挫。

人们对杜甫的误解，可能比李白还多。

这些年的大学课堂上，教授们喜欢拿一些西方的术语，胡乱给我们的古人贴标签。莫名其妙地给杜甫贴上"现实主义诗人"，好像杜甫老是盯着脚下的土地，从来没有望过天上的星空，不仅与浪漫完全无缘，更和狂放沾不上边。

其实，在放纵和疏狂上，年轻的杜甫从来是"当仁不让"，在对才华的自信上，杜甫更与李白旗鼓相当。《奉赠韦左丞丈二十二韵》是杜甫早中期的作品，来看看他对左丞韦济的"自我介绍"：

> 甫昔少年日，早充观国宾。
> 读书破万卷，下笔如有神。
> 赋料扬雄敌，诗看子建亲。
> 李邕求识面，王翰愿卜邻。
> 自谓颇挺出，立登要路津。
> 致君尧舜上，再使风俗淳。

上大学前，我就知道"读书破万卷，下笔如有神"是伟大诗人杜甫的名句，但那时我以为他是在恭维别人，上大学后才明白这是在说他自己。想想看，今天的求职者要是吹自己"下笔如有神"，面试官肯定断言"他有病"。杜甫接着对韦左丞说，"我的赋只有扬雄可以匹敌，我的诗只有曹植可以比肩"。大家知道，扬雄和司马相如是汉赋双雄，而曹子建是唐以前被公认为最有天才的诗人。相传"才高八斗"就是说他，诗国狂人谢灵运曾说，"天下才有十斗，子建独占八斗，我一人占有一斗，剩下的一斗天下人共用"。谢灵运虽说狂得要命，但至少承认子建的才华是自己的八倍，哪知道杜甫比他更狂，觉得子建勉强才能与自己靠近。这个世上，没有最狂，只有更狂。大名士李邕求着与他见面，著名诗人王翰乐意与他为邻。"自谓颇挺出，立登要路津"，那更是赤裸裸的炫耀，赤裸裸的要官。假如你对杜甫的自负，还没有更清醒的认识，再给你读读他早年名作《望岳》的结尾：

会当凌绝顶，一览众山小！

这两句的意思是说，"我一定要登上泰山的绝顶，一定要感受一下俯瞰群山的盖世豪情"！这是"目空一切"的气概，也是藐视天下的雄心。年轻人"老子天下第一"的狂傲，诗化为"一览众山小"的豪情，这是雄心，也是眼界，更是自信。

和盛唐的大多数诗人一样，他的青年时期是在轻狂放荡中度过的。二十岁那年东游吴越，还备好了帆船准备东游扶桑："东下姑苏台，已具浮海航。到今有遗恨，不得穷扶桑。"（《壮游》）他晚年还为没有去过日本游玩而遗憾，即使今天的中国人，又有多少人去过日本呢？谁说杜甫"与浪漫不沾边"？一看诗名《壮游》就知道，杜甫是专来夸耀自己的"当年勇"："放荡齐赵间，裘马颇清狂。春歌丛台上，冬猎青丘旁。呼鹰皂枥林，逐兽云雪冈……""放荡""清狂""呼鹰""逐兽"，这一切可不是我的"诬蔑"，全都是杜甫的自供自夸。

杜甫从小就瞧不起身边那些小伙伴，觉得他们全都懵懵懂懂、浑浑噩噩，他不仅把对他们的轻视写在脸上，而且还常常挂在嘴边："脱略小时辈，结交皆老苍。饮酣视八极，俗物都茫茫。"（《壮游》）假如我是杜甫的同龄人，我肯定就成了他眼中的"俗物"。中青年的杜甫仍有强烈的英雄主义激情：

房兵曹胡马

胡马大宛名，锋棱瘦骨成。

竹批双耳峻，风入四蹄轻。

所向无空阔，真堪托死生。

骁腾有如此，万里可横行。

画鹰

素练风霜起，苍鹰画作殊。

㧐身思狡兔，侧目似愁胡。

绦镟光堪摘，轩楹势可呼。

何当击凡鸟，毛血洒平芜。

《房兵曹胡马》中的"胡马"，就是产于西北的名马。你看看那"风入四蹄轻"的矫捷轻俊，看看那"所向无空阔"的骁勇豪纵，再看看那"万里可横行"的豪气胆量，明眼人一看就明白，这是在借对胡马的形象刻画，来抒写杜甫自己目空四海的雄心，是在展现他那纵横天下的血性！《画鹰》是一首咏画诗，诗人把画鹰写得神气活现，好像马上要从白绢上飞出来似的。"㧟身思狡兔"写苍鹰攻击的本性，"侧目似愁胡"写苍鹰凶猛的英姿。最后两句说，"雄鹰呵，你什么时候去搏击长空，快把那些'凡鸟'的毛血洒满原野，铺满草丛"。此诗中的"凡鸟"，就是《壮游》中的"俗物"。由此可以看到，年轻的杜甫对平庸的厌恶，对勇武的推崇，对英雄的礼拜。

这就是我们常说的"盛唐气象"，也是大家向往的"盛世精神"。

李白与杜甫那种旺盛的生命力，那种英雄主义的激情，是我们民族处在鼎盛时期的那种伟大民族活力的折光。你看看李杜身边那帮兄弟，那"白日依山尽，黄河入海流"的开阔境界，那"欲穷千里目，更上一层楼"的远大追求，还有那"痛饮狂歌空度日，飞扬跋扈为谁雄"的张狂荒唐，更有那"可怜锦瑟筝琵琶，玉壶清酒就倡家"的轻狂放荡，我们就能更深刻地理解那个时代的"爷们"，更深切地感受恢宏、雄强与浪漫的时代精神。李杜及身边那伙兄弟全是高声大气的"爷们"，他们逢山开道，遇水筑桥，迎敌冲锋，携友醉倒……这帮"爷们"孕育于民族血气方刚的盛年，闯荡于"海日生残夜，江春入旧年"的春天。

李杜诗中的这种境界，这种激情，这种气势，这种想象，这种夸张，这种张扬，是"盛唐气象"独一无二的"特产"，也是"盛唐气象"最生动、最充分的展现。

杜甫后来实现了对自我的超越。

正是这种自我超越，使他能够表现出另一种"盛唐气象"，或者说"盛唐气象"的另一个侧面。

也正是这种自我超越，成就了他自己的伟大，使他真正地在诗歌王国"一览众山小"，使他在精神境界上甩出了盛唐那帮"爷们"几条街。

杜甫身历了大唐帝国由盛转衰的全过程，不仅目睹了民族的苦难，也和民族一起受苦受难，因而，个人的命运与民族的命运，个人的悲欢与民族的悲欢，在杜诗中总是紧紧地连在一起。这使得杜甫在抒发个人情感的时候，也是在表现民族的痛苦、悲切、焦虑和期盼，他通过个人命运的书写，在更深刻的意义上揭示了时代的精神和历史的走向，这使杜诗成为时代的"诗史"。我们来以两首杜诗代表作为例：

春望

国破山河在，城春草木深。

感时花溅泪，恨别鸟惊心。

烽火连三月，家书抵万金。

白头搔更短，浑欲不胜簪。

闻官军收河南河北

剑外忽传收蓟北，初闻涕泪满衣裳。

却看妻子愁何在，漫卷诗书喜欲狂。

白日放歌须纵酒，青春作伴好还乡。

即从巴峡穿巫峡，便下襄阳向洛阳。

大家只注意到，《春望》抒发安史之乱的惨痛，书写"国破"之际的悲泣，可完全忽略了民族的大悲与个人的巨痛，在此诗中总是水乳交融在一起。"感时花溅泪"言国，"恨别鸟惊心"因家。"烽火连三月"又言国，"家书抵万金"再说家。在这里，杜甫的家事是因国事而起，国事因而便成了他的"家事"。个体与民族就这样实现了有机统一。这两首诗都是写国事，前者泣于大悲，后者泣因大喜。"剑外忽传收蓟北"是全诗的喜因，由于喜讯过于突然，所以"初闻涕泪满衣裳"，接着而来的便是"喜欲狂"，如长江破闸奔腾而出，"白日放歌""青春作伴"，处处都洋溢着喜气，结尾两句"即从""便下"节奏之快，使人误以为杜甫不是乘车、坐船，完全像是在坐飞机、乘火箭。

　　他早年目空四海，蔑视平庸，讨厌"凡鸟"，极富英雄主义豪气，随着饱尝国事家事的惨痛，他对弱小孤寡有了更深入的了解，自然也就有了更深厚的同情，他深切地感受到"民生之多艰"，在把自己献给多难祖国的同时，也把自己献给了苦难中的人民，并把这些视为创作的动力和人生的真谛。年轻时赞美"万里可横行"的胡马，晚年却哀怜尘中的病马："尘中老尽力，岁晚病伤心。毛骨岂殊众，驯良犹至今。"（《病马》）并关切离群的孤雁："孤雁不饮啄，飞鸣声念群。谁怜一片影，相失万重云。"（《孤雁》）

　　僧肇《物不迁论》载，一个回乡老人对邻居说："吾犹昔人，非昔人也。"超越了自我以后的杜甫，也可以说他还是杜甫，但又不是当年的杜甫。

他那"致君尧舜上"的抱负，变成了"济时敢爱死"的壮心；他那博大宽广的胸怀，化成了深厚广博的仁爱；他那"万里可横行"的豪纵，变成了"安得广厦千万间"的同情心。

五、这才叫"豪放飘逸"

大家知道，"豪放飘逸"是李白诗歌的主导风格。先来"咬文嚼字"，所谓"主导风格"，是指一个作家或诗人，多种风格统一中凸显的主要特征。风格这种东西，不难于感受，可难于说明，也就是我们常说的，"明于心而不明于口"。

从字面上讲，"豪放"就是豪迈而又奔放，是指李白诗歌的感情和气势。"飘逸"先得卖个关子，"且听下回分解"。

既然豪放主要指情感和气势，这里便通过李白的"酒兴诗情"，来让朋友们感受一下什么是"豪放"。因为饮酒很容易观察到一个人的个性、为人，也容易看出一个人的情感强度。

陶渊明说"在世无所须，惟酒与长年"，李白更是被指责"离不了醇酒妇人"。我们来看看这两位伟大诗人如何饮酒。有比较才有鉴别，这句老话套用在哪儿都有效。

他们嗜酒如命虽然相同，而饮酒方式却大异其趣。

陶渊明喜欢一人独酌，而李白倾向于聚友豪饮；陶渊明喜欢细细品味，而李白则习惯海吸鲸吞。

陶渊明饮酒时，大多是一人自斟自饮，你看他品酒时的那份悠闲恬静："静寄东轩，春醪独抚"（《停云》），"一觞虽独尽，杯尽壶自倾"（《饮酒二十首》之七），"何以称我情，浊酒且自陶"（《己酉岁九月九日》）。

要是看到陶渊明这样饮酒，李白肯定要笑他"斯文"。

李白哪怕是一人独饮，照样会发酒疯似的闹得天地不宁："举杯邀明月，对饮成三人……我歌月徘徊，我舞影零乱。"（《月下独酌》）诗题明言是一人"独酌"，诗中却"邀"明月共饮，还要凑成"对影成三人"，更要一下狂歌，一下乱舞。

像他这样精力过度旺盛的人，无疑难以忍受孤寂，他借诗与酒来尽情展露才华，也借诗与酒让生命的激情得以尽情喷发："鸬鹚杓，鹦鹉杯。百年三万六千日，一日须倾三百杯。遥看汉水鸭头绿，恰似葡萄初酸醅。"（《襄阳歌》）一饮就要饮到醉眼迷蒙，远看汉江水鸭头色似的碧绿，以为是刚刚酿好的一江葡萄酒。我的个天，不仅人生百年要天天饮酒，而且天天还要狂饮三百杯；不仅要天天狂饮三百杯，而且还要饮尽一江水！

我见过一口气把一杯酒喝干的酒徒，见过一口气把一碗酒喝干的酒鬼，你见过还想一口气把一江酒喝干的酒仙吗？

兄弟，熟读几遍这首诗，你就知道饮酒的海量，什么才算"倒海翻江"；背诵几遍这首诗，你就能感受诗歌的气势，什么才算"豪迈奔放"。

再和大家一起聊"飘逸"。

从字面上讲，作为一种诗风的飘逸，是指李白的诗歌给人一种流动轻快、飘然欲飞和自然舒展的审美感受。

我们以《峨眉山月歌》为例：

峨眉山月半轮秋，影入平羌江水流。

夜发清溪向三峡，思君不见下渝州。

七绝只有 28 个字，在这 28 个字中，一连用了峨眉山、平羌江、清溪、三峡、渝州五个地名。

这是此诗最大的特点，也是此诗最大的难点。

要是一般诗人写起来，不知该有多沉重，更不知该有多死板。

要是让我写起来，不，不，不，我写不起来。要硬是用枪逼着我写，我就把这五个地名，按顺序编号为 12345 完事，要杀要剐全由你。

可李白这首诗竟然成了名作，它没有半点儿人工堆砌的痕迹，全诗读来流动轻快。试想一下，李白要是将这五个地名整齐排列，你定会觉得乏味死板，然而他巧妙地使这些地名错落有致，空间上的每一次转换，就意味着离家乡越远，而离家乡越远，对家乡的思念就越深。不同的地名标明不同的空间，诗中地名的变动就是空间的转换，空间的转换标示了离家的久远。这样，空间转化成了时间，而时间又暗示了情感，于是地名空间的转换，成了情感意识的流动。

当然，李白诗歌的飘逸，更多地还是与他的个性和想象有关。孔子说"知者乐水，仁者乐山"，乐山是因为山沉静庄重。可李白眼中的山照样飘飘欲飞，如他的另一首绝句名篇《望天门山》：

天门中断楚江开，碧水东流至此回。

两岸青山相对出，孤帆一片日边来。

天门山位于今安徽当涂县长江两岸，东岸叫东梁山，西岸叫西梁山。两山隔江对峙，形似天设的门户，"天门山"由此得名。就其夹江而峙的山形来说，天门山有点像它上游的龟山、蛇山。

毛泽东《菩萨蛮·黄鹤楼》，为我们留下了写龟、蛇二山的名句："烟雨莽苍苍，龟蛇锁大江。"这两句写出了长江的浩渺苍茫，"锁"字曲传了龟、蛇二山的险要沉雄。

李白的天门山别有风采。"两岸青山相对出"，真是神来之笔！他笔下的"两岸青山"，像舞女一样轻盈飘逸，从舞台两边联袂而出，翩翩起舞。"孤帆一片日边来"，这哪里像行于水上的船帆？活像是从天国飘然而至的飞仙。

朋友，你对"飘逸"有一点感觉了吗？

六、你能品味"沉郁顿挫"吗？

杜甫的胸襟海涵地负，杜甫的诗情悲壮深沉，而杜甫的诗艺则集其大成。

杜诗"集大成"的说法起于元稹，《新唐书·杜甫传》说得更为形象，大意是说，无论诗体、诗风还是诗艺，杜诗都称得上"千汇万状"，诗歌体裁无所不能，诗歌风格无所不有，诗歌艺术无一不精。他人没有的，杜甫全都兼有；他人不善的，杜甫全都兼善。杜甫随便匀一点残羹剩饭出来，就会让许多诗人受惠终生。

的确，杜甫是诗歌的多面手，古体近体无所不善，五言七言无一不妙，五律七律都能称圣。

中唐以后的诗人虽李杜并称，但对李白大多敬而远之，暗中学习模仿的还是杜甫。严羽在《沧浪诗话·诗评》中说："少陵诗法如孙吴，太白诗法如李广。"杜甫诗歌有规矩可循，李白诗歌不得其门而入。说白了，李白是那种脱口而出的天才，你再怎么学也望尘莫及，杜甫诗歌虽然堪称艺术的极致，可经由反复学习还可以追踪。

唐以后的诗人，虽然口口声声地钦佩李白，可私下都是以杜甫为师。

假如你不熟读杜甫诗歌，你很难理解唐以后的诗歌演变，也很难了解诗人的艺术渊源。

为了便于朋友们欣赏杜甫的诗歌，这里和大家聊聊杜诗的主导风格——沉郁顿挫。这四个字是杜甫夫子自道，原本用来形容自己的辞赋，后来人们发现这也是对他诗风的最好概括。

先解释"沉郁顿挫"字面上的意思。清代吴瞻泰在《杜诗提要》中说："少陵自道曰'沉郁顿挫'。其沉郁者，意也，顿挫者，法也。意至而法亦无不密。"吴瞻泰这段话的大意是说，"沉郁"是对诗意诗情而言的，"顿挫"是就诗歌艺术方法而言的，只要诗意浓郁，诗法自然会绵密。"沉"指杜诗感情深厚沉痛，"郁"

指感情愤闷抑郁。"顿挫"有点像书法中毛笔的顿笔和转笔，笔锋按下去停一下叫"顿"，顿后笔锋稍松再转折叫"挫"。"沉郁"指诗情，"顿挫"指诗法。

杜诗的沉郁顿挫，是指他诗歌感情深沉、抑郁、凝重，呈现出悲剧性的色彩，与这种感情相适应的表现方式，不是飞流直泻，而是婉转回旋，波澜起伏。

沉郁之情在诗中不难体会，而顿挫之法则须稍费口舌。先以《白帝城最高楼》为例：

> 城尖径仄旌旆愁，独立缥缈之飞楼。
> 峡坼云霾龙虎卧，江清日抱鼋鼍游。
> 扶桑西枝对断石，弱水东影随长流。
> 杖藜叹世者谁子？泣血迸空回白头。

这是一首著名的拗体律诗，它运用古体的句法和声调，而对仗又符合格律的要求。先看它的句法，第二句的"之"字，第七句的"者"字，这些虚字用在律诗中，诗句就变成了散文句式。第七句中的"者"字，比第二句的"之"字更有特点，因为从节奏上说，第二句还是常规的上四下三，第七句则变成了上五下二。"之飞楼"三平声可连读，"者谁子"连读则不成句。"者"字语意上应与前四字连成上五，可"杖藜叹世者"五字，念到"者"字又必须顿宕。因此，与第二句相比，第七句在句式上更为奇崛，在语调上更为艰涩。

诗人并非无谓地玩弄文字游戏，他是以奇崛艰涩之句，来抒发深沉郁闷之情。"杖藜叹世者谁子"七字，念起来一波四折，而下句"泣血迸空回白头"，"泣"已经够苦了，而且还是"泣血"，"泣血"不是滴下而是"迸空"，可见所"泣"之"血"是喷涌而出，更让人不忍看的是"回白头"。"泣"而且是"泣血"，"泣血"而且又是"迸空"，"泣血迸空"而且又"回白头"，在层层递进中表现凄苦、惨痛。这首诗的声调、句型、感情三者有机地结合，是沉郁顿挫的代表作。

根据古人的说法，杜诗中的"顿挫"，有时指声调的停顿和抑扬，有时又指章句的转折。清人常说杜诗的"顿挫"就是"句断"，特别是桐城派评点杜诗常用"断""再断"等字样。高步瀛的《唐宋诗举要》中，仍选择和保留了不少类似的评点。这一特点以后还会详谈。

如果欣赏杜诗的艺术技巧有点门槛，开始不妨把李杜诗篇对读，我们体会起来也许更为简单。

试以李杜各自的代表作为例——

李白《行路难》前面说，"行路难！行路难！多歧路，今安在"，读者都以为他已无路可走，谁也想不到李白来了个大翻转："长风破浪会有时，直挂云帆济沧海。"不仅峰回路转，而且还高唱入云。李白的代表作常常大开大合，陡起陡落，不难感受他的豪迈奔放。

再来看看杜甫的名作《登高》，颈联"万里悲秋常作客，百年多病独登台"，空间上"万里悲秋"，时间中"百年多病"，所以尾联不出意料，杜甫觉得自己的人生"艰难苦恨繁霜鬓，潦倒新停浊酒杯"，这十四字其情一字一血，其声几乎一字一顿。我们要反复诵读，才能从中领略什么是"沉郁顿挫"。

七、李杜诗篇：为何读与如何读

清人赵翼说"李杜诗篇万口传"，可见李杜诗篇流传之广，影响之大。从前会写诗歌，不只是反映一个人的修养，也不只是表现一个人的才华，还事关一个人的出路。古代的考试、社交和公务，都离不开吟诗和写诗。

"李杜诗篇"向来被视为诗歌典范，尤其是杜甫诗歌一直被奉为经典。可是，今天既不考写诗，甚至也不用吟诗，只要会编程，只要会炒股，只要会赚钱，我们的人生就能"潇洒走一回"。

如今还去读"李杜诗篇"，何苦要去自讨苦吃？干吗要去浪费宝贵的时间？

要是只想一辈子打工混饭，还真是用不着去读李杜诗篇，假如你还想有点创造，有点聪明，有点想象，有点细腻，我觉得还真应该多读点李杜诗篇。

英国培根在《谈读书》中说："读史使人明智，读诗使人灵秀，数学使人周密，科学使人深刻，伦理学使人庄重，逻辑修辞之学使人善辩。凡有所学，皆成性格。"这段名言看似头头是道，实则大多似是而非。譬如，逻辑难道只能使人"善辩"，而不能使人"周密"？读诗难道只能使人"灵秀"，而不能使人"明智"？

看来，培根先生只知其一不知其二，还不如我们老祖宗孔子说得精彩："兴于诗，立于礼，成于乐。"（《论语·泰伯》）

单说"兴于诗"。"兴"是《诗经》中的一种修辞手法，先说一件别的事物或景物，以引起自己所要歌咏的情感。"可以兴"的"兴"字，此处是作动词用，"兴"是"引譬连类"，由此可以联想到彼，学诗可以培养读者的想象力；"兴"又指"感发志意"，读诗能激发人们的生命活力。

李杜诗篇是他们旺盛的生命活力的展现，常读李白和杜甫的诗歌，能激发我们生命的激情，能激起我们创造的冲动。另外，李白是想象奇幻丰富的绝顶天才，李杜的想象又各有不同特点，李杜诗篇是培养想象力最好的教材。想象是一个人智力最重要的因素，没有想象就没有创造。

古人说读书养气，李杜诗篇气势宏伟激昂，境界开阔高远，常常吟诵李杜诗篇，能拓展我们的胸怀，开阔我们的视野。另外，杜甫诗歌还能培养我们的爱心，更能养成我们成熟的人性。长期吟诵杜甫诗歌，久而久之定会潜移默化，让我们逐渐远离浅薄，让我们越来越稳重深沉。

那么，要如何读李杜诗篇呢？

李杜并列本应不分优劣，可古人和今人一样，总喜欢拿李白和杜甫说事，有的扬李抑杜，有的扬杜抑李，不掂出个轻重谁都不肯服气。可人又没有秤那么公平，西方人说"趣味无争辩"，你喜欢或讨厌什么，其实说不出个什么道理，事实上也没有什么道理，譬如，喜欢浓艳的嫌素淡偏枯，喜欢素淡的又嫌浓艳庸俗。

李、杜二人的伟大诗篇，同是我们民族和人类的瑰宝，同样都值得大家珍视，我们为什么一定要厚此薄彼呢？当然，你可以有偏好，但不必分高低。

审美趣味越是广泛多样，就越能欣赏各种风格的作品，自然就越能获得更为丰富的精神营养，更为丰富的审美享受，这就像下馆子品菜一样，越不挑食你选择的余地就越大，能吃到的好菜也就越多。

读李杜诗歌可以先凭个人感觉，不必过分考虑专家意见。专家推荐某一经典诗篇，哪怕此诗是经典中的经典，你读后照样可能无感。这种情况十分常见，与你的欣赏能力无关。莎士比亚是公认的世界大家，可托尔斯泰把他说得不值一文。你爱吃海鲜就去吃海鲜，喜欢吃牛排就去吃牛排，同样，你喜欢哪一首诗，就先读哪一首诗，这样才能培养你的阅读兴趣。假如你真的爱上了李杜诗篇，还担心自己不读这些诗篇吗？读诗就像谈恋爱，要是爱上了它，你就会放不下它。

先要培养你对李杜的兴趣，慢慢再拓展你阅读李杜的范围。

多读以后，就是多背。读李杜这样的古代诗歌，千万不能只是默看。只默看李杜诗篇，可能终生都是门外汉。李杜那些经典名篇，尤其是那些格律诗中的经典，就像音乐一样悦耳动听，常以声调的抑扬来表现起伏的情感，反复背诵涵咏，既能加深对诗情的体验，也能增进自己语言的节奏感。

聊不完的李杜，聊下去没个完。

打住！

上 篇

01. 最浪漫的糊涂虫

　　李白长期被别人说成是"诗仙"，他一生也的确是被很多迷雾所笼罩。

　　比如，关于他的出生就被人说得邪乎其邪。有人说，就是太白金星降落在他母亲怀里面，一蹦就蹦出个李白来。李白也觉得自己身上有仙气——这个现在看起来很可笑，可在当时他是很认真的。

　　直到晚年，在九江这个地方，李白被捉到牢里去了，他才第一次感觉到自己身上没有仙气。他说："仙人殊恍惚，未若醉中真。"仙气这个东西真的是恍恍惚惚的，喝醉了酒好像有，没喝醉酒就没有。

　　李白到底是哪里人？他的出生地也是众说纷纭。

　　范传正在《唐左拾遗翰林学士李公新墓碑并序》中，提到了李白的家世。他说，李先生名白，字太白，祖上是陇西成纪人，绝户人家，搞不到家谱（为什么说他是绝户人家？李白有个儿子叫伯禽，而伯禽只养了两个女儿）。李先生的孙女在旧箱子里面找出了一张破纸，纸上只有十几行伯禽写的字。纸坏字缺，看不完整，只能大概判断，他是东晋十六国时凉武昭王李暠的第九代孙子，隋末有一房逃到了碎叶这个地方，流离散落，隐易姓名。[1]

碎叶在今天吉尔吉斯共和国的托克马克城，我看报纸，曾经有记者专门到碎叶——今天的托克马克去采访，那里关于李白的古迹什么都没有。碑文里说隋末多难、隐易姓名，这说得比较隐讳，可能是祖上在隋朝犯了什么法，所以被流放到了碎叶，在那里隐易姓名。但孤证不能成立。是否在碎叶，我们也不敢断定。

陈寅恪先生写过一篇文章叫《李太白氏族之研究》，怀疑李白不是汉人。他认为李白是胡人，第一，按历史记载，李白的样子"高准深目"，鼻子很尖，眼睛很深，显然不像汉人。汉人的样子大家都知道，面部棱角不分明，像一块平板。第二，李白他会外文。

这篇文章写了以后，并没有引起争论，既没有人反驳，也没有人赞同。原因在哪？第一，陈寅恪先生这篇文章里面有一些猜测的成分，没有确实的证据；第二，我觉得还有些民族情感因素——我们好不容易拥有一个伟大诗人，你说不是我国的？

不过，在这一点上，大家不应该有一种狭隘的民族主义。李白哪怕是个白种人，只要他是用汉语写的，只要是中华文化的乳

1　公名白，字太白，其先陇西成纪人，绝嗣之家，难求谱牒。公之孙女搜于箱箧中，得公之亡子伯禽手疏十数行。纸坏字缺，不能详备，约而计之，凉武昭王九代孙也。隋末多难，一房被窜于碎叶，流离散落，隐易姓名。

汁把他养大的，他就是我们的诗人。

孔夫子在这一点上就非常伟大，他划分人是不是属于华夏民族，不是以血统，而是以文化。倘若你用华夏的文化礼乐，则华夏之；你用胡人的文化，则胡人之。所以，中华民族才得以发展壮大。

现在一般的观点是，李白出生在今天四川的江油县，生长也是在江油县。

比如刘全白的《唐故翰林学士李君碣记》就说，"君名白，广汉人"。还有魏颢，他说得更清楚了：他既是生于蜀，也是长于蜀。

我认为，刘、魏两人说的可能更加真实一些。

但是，李白他们家族不是江油的，这肯定不存在疑问。

他们家是从外地移居过来的，不然为什么他的父亲叫李客？显然没有哪个本地人叫"客"，只有不是本地人，我们叫他客家人。

李白是不是出生在江油县，这个问题还有待考证。但是李白长在江油县，这是谁都没有否定过的。

这个地方在川西，是胡人和汉人杂居的一个地方，在这个地方有很多胡人长期居住。而且这里道教极度兴盛。大概李客是经商的，李白从小也不受传统的儒家思想的熏陶和教育。儒家家庭出来的，从小读儒家的经典。李白读的是些什么书呢？听听他自己说的——当然他老人家说的话你不能不信，但绝不能全信，他一说得兴起就有点爱吹牛皮。

他说，"五岁诵六甲"。六甲就是历书，上面有各种农历知识，也有一些神仙鬼怪，比如说今天不能结婚、今天什么神来了。"十岁观百家。轩辕以来，颇得闻矣。"[1] 他说，从盘古开天地到现在，中国历史没有他不懂的。

他说，"十五好剑术"[2]。《李翰林集序》[3] 中就专门说，李白曾经"少任侠，手刃数人"，他亲手捅死了几个人。他自己也吹牛皮，在《赠从兄襄阳少府皓》[4] 中说，"托身白刃里，杀人红尘中"。是不是真的，我们不知道，反正别人都是这样传说，他自己也不否认，好像他还为此扬扬自得，说起来手舞足蹈的样子。

到二十岁左右的时候，他的诗就写得很好，他在当地已经成了名人。

《访戴天山道士不遇》就是他年轻时候写的。这首五律写得特别漂亮：

犬吠水声中，桃花带雨浓。

树深时见鹿，溪午不闻钟。

野竹分青霭，飞泉挂碧峰。

无人知所去，愁倚两三松。

1　"少长江汉，五岁诵六甲，十岁观百家。轩辕以来，颇得闻矣。"见李白《上安州裴长史书》。

2　见李白《与韩荆州书》。

3　《李翰林集序》，唐代魏颢为《李翰林集》所写的序文。

4　《赠从兄襄阳少府皓》：结发未识事，所交尽豪雄。却秦不受赏，击晋宁为功。托身白刃里，杀人红尘中。当朝揖高义，举世称英雄。小节岂足言，退耕舂陵东。归来无产业，生事如转蓬。一朝乌裘敝，百镒黄金空。弹剑徒激昂，出门悲路穷。吾兄青云士，然诺闻诸公。所以陈片言，片言贵情通。棣华倘不接，甘与秋草同。

诗的前六句写"访戴天山道士"的所闻所见，你看，道家的圣地被他写得优美至极：犬吠应和着水声，桃花滴着新雨。深林里不时有野鹿出没，溪涧中正午时没有钟声。漫山的青霭中点缀着翠绿的野竹，碧绿的山峰上挂着银白的飞泉。我们平时听到狗叫，是在路上或街上，你能想象有瀑布声"伴奏"的狗叫有多美吗？霭是什么？是青山里的雾气，古诗中常把它说成"青翠"。野竹与青霭之间用"分"字，飞泉与碧峰之中用"挂"字，景色写得实在漂亮，用字也用得实在好。

最后两句写"不遇"。到戴天山访到了道士没有？没有。"无人知所去"，连"访"也无从访起了，他只好一个人靠着那棵松树排遣愁思。

李白二十六岁左右离开四川，来到了湖北的安陆。

在安陆，他娶到了已故宰相许圉师的孙女。

不知道是李白长得帅，还是他会吹牛皮，到底什么原因我们不知道，他居然一到安陆就娶到这么漂亮高贵的太太。

这里有个所谓的"安陆十年"，其实他老人家从来没在安陆老老实实待十年，他是把太太放在安陆住了十年。大概这个太太后来死了，他又娶了一个姓刘的太太，具体不知道什么原因，两人中间好像离异了。他老人家一辈子，哪怕个人生活也是丰富多彩的。

在这期间，他不断地向达官权贵写信。

我们看看这些信。

到了荆州，他给那个姓韩的地方长官写信，说自己"十五好剑术，遍干诸侯，三十成文章，历抵卿相。虽长不满七尺，而心雄万夫"[1]。他要靠别人赏识来当个官取得社会名声，用我们现在的话来讲，他老人家是在求职。

在另一封求职信里，他说，如果不用他，"若赫然作威，加以大怒，不许门下，逐之长途，白即膝行于前，再拜而去，西入秦海，一观国风，永辞君侯，黄鹄举矣。何王公大人之门，不可以弹长剑乎"[2]。完全是一副"此地不留爷，自有留爷处"的样子。

他原来结交过一个著名的道士吴筠，吴筠把他的诗带给了唐玄宗。唐玄宗看了诗以后很钦佩，就下了一道诏书，要接他进京。李白接到了诏书，临行前写下了这首《南陵别儿童入京》：

白酒新熟山中归，黄鸡啄黍秋正肥。
呼童烹鸡酌白酒，儿女嬉笑牵人衣。

高歌取醉欲自慰，起舞落日争光辉。
游说万乘苦不早，著鞭跨马涉远道。

会稽愚妇轻买臣，余亦辞家西入秦。
仰天大笑出门去，我辈岂是蓬蒿人。

---

1 见李白《与韩荆州书》。
2 见李白《上安州裴长史书》。

李白当时那种得意忘形的样子，一看就知道他只是一个天真的诗人，但绝不是当官的料。

刚到长安那段时间，李白真是出尽了风头。

比如，唐玄宗跟杨贵妃高兴的时候，就会把李白叫来写一首诗凑凑趣。李白开始也真的是很高兴，他在诗里把杨贵妃写得像天仙一样漂亮，用我们现在的话来说就是拍马屁，而且是连拍几首，首首拍得都好，比如，"云想衣裳花想容，春风拂槛露华浓"，又如，"一枝红艳露凝香，云雨巫山枉断肠"[1]，这么奇特的想象，这么露骨的恭维，大概只有他想得出来，也只有他说得出来。

他刚到京城的时候，贺知章看到他的《蜀道难》，说"此天上谪仙人也"。当时也流传过很多关于李白的传说，比如李白当年醉答蕃书，杨贵妃就给他磨墨，高力士给他脱靴，等等。不过，前人说说，我们听听，不必过于当真。

那个时候的文人通常都很可怜，好不容易出现个李白，因此很多文人都把想象中得意时的理想，附会到了李白的头上。对于这些传说，我本人是不太相信的。

时间一长，李白就被权贵们讨厌了。

这时，大概杨贵妃也开始讨厌他了，唐玄宗也觉得他不是当官的料。

1　李白《清平调三首》其一：云想衣裳花想容，春风拂槛露华浓。若非群玉山头见，会向瑶台月下逢。其二：一枝红艳露凝香，云雨巫山枉断肠。借问汉宫谁得似，可怜飞燕倚新妆。

而对李白来说，小官他不想当，一当就想当宰相——他在诗里羡慕的人，都是谢安、诸葛亮等一流人物，其他的人他也瞧不上眼。

不到两年，唐玄宗就让时任翰林学士的李白滚蛋了。

当时的说法比较好听，叫作"赐金放还"。"赐金"，就是给钱的意思。"赐金放还"，用现在的话来说，就是给了他一笔钱叫他滚蛋。

这一时期，李白非常痛苦，从长安到了洛阳。

由于他是名满天下的大诗人，刚一到洛阳，杜甫就慕名求见。那时杜甫一点名气都没有，李白也许是被他的诚意感动了，就和他见了一面。

结果两个人见了以后，杜甫可能是被李白那种风采迷住了，也可能是被李白的生活态度和生活方式吸引了，他居然听了李白的话，进士也不考了，跟着李白从河南洛阳出发，去了今天的河北、山东一带。

他们一起找仙人、采仙草、炼仙丹。

半路又遇上了河北的另外一个浪荡鬼——高适，三个人就一起找仙人、采仙草、炼仙丹。

时间过得很快，转眼就到了秋天。

北方的秋天很冷，这三个人都是蓬头垢面的样子，仙草没有找到，仙丹没有炼成，仙人更没有见到，很是狼狈。杜甫年纪虽然比李白要小，但他比李白要清醒一些，他对李白说："我不干了，我要回去了，你看我们三个人成天都在干些什么？"

为此，他还专门给李白写了一首诗——《赠李白》：

秋来相顾尚飘蓬，未就丹砂愧葛洪。

痛饮狂歌空度日，飞扬跋扈为谁雄？

这首诗的前两句描述了他们十分狼狈的模样。"相顾"的意思就是你看着我，我看着你，"飘蓬"就是四处在流浪，三个人都蓬头垢面的；"丹砂"就是仙丹的意思，葛洪是以前的一个炼丹家，他有一本书专门讲炼丹的，书名叫《抱朴子内篇》，所以这句"未就丹砂愧葛洪"，说的就是他们三人什么丹都没炼出来，愧对葛洪。

"痛饮狂歌空度日"，是描述他们当时的状态；"飞扬跋扈为谁雄？"是说，"我们这是为啥呢？老兄，我不干了，你去找仙人吧，我不找了，我要回去"。

之后，杜甫就离开了李白。

不久，高适也离开了。

李白一个人仍在到处流浪。

没隔多久，在山东，李白接受了一个道士的授箓[1]。在当时，授箓仪式需要七七四十九天不能睡觉，李白他老人家身体真的是很好，居然撑了很多天，但最后实在撑不住了，授箓也就没有授成。

---

1 授箓是一种道教行为。"箓"是记录神仙职位的牒文。获得"箓"的仪式，被称为授箓。

李白一辈子流浪的足迹踏遍了祖国的大江南北，几乎所有名山都因李白的到访而增辉。

在安史之乱的时候，他隐居在庐山的屏风叠。

至德元载，唐肃宗的弟弟永王李璘违背了肃宗的命令，率兵东下。他表面上是要平定天下的叛乱，其实是为了要和他的哥哥一决雌雄，争夺皇位。为了笼络天下人心，李璘派人到庐山去请李白下山，来加入他的军队，同时给了他很多承诺。

李白不懂这些政治上的算计，而且他一直想干一番惊天动地的伟大事业。听说有人请他下山带兵，十分激动，还没有下山的时候，就写了很多首诗。

比如这首《永王东巡歌》之二：

三川北虏乱如麻，四海南奔似永嘉。

但用东山谢安石，为君谈笑静胡沙。

我们来解读一下这首诗。

"川"就是河的意思，"三川"指河南的三条河，就是洛水、伊水、黄河，"三川北虏乱如麻"，就是写河南这一带全部沦落在了安禄山叛军的铁骑之下。"四海南奔似永嘉"，说的是百姓纷纷南逃就像西晋时的永嘉之乱一样。

"但用东山谢安石，为君谈笑静胡沙。"意思是说，在这个乱世只要起用他这个当代谢安，谈笑之间就可以把天下平定。

这首诗写得好是没的说的，李白的自信也是没的说的。

但是，他刚一下山，唐肃宗就派兵击溃了永王李璘，李白自然就作为叛军的一员被抓捕下狱。

　　这时李白已经五六十岁了，处境十分凄凉。犯了罪，就要判刑，一判刑就把他判到了夜郎——要把他流放到现在的贵州桐梓去。

　　李白从九江沿江而上，经过了武昌、江陵，然后到了三峡的白帝城。结果正好遇上了唐肃宗大赦天下，而李白也在被赦之列。他被赦以后，顿时喜得发疯，心里想再不用到夜郎那个鬼地方去了，所以高兴地写了一首《早发白帝城》：

　　　　朝辞白帝彩云间，千里江陵一日还。
　　　　两岸猿声啼不住，轻舟已过万重山。

　　读这首诗，就能看出李白当时高兴的程度，我们好像听到他在喊："我终于又自由了！""两岸猿声啼不住，轻舟已过万重山"，船速之快真不可想象，这哪是在乘船，分明是坐火箭。

　　在这之后，他一直在长江中下游一带流浪。

　　到六十一岁那年，他准备去参加郭子仪的部队——这一举动也是很符合他浪漫的性格。结果在行军的路上，他实在是走不动了，才不得不放弃。回去以后，他在族叔李阳冰的家里寄居了一段时间，没过多久就逝世了。

　　多年以后，白居易在他的墓前写了一首很沉痛、很深挚的诗，就是《李白墓》：

采石江边李白坟，绕田无限草连云。

可怜荒垄穷泉骨，曾有惊天动地文。

但是诗人多薄命，就中沦落不过君。

白居易在这首诗中对李白表示了无限的同情，也对他的才华表示了无限的景仰。

"但是诗人多薄命，就中沦落不过君。"这两句中，白居易说，只要是诗人都命苦，李白是诗人中命最苦的一个。我不太认可这个看法。但他有两句我特别认可："可怜荒垄穷泉骨，曾有惊天动地文。"他老人家一生真的是写了很多好东西。

李白的一生，是平凡而又不平凡的一生，是丰富多彩而又坎坷辛酸的一生。

用实业家和政治家的眼光来看，他一生没有干过一件正经的事情。他有正经工作也只有一两年的光景，就是做所谓的翰林学士那个时期，其余的时候，他都是待业人员。

史学家范文澜称他是政治上的糊涂虫。

但是，用文学家的眼光来看，他老人家一辈子好像什么事情都干过。他得到过皇帝的赏识，嘲弄过达官权贵，既有与诗人论诗品文的优雅，也有过辅时济世的雄图，还有过成仙不死的梦想。

李白的足迹，踏遍了祖国的名川大山，朋友遍及天下各地，他的一生真是丰富多彩。

总之，李白的一生，本身就是一首绝妙浪漫的诗篇。

02. 是要自由，还是要功业？

在盛唐时代，每个人都自我感觉良好，其中自我感觉最好的非李白莫属。在这一点上，没有人能比得过他。

其实，一个人如果能自我感觉好是特别幸福的，李白就是一个很幸福的人。

他在《为宋中丞自荐表》中自述才能，提到自己"怀经济之才"。经济不是"money"，是经纶济世的意思，经济之才就是治国的才能。"怀经济之才，抗巢由之节，文可以变风俗，学可以究天人。"在李白的感觉中，天下没有什么事情是他搞不定的。

才能既然很高了，志向自然也不会小。

李白在《代寿山答孟少府移文书》中，写到自己的志向："申管晏之谈，谋帝王之术，奋其智能，愿为辅弼，使寰区大定，海县清一。"他在他的许多诗文中表示，要从政就要扭转乾坤，就要做像吕尚（姜太公）、范蠡、鲁仲连、张良、诸葛亮、谢安这样一流的人物。

李白诗中常提到的这些人，在古代都被称为国士。

同样，李白也觉得自己对国家和民族有着不可推卸的责任，他有很强的历史责任感。觉得自己与他们是同类。

李白在《赠韦秘书子春》中提到"苟无济代心，独善亦何益"。这两句诗是对儒家的思想的超越。儒家说的是，"达则兼济天下，穷则独善其身"。而李白说的是，"穷也不能独善，独善并没有用"。

所以，李白对陶渊明的生活态度就很不以为然。

他在《九日登高巴陵置酒望洞庭水军》中说道："龌龊东篱下，渊明不足群。"意思是说，"陶渊明一个大男人，不去管理国家，不去当宰相，却到农村去种田，像这样窝囊的男人，我李白不跟他交朋友"。

虽然每个盛唐人都很自负，但李白的自命不凡比其他人更甚，因此不可避免地受到了一些人的嘲笑。由于他经常口出狂言，他在《上李邕》中提到过，"时人见我恒殊调，闻余大言皆冷笑"。

现在来看，我觉得李白的确很可爱，虽然他确实不太懂政治。

对自己才能高度的自信、宏伟的抱负、强烈的历史使命感，都是那个时代赐予盛唐人的，只不过，在李白身上表现得更加强烈和突出罢了。

在盛唐时代，读书人无不向往自由，而李白就是一个同时追求个人精神上和现实人生上自由的典型。

他在《代寿山答孟少府移文书》中写道："倚剑天外，挂弓扶桑，浮四海，横八荒，出宇宙之寥廓，登云天之渺茫。"这实在是浪漫极了，而且气派之大，我们现在无法想象。

李白的浪漫理想，也经常表现在他的诗歌当中。

比如，他在《寄王屋山人孟大融》中说道："愿随夫子天坛上，闲与仙人扫落花。"现代人要是没有看过《西游记》，你就不知道和仙人一起扫落花是什么样的情景，但身在唐代的李白就想到了。

拿着扫帚在天上扫落花，这实在是浪漫极了。

李白的诗歌中，嗜酒、慕仙、携妓、漫游，这四个方面是他写得最多的，同情劳动人民的诗歌极少，加起来也不过四五首。

他的这些诗歌只有放在特定的、追求精神自由、冲破社会和自然的一切限制的社会背景中，才能得到深刻的理解。

过去的李白论者，说李白是为了避世。其实，李白慕仙、漫游，并不是要远离城市，他是要冲破王法的限制和束缚，追求人生的自由。

李白一方面追求人生的自由，另一方面又想建立伟大的功业，那就必须向现实妥协，向达官权贵求情，向他们写信，拍他们马屁。这就使李白形成了所谓人生追求的悖论。

悖论的逻辑表达是：如果 A，那么就非 A；如果非 A，那么就 A。

李白同时有这两大追求，所以他一辈子过得并不好，他的灵魂从来都不安宁。

李白又想自由，又想建立伟大的功业，当他天天自由的时候，因为没有完成历史交给他的使命，他就很痛苦；但当他到中央去当官的时候，他又失去了自由，他和其他的官吏也相处不好，所以无论怎样他精神上都很痛苦。

可以通过李白所写的诗歌，来看看他的痛苦是怎么表现的。

比如，他在《酬崔五郎中》中说："壮士心飞扬，落日空叹息。"简单来说，就是他没有当上官，无法实现自己的抱负。后面他又说"幸遭圣明时，功业犹未成"。翻译成今天的话就是，"我有幸遇上了这个伟大的时代，但还是没有做出什么成果"。

从这几句可以看出，李白非常痛苦和抑郁。

从这个角度来看，他其实并不潇洒。

想要实现伟大的政治抱负，李白就必须低下高贵的头。

他曾不断地跟达官权贵写信，比如给韩荆州写的信里，他说"白，陇西布衣，流落楚汉，十五好剑术，遍干诸侯，三十成文章，历抵卿相。虽长不满七尺，而心雄万夫，皆王公大人许与气义"。

这封信完全就像今天的求职简历，里面全写着具备哪些技能。比如说，计算机过了，英语六级也过了，会写诗，还可以写古文，普通话也很不错，考了教师资格证，还编了一本书。

甚至在此之前，李白还写过不少"马屁精"之类的求职信。

在《上安州李长史书》中，他就写道："陆机作太康之杰士，未可比肩；曹植为建安之雄才，惟堪捧驾。[1]"

---

1 "陆机作太康之杰士，未可比肩；曹植为建安之雄才，惟堪捧驾。"这两句的意思是说，陆机是太康文坛上的杰出代表，仍然不能和您比肩。曹植是建安诗坛上最有雄才的诗人，可他只能当您的侍卫。"驾"，古代原来指皇帝出行仪仗的排场很大，称为"大驾"，后来"大驾"用作对人的尊称，如"大驾光临"。"捧驾"此处可以理解为侍候您，也可理解为护卫您的车驾。

这几句明显是在夸赞李长史这个人，意思是说："李长史，你的才气太大了，陆机是西晋的杰士，那和你简直就没办法比，曹植是建安的雄才，但他给你磨墨、捧驾的资格都没有。"胡乱拍了一通马屁，可惜李长史是个文盲，这里面就有问题了。

历史上，有人很会拍马屁，而且拍得不露痕迹，但李白他老人家拍得确实不怎么样。

拿我举个例子，哪个人要拍我的马屁，说："戴老师你文章写得太好了，连得诺贝尔奖的人，也没有你写得这么好。"那我一听，就觉得这个家伙是在挖苦我，八成是个浑蛋。

拍马屁拍过了，会拍得别人全身起鸡皮疙瘩。

但大家还是要理解李白。李白之所以这样做，是因为他想干一番伟大的事业。要干伟大的事业，就离不开这些人的提携，离不开这些人的举荐。所以他的这些行为，其实是可以理解的。

李白的这些游说、求情、干谒，的确是没有白费。天宝元年，唐玄宗就召他进京了。

英雄好像找到了用武之地，他以为皇帝会给自己重任，但唐玄宗发现他不是个搞政治的料子，只叫他当了翰林学士。他主要的任务，就是给唐玄宗，还有杨贵妃，凑凑趣，写写诗。

风流的皇上，美丽的妃子，浪漫的诗人，这幅画面，还真的有一点文艺复兴时期的那种味道。

浪漫、才华、富裕、风流，所有元素都有了。李白是当时宫廷生活的点缀，也是典型盛唐气象的代表。

一开始，李白还是挺高兴的，可过了一段时间，他就觉得很无聊，受不了了。他指责皇帝，"珠玉买歌笑，糟糠养贤才"。用珠玉来买歌笑，用糟糠来养贤才。用现在的话来说，就是给小人和笨蛋高薪，给忠臣和贤才低薪。

李白在京城为官这段时间，跟社会、官场格格不入。他给好友岑勋写过一首《鸣皋歌送岑征君》，抱怨自己的苦闷。

在诗里面他说："若使巢由桎梏于轩冕兮，亦奚异于麋龙蟹于风尘！哭何苦而救楚，笑何夸而却秦？吾诚不能学二子沽名矫节，以耀世兮，固将弃天地而遗身！白鸥兮飞来，长与君兮相亲。"

在这首诗中，李白把两个特别了不起的人攻击了一遍。

第一个，是楚国的申包胥，他到秦廷去哭泣救楚；第二个是鲁仲连，他谈笑之间退了秦兵。

李白在这里的意思是说："老子不愿意学这两个人沽名钓誉。我要远离天地！白鸥来吧，我要和你一起玩。"

他在中央待着很难受，但是真正离开了，到了去游山玩水的时候，他又不快活了。

唐玄宗把他老人家赐金放还以后，他一个人在山水中间又天天想着长安。

他在《金乡送韦八之西京》中写道，"狂风吹我心，西挂咸阳树"。风把他的心刮到咸阳树上去了。这两句真是写得很好，也只有李白能写出这样的句子。他的想象之奇特，是别人很难比拟的。

在南方时，李白写了《送陆判官往琵琶峡》："水国秋风夜，殊非远别时。长安如梦里，何日是归期。"这首诗表达的是，李白太想回去了，他太想首都了。

在《秋浦歌》之一中，他写道："正西望长安，下见江水流。"

在《长相思》其一中，也表达出了"长相思，摧心肝"。他老人家是实实在在地太想长安了。

过去，我总是叫孩子要有远大的志向，但现在，我不跟他谈这个问题了。李白那么浪漫潇洒的一个诗人，真的有点志向了，也是很痛苦。可见志向越远大，幸福感就越少。

李白一直到死，还非常懊恼地说"天夺壮士心"[1]，还对功业未成耿耿于怀。

李白既有盛唐时代的浪漫气息，又秉有那个时代积极进取的精神，这两种时代的潮流在他身上汇聚，在他的心灵深处，经常冲突碰撞，掀起巨大的情感浪潮，使他的灵魂不得安宁，也使他的个体生命得到了充分的激扬。

当时，没有哪个人比李白更富有生命力。

李白那种旺盛的激情，在中国诗人中极其少有。他通过自己个体生命的激扬，深刻地表现了我们民族处在鼎盛时期的那种伟大的活力。

这是李白最了不起的地方，也是李白的意义之所在。

举个例子，19 世纪美国有一个代表诗人惠特曼，他有本代表作叫《草叶集》，其中一首长诗《自我之歌》是最能代表美国精神的。

1　见于《闻李太尉大举秦兵百万出征东南懦夫请缨冀申一割之用半道病还留别金陵崔侍御十九韵》。

诗中歌颂那种强壮的肌肉，歌颂那种无边的草原。美国的精神、美国的强悍、美国的浪漫、美国旺盛的民族生命力，在惠特曼这首长诗中都得到了充分的体现。

我们现在翻译他的诗，翻译过来的效果并不是太好。

如，"哦，船长！我的船长！"完全没有它那种英语的味道——"O!Captain! my Captain!"它那种生命的激情、那种悲壮，在英汉对译过来以后，就完全不是那种感觉了。

这并不是说我们的汉语不好。

汉译英也一样，比如说我们的"床前明月光"。英文翻译那简直没办法读——"the moonlight before bed"，这读得实在是太难受了，完全不是那么回事。

总之，用英语读惠特曼的诗，和用汉语读李白诗的感受很相近。

"噫吁嚱，危乎高哉！蜀道之难，难于上青天！"读起来让人全身血脉偾张、热血沸腾。

每一个民族，都需要有像李白和惠特曼这样的诗人，需要他们去表现、去张扬民族生命力的伟大和旺盛。

03. 大唐最狠劝酒歌

李白秉有盛唐时代的两大潮流。

第一是精神上追求自由；第二是要建立伟大的功业。

这种悖论式的人生追求，造成了他的悲剧，同时也成就了他的伟大，更给他的诗情造成巨大的矛盾与痛苦，也同时带来了巨大的力量与魅力。

来看看《将进酒》这首诗。

《将进酒》，"将"这个字有的人读 jiāng，是不对的，这个字在古代是个多音字，在这里要读 qiāng。

这是一首乐府诗。在李白以前的《将进酒》，大部分是五言，李白把它改造成了七言，而且还改得非常漂亮。

君不见黄河之水天上来，奔流到海不复回。

君不见高堂明镜悲白发，朝如青丝暮成雪。

人生得意须尽欢，莫使金樽空对月。

天生我材必有用，千金散尽还复来。

烹羊宰牛且为乐，会须一饮三百杯。

岑夫子，丹丘生，将进酒，杯莫停。

与君歌一曲，请君为我侧耳听。

钟鼓馔玉不足贵，但愿长醉不复醒。

古来圣贤皆寂寞，惟有饮者留其名。

陈王昔时宴平乐，斗酒十千恣欢谑。

主人何为言少钱，径须沽取对君酌。

五花马，千金裘，呼儿将出换美酒，与尔同销万古愁。

这首诗，其实是一首劝酒歌。

李白不仅自己狂饮，还劝别人也得狂饮。读完这首诗，还真怕和李白在一起吃饭，因为他这个劝酒太狠了，你完全没办法拒绝，拒绝了显得自己不够爷们儿。

你看李白是怎么劝酒的？

他一开始就用了两个很长的排比句，极度夸张，奔腾咆哮。

"君不见黄河之水天上来，奔流到海不复回。君不见高堂明镜悲白发，朝如青丝暮成雪。"这样的句子，只有李白才写得出来。

他意思是说："喝吧！喝吧！在座的各位，你们难道没有看到黄河之水天上来，奔流到海不复回吗？光阴一去不复返了，过了这个村就没有那个店了，喝吧！喝吧！"

我读这句诗，真的有很强的体验。我今年五十四岁（编者按：当时为2010年），头发白得一塌糊涂，正是"朝如青丝暮成雪"，这是非常切实的感受。

人生短暂，本来是很悲凉的事情，但李白写得多有气势。

他说："早晨照镜子的时候，还是一头黑发。到了傍晚再去照镜子，全变白了。喝吧！喝吧！再不喝就来不及了，人生短暂，今天白昼不喝，夜晚想喝也喝不成了。"

这个排比句的前半部分，是说时光不倒流，喝酒要趁年华；后半部分，是说人生苦短，此时要是不喝，过后就喝不成了。

在劝完酒之后，接着下句就总结说："人生得意须尽欢，莫使金樽空对月。"

三杯酒下肚，李白老人家就开始亢奋，高兴得不得了。他感觉现在人生得意得不得了，也不知道他为什么这么得意。

关于这首诗写作的时间，主要有两个观点。

第一个观点，推测这首诗是在唐玄宗对李白赐金放还之后李白写的，也就是天宝三载左右，这时他应该心情很不好；另外一个观点，说是在李白第一次游长安的时候写的。

我比较偏向于第一个观点，这首诗应该是在李白被赐金放还之后写的。

"人生得意须尽欢"，在这一点上，李白跟很多人的态度不一样，和我教育孩子的态度也不一样。我总是说人生要悠着一点，要能够控制自己，自己的情感应该节制。可李白和我们说的正好相反，他是个生命力极度旺盛的人，也缺乏对自己的节制。

"control"对于他来讲简直就是天方夜谭，他完全没有节制，所以他才会写"人生得意须尽欢，莫使金樽空对月"。

李白这个人特别自信，当他三杯酒下肚以后，满脸通红，可能就会更加自信。所以来了下面这两句，"天生我材必有用，千金散尽还复来"。

他刚刚离开四川来到湖北的时候，转眼就散尽了三十多万金，他从来不知道什么叫节俭。

下面看他写的，"烹羊宰牛且为乐"，这句如果正常读，那种气势完全出来不了，应该这么读："烹羊！宰牛！且为乐！"他的节奏极度铿锵有力，这样气势就出来了。

只有李白这首诗，才能用这么铿锵的音节。你不能说："相见！时难！别亦难！"要是这样读，那简直没办法读下去。

接下来，"会须一饮三百杯"。"会"字，是唐朝人的口语。

这句是说，要不饮就不饮，一饮就要饮三百杯。他这样一说，就把别人吓到了，酒桌上很多人不敢喝了，"啪！"就把酒杯放下来了。

谁把酒杯放下来，李白就点谁的名。"岑夫子、丹丘生，将进酒，杯莫停"。

他说的"岑夫子"，就是岑勋；"丹丘生"就是元丹丘，两个人都是南阳人。我到南阳去讲过课，南阳人喝酒很厉害，也不知道这两位怎么就不行，没有给南阳人长脸。

李白为什么叫岑夫子，而不叫岑勋？夫子本来是一个尊称，在这里有点调侃的意思。我们总是把戴着个眼镜、弯腰驼背、一点生气都没有的人，叫"老夫子"。这里岑勋不喝酒，李白就叫他岑夫子。

元丹丘为什么要叫他"生"？这不是书生的意思。在唐朝，长辈叫晚辈叫"生"，铁哥们儿之间、非常好的朋友之间也称"生"。

这两个人，大概是跟李白特别要好，李白另有长篇七古送给岑勋，用我们现在的话来讲，就是死党，关系很铁的人，所以一个被调侃叫夫子，另一个叫生。

再看下面一句，"与君歌一曲，请君为我侧耳听"。

李白三杯酒下肚以后，越来越亢奋，情不自禁地唱了起来。

这跟我们今天那种文质彬彬的卡拉 OK 完全不是一回事，他完全是手舞足蹈，他狂了，他边跳边唱："钟鼓馔玉不足贵，但愿长醉不复醒。"钟鸣鼎食，边吃饭边奏乐，是古代的大家族才有的，代表了功名富贵；"馔玉"本来是指精美的食品。

可以看到，他写得很悲凉，而且有点颓废，说"功名利禄、功名富贵统统都没有用，我现在唯一的想法，就是喝个大醉"。

他很痛苦。

可就在上面几句，他还快活得不得了——"人生得意须尽欢""天生我材必有用"，可现在他已经把功名利禄都看穿了。

紧接着又说，"古来圣贤皆寂寞，惟有饮者留其名"。

从古到今那些不饮酒的、老老实实规行矩步的人，死了什么名气都没有，要想永垂不朽，就跟着他来喝酒。

从这句来看，整首诗都是在劝酒，高兴的时候在劝，难过的时候还是在劝。

不过，从这几句也可以看到李白矛盾的地方。

他刚才说"钟鼓馔玉不足贵，但愿长醉不复醒"，说的是功名利禄都不要。但是紧接着，他老人家连喝酒也想要"留其名"，也想着永垂不朽。其实，他对功名还是看得重得很，连喝酒都想到要永垂不朽。

"陈王昔时宴平乐，斗酒十千恣欢谑。"这是在举例子，说明上一句"惟有饮者留其名"。

为什么拿曹植来举例？

因为在李白和杜甫以前，曹植被认为是才气最大、成就最高的诗人。南朝的谢灵运还曾经吹了牛皮，说天下的才气共有一石——就是十斗，子建（曹植）独占八斗，他谢灵运占了一斗，剩下的一斗，都是其他天下人共着用。

"斗酒十千"，他是说酒很贵，每斗酒要十千钱。用现在的话来讲，就是上万块钱，比茅台还贵。这是夸张了，对李白的话不要太较真。

接着往下看，"主人何为言少钱，径须沽取对君酌"。

意思是说，"我怎么可能没有钱呢？在座的各位，什么都不用管，你们只管喝酒"！可以感觉到，他这个时候已经亢奋得不行了。

他的歌要唱完了，他说"五花马，千金裘。呼儿将出换美酒"。

"五花马"是那时很珍贵的马。有人说，它因马鬃有五种花纹而得名，也有人说，是将马鬃人工剪出五种花瓣来，总之是一种名贵的马。

"千金裘"就是又轻又暖和的皮大衣，很贵重的那种——好像由于古代的野兽很多，即使是裘也只值千金，不像我们今天的裘大衣，那都是几十万，对吧？

"将"在这个地方读 jiāng。

他说，"儿子你把五花马、千金裘给老子去当了，换酒给老子喝"！这醉得有点吓死人。

底下他又接着说，"与尔同销万古愁"。这真不知道他是个什么愁。我想了好多年没有想明白，他的愁怎么那么多，居然是个万古愁。

李白这首诗，到底是想表达什么样的思想感情呢？

关于这一点，其实也是众说纷纭。在 20 世纪 30 年代，有人把这首诗当成了李白是个颓废诗人的证据。也有人说，这首诗是李白乐观自信的一个证明。那到底该怎么看待这首诗呢？

之前提到过李白悖论式的人生追求，这首诗的特点其实与之十分相像。

裴斐先生在《李白诗论》中说过："在《将进酒》中，有着浩如烟海的忧郁和愤怒的情绪。""人生若梦是贯穿着全篇的主题。"不过他又认为这首诗中的"人生若梦"与剥削者的"人生若梦"不同，它"反而激起人民产生奋发的情绪"。

裴斐先生的观点到底对不对？

第一，这首诗"有着浩如烟海的忧郁和愤怒的情绪"。不能说完全正确，它的确有愤怒，也有忧郁，但是这首诗也有快乐——"人生得意须尽欢，莫使金樽空对月"。

第二，如果是人生若梦，什么都是空的，那么就不会有痛苦，心如止水，什么都掀不起波澜。我们之所以痛苦，是因为我们觉得人生不是梦，我们都还在较真。李白也是一样。所以，显然这首诗表达的不是人生若梦的主题。

第三，他说，李白的人生若梦，就是好的人生若梦，和剥削者的人生若梦不同。这种阶级分析的方法，我觉得还是过于简单了，人生若梦就是人生若梦，所有人的都一样，人生就是一场梦，什么都是假的。

这首诗之所以能给人奋发的力量，不是因为它的人生若梦，而是因为它像李白的很多代表作一样，表现的不是单一的情绪，也不是单一的主题。

诗人高度的自信与彻底的自卑同在，无边的欢乐与无边的忧伤并存。

他一方面在鄙弃功名富贵——"钟鼓馔玉不足贵"，另一方面又说"惟有饮者留其名"，就是鄙弃富贵与猎取功名对峙，旷达放纵与坚定执着关联。

无论是欢乐还是忧伤、是自信还是失望，不同性质的情绪，矛盾双方都非常强烈，而又毫无节制。这两种情感，往往从一极突然跳到另一极，从最快乐跳到最忧伤。从"人生得意须尽欢"，跳到"与尔同销万古愁"；从"但愿长醉不复醒"，跳到"惟有饮者留其名"。两者之间没有明显的联系，只有一目了然的龃龉与对立，两种矛盾情绪的相互碰撞，激起巨大的情感波澜，给人以强大的艺术震撼力。

这就是李白的诗歌，他给人的感受不是消沉，而是无穷的力量。

04. 把高尚和功利都嘲讽了一通

　　《梁园吟》是李白被逐出长安以后，和杜甫、高适一起游大梁、游宋州的时候写的。他们从洛阳出发到开封，路上遇到了很多人，见了很多事，到开封李白写了这首诗：

　　　　我浮黄河去京阙，挂席欲进波连山。
　　　　天长水阔厌远涉，访古始及平台间。
　　　　平台为客忧思多，对酒遂作梁园歌。
　　　　却忆蓬池阮公咏，因吟"渌水扬洪波"。
　　　　洪波浩荡迷旧国，路远西归安可得。
　　　　人生达命岂暇愁，且饮美酒登高楼。
　　　　平头奴子摇大扇，五月不热疑清秋。
　　　　玉盘杨梅为君设，吴盐如花皎白雪。
　　　　持盐把酒但饮之，莫学夷齐事高洁。
　　　　昔人豪贵信陵君，今人耕种信陵坟。

荒城虚照碧山月，古木尽入苍梧云。

梁王宫阙今安在？枚马先归不相待。

舞影歌声散绿池，空馀汴水东流海。

沉吟此事泪满衣，黄金买醉未能归。

连呼五白行六博，分曹赌酒酣驰晖。

歌且谣，意方远。

东山高卧时起来，欲济苍生未应晚。

这首诗中引用了很多典故，需要先把文字疏通一下。

"我浮黄河去京阙"，"去"就是离开，"京阙"就是首都长安。

"挂席欲进波连山"，"挂席"，又叫"挂帆"，也就是乘船，所以下面有"波连山"，这句意思是说，人生的道路非常艰难。

"天长水阔厌远涉"，他说不想跑得太远了。

"访古始及平台间"，这里说的"平台"，由春秋时候太宰皇国父为宋平公所建，在今天开封的东南边。

"平台为客忧思多，对酒遂作梁园歌。"可以看出，这首诗的情感基调是忧思。他在这里玩得很不痛快，心情很不好。

接着往下看，"却忆蓬池阮公咏，因吟'渌水扬洪波'"。

在这里，李白引用了阮籍的《咏怀》诗第十六首[1]，"渌水扬洪波"是这首诗中的一个句子。可见李白他读了很多诗和赋，记性肯定也特别好，到这个地方，就想到了阮籍的《咏怀》诗。

1　徘徊蓬池上，还顾望大梁。渌水扬洪波，旷野莽茫茫。

《咏怀》诗第十六首中说"还顾望大梁",大梁就是今天开封一带。"渌水扬洪波",大概是写当时汴水的水很急很多,当然今天的汴水简直就没有什么水。

接下来一句,"洪波浩荡迷旧国,路远西归安可得"。"旧国"就是指长安,"西归"是归到哪儿去?也是回到长安,开封在长安的东边。

整体来看,一直到"路远西归安可得",他写的是在政治上的失败不能忘怀。开始四句,是叙述李白刚刚被唐玄宗赶出了宫廷,然后访古访到了梁园,到了开封,到了大梁。接下来他抒发了一直想回到长安,想回到政治的中心而不可得的那种忧伤和痛苦。

中国的古代人不喜欢被外放,不喜欢到外面去当官,总想做京官。不仅古代人是这样,其实现代人又何尝不是这样呢?

在"路远西归安可得"这句之后,李白笔锋马上一转——这叫陡转,"人生达命岂暇愁,且饮美酒登高楼"。这就是他老人家的特点,陡转之后,越写越快活。

"平头奴子摇大扇,五月不热疑清秋。""平头"是指平头巾,应该是仆人用的一种装饰。你看他老人家想象中,快活得像神仙,叫一个奴仆,戴着平头巾,给他摇大扇,大热天比清秋还凉快。

"玉盘杨梅为君设",这想得还真好,在很贵重的盘子上装着杨梅。

接下来就是,"吴盐如花皎白雪。持盐把酒但饮之,莫学夷齐事高洁"。"夷齐"是指伯夷、叔齐，他们不赞同周王朝用武力推翻殷朝，宁愿在首阳山饿死，也不食周粟，这样显得他们很高尚、很高洁。

在这里，李白把他们的高洁也嘲讽了，说这算个啥？该快活时且快活，不要去装高洁。用我们现在的话讲就是，不要秀高洁。

"昔人豪贵信陵君，今人耕种信陵坟。"信陵君是战国时候四大公子之一，食客上千人，现在他的坟地却成了百姓的耕田。

李白在这里写得太惨，他真的把什么都看穿了。所以，人不能朝悲观的方面想，真要朝悲观的方面想，就不想读书，什么都不想干了。

"荒城虚照碧山月，古木尽入苍梧云。"当年信陵君的坟地，现在只剩下一片荒芜，荒山碧照、古木苍苍。这里的"苍梧"就在今天的湖南。

《初学记》[1]中有一篇文章说，"有白云出苍梧，入于大梁"。就是说，大梁的云彩，是从苍梧那边飘过来的。

"梁王宫阙今安在？枚马先归不相待。"这里点了题。

因为他写的是《梁园吟》，梁园由西汉的梁孝王所建，当时的大文学家，如司马相如、枚乘等人，都曾在这里做客。而今那震惊一世的文采到哪里去了呢？统统都不在了。

什么功名、利禄、富贵，统统去见鬼，全部是虚的。

他越写越凄凉，"舞影歌声散绿池，空馀汴水东流海。沉吟

1　《初学记》，古代综合性类书，唐代徐坚撰，编撰目的是供唐玄宗的皇子们作文时检查事类使用，收录了很多古代典籍的零篇单句。

此事泪满衣，黄金买醉未能归。连呼五白行六博，分曹赌酒酣驰晖"。

"五白"和"六博"，是两种古代的游戏，估计跟今天打麻将差不多。"分曹赌酒"就是分成两个组，赌酒看哪个喝的最多。"酣驰晖"，意思是和时间赛跑。

你看这些，他越写越荒谬，他什么都不要，就想赌博、喝酒，已经是荒唐消沉到"不可救药"了。

这首诗可以大致分为三个段。

前面的十句，是写他不能重回长安，政治上没有希望的痛苦，感情很低沉。

中间这段，是越来越低沉，但这个低沉跟之前的不同，之前是想功名得不到的痛苦，而现在是看穿了功名利禄的洒脱。

最后的四句，"歌且谣，意方远。东山高卧时起来，欲济苍生未应晚"。

"东山高卧"讲的是谢安的典故。谢安四十多岁才出山，而李白这个时候也是四十多岁，他其实是在不断地跟自己打气——古人到四十多岁就感觉很老了，跟我们今天不一样。

李白的时代，我们民族正处在年轻气盛的阶段。他真的是看不穿人生，对事业之执着，让他在最失败的时候依然非常自信，想着自己是可以当宰相的，是可以大济苍生的，所以"欲济苍生未应晚"。

这首诗所表达的感情其实很复杂。他把高尚的品行嘲讽了，也把功名利禄狠狠地鄙弃了。最后突然一转，坚信自己一定会东山再起，一定会重整乾坤，到头来落脚点还是在功名上。

　　在这首诗中间，有几种相互矛盾的情绪相互碰撞，自卑与自信，否定功名与执着于功名，内心争斗表现在诗中，陡起陡落。

　　李白的大多数作品都存在着情感的张力，那种张力来于他的人生追求。

　　在盛唐诗人中，李白的诗歌没有孟浩然的那种清澈恬淡，没有王维的那种优雅和谐，也缺乏杜甫的那种博大和深沉，他常常是漫无节制地恣意幻想，盲目希求、鲁莽灭裂，他也不知道什么叫平衡，但就是这样，才使他成为盛唐的典型代表。

05. 疯子送别

每一个成熟的作家，都有属于他的主导风格。

关于李白的主导风格，已经有定论了。《沧浪诗话》[1]中说："子美不能为太白之飘逸，太白不能为子美之沉郁。"李白的主导风格，就是所谓的豪放飘逸。

豪放不难理解，飘逸就很难说明。

从字面上来讲，豪放就是指李白诗歌的情感和气势豪迈而又奔放。

飘逸本来是指一个人的气质和风度，无拘无束，洒脱自然。这个词用到诗歌上，就是指诗歌给人一种流动轻快、自然舒展的审美感受。

飘逸这种东西，我们要用语言准确地表达出来很困难，但要

1　南宋诗论家、诗人严羽所著，中国古代诗歌理论和诗歌美学著作，是宋代最负盛名、对后世影响最大的一部诗话。全书分为诗辨、诗体、诗法、诗评、考证五节。

感受，还是比较容易的。

在现实生活中，很多诗歌非常美妙，你觉得好得没法形容，但要讲哪个地方好，还真的说不出来。其实看明清人的唐诗评点就知道，古人也有这个困难。

比如说，有很多珍贵的唐诗版本，都是明清人用朱笔批过的，他们经常在读得特别有味的时候，用红笔在旁边写"妙"，有的时候连写几个——"妙、妙、妙"，但在几百年之后，我们的艺术感受不同了，也不知道妙在哪个地方，我有时看到这样的评点，真觉得莫名其妙。但是，我相信当时他的确感觉到了妙，只是说不出来。

下面，我们读读李白的诗，来感受一下他的豪放飘逸。

《宣州谢朓楼饯别校书叔云》这首诗是李白的代表作之一。我认为，这首诗不仅在唐诗中，即便在中国古代的诗歌史上，也是妙不可言的诗歌，实在是好到了极点。也只有他老人家能写得出来，真的是漂亮极了。

先看标题。

宣州，在今天的安徽省宣城市，离黄山很近。

南朝著名诗人谢朓就做过宣城太守，为了纪念他，宣城人在那里建了一座楼，就叫叠嶂楼，到了唐朝又叫谢朓楼。

"校书叔云"就是校书郎李云。校书郎是中央秘书省的低职文官。李云是和李白同时代的、比李白年龄大一点的作家，李白称他为叔叔。在这里顺便说一下，李白称为叔叔的，往往在辈分上都不靠谱。这里称李云为"叔"，也许只是对长者的尊敬，我们切不可太较真儿。

"饯别"就是设宴送别。李白喜欢在楼上款待送别，在黄鹤楼上款待了孟浩然，现在在谢朓楼上又跟他的族叔李云送别。

这首诗，题材是送别，体裁是七古。

　　弃我去者，昨日之日不可留；
　　乱我心者，今日之日多烦忧。
　　长风万里送秋雁，对此可以酣高楼。
　　蓬莱文章建安骨，中间小谢又清发。
　　俱怀逸兴壮思飞，欲上青天揽明月。
　　抽刀断水水更流，举杯销愁愁更愁。
　　人生在世不称意，明朝散发弄扁舟。

李云在中央的秘书省做校书郎，大概是到安徽来出差时遇上了李白，李白就在谢朓楼上为他饯别，送他回去。

就题材而言，这本来太平常不过了。

送别诗的特点是，送者要安慰行者，但李白一上来就用了两个气势逼人的长排比句陡起："弃我去者，昨日之日不可留；乱我心者，今日之日多烦忧。"他说："叔叔啊，过去那些美好的日子一去不复返，不可挽留。今天的日子真是糟透了，叫人心烦意乱。"

这就是李白不同于常人的地方，他不仅不想安慰他的叔叔，还恨不得要叔叔来安慰他一下才好。

写到这里，一般的作者就要接着写有哪些烦忧，上句不是说了"今日之日多烦忧"吗？

比如，我太太跟我吵了架、今天家里又失盗了、孩子又不听话、跟同事又闹矛盾、工作也很不顺心……既然都说了"乱我心者，今日之日多烦忧"，总得数出几个烦忧出来，对不对？

但李白可不管那一套，他突然写"长风万里送秋雁，对此可以酣高楼"。

你说急不急人？这句不仅没有半点烦忧，还快活得要死。

这就像我跟大学生们说："同学们哪！我今天真的是痛苦死了。"大家心里想戴老师今天心情很不好，都等着我说有哪些痛苦，没想到我突然哈哈大笑！大家肯定认为我有毛病。

李白的诗歌变幻超乎想象，不可捉摸。从"今日之日多烦忧"，到"长风万里送秋雁"，这种陡转，我们古人叫"跌宕"，西方的新批评派管这种写法叫"打破读者期待"——你以为他要写有哪些烦忧，他突然却说自己开心得要命。

其实这两句，李白是在切题。"送秋雁"，大雁高飞，叔叔也要离去，而且是在宣州谢朓楼送别，他越写越高兴，刚才的烦忧一下都没有了，所以"酣高楼"。"酣高楼"切到题面的"谢朓楼"。

唐代诗人中，有三个人笔下的秋景开阔俊爽而又生机勃勃：李白的"长风万里送秋雁，对此可以酣高楼"；刘禹锡的"晴空一鹤排云上，便引诗情到碧霄"；杜牧的"停车坐爱枫林晚，霜叶红于二月花"。

"蓬莱文章建安骨，中间小谢又清发"这两句，一句赞美他叔叔，另一句恭维他自己。

唐代中央的秘书省里面，储藏了很多写炼药求仙的道教典籍。在道教的神仙传说里，蓬莱、方丈、瀛洲都是很知名的神仙居住地，其中又以蓬莱最出名，所以唐人就把秘书省叫作蓬莱阁。由于他的叔叔李云在秘书省做校书郎，所以"蓬莱文章"在这里就是指李云的文章。唐朝人说的"文章"，既指诗又指文，要从上下文确定具体所指，这里主要是说李云的诗歌，李白的意思是说："叔叔啊！你的诗文写得真好，有建安风骨。"

后面"中间小谢又清发"，他是以侄自居，以谢朓（小谢）自比，在说："叔叔你的诗写得好，有建安风骨，我的诗也不错，像谢朓那样清新秀发。""中间"的意思是说，从东汉建安年间一直到唐朝，谢朓刚好在两者的"中间"。

"俱怀逸兴壮思飞，欲上青天揽明月"，"逸兴"就是飘逸的兴致，"壮思"大家都知道，是那种勃发的情志。

三杯酒下肚，他们越喝越亢奋，两个男人都高兴得快要疯了，直到两人都想到天上去，把月亮捉下来玩一玩。

都说李白的生命力旺盛，这体现在他从不回避苦难，尽情抒发激情。他的诗文，总在大喜大悲之间形成巨大落差。

他写"乱我心者，今日之日多烦忧"。看清朝人的评点，在"烦忧"后面会批注一个"断"字，因为后面两句"长风万里送秋雁，对此可以酣高楼"，不是紧接着烦忧说的。这种结构，古人称之为"断"。

"欲上青天揽明月"后面也是突然来了一句反迭，"抽刀断水水更流，举杯销愁愁更愁"。

刚才还在快活着，现在突然反迭，又痛苦得要命，大开大合、陡起陡落。

这两句之间，清朝人评点的时候也会评"断，再断"。

由此可以看到，李白的诗歌结构跟很多人不一样。一般的诗歌中，能找到上下句之间的联系，以及里面的情感线索、发展脉络，但李白这首简直没有办法找到，它中间根本没有一个过渡。

曹聚仁[1]先生评价李白，有两句评价得最好，大意是说："读李白的诗，你觉得李白是个绝顶的天才。但如果你住在三楼，李白住在四楼，你肯定以为李白是个疯子。住他楼下你别想安宁，他成天一痛苦就跺脚，一高兴就敲桌子。"

读李白的诗，想起弗洛伊德所说的，"伟大的诗人和精神病人只有一步之遥"，我有点相信了。

李白感受和体验的方式，真的跟我们不一样。

"抽刀断水水更流，举杯销愁愁更愁。"这个比喻估计也只有他老人家写得出来：拿刀子断水，把刀子提起来水流更快，想举起杯来消愁，忧愁却更加浓烈了。这种解决痛苦的办法，也只有李白能做出来。

"人生在世不称意，明朝散发弄扁舟。"意思就是说，"见鬼！

1　曹聚仁（1900—1972），近现代著名记者、作家、学者。

老子不干了"！他再也不想装斯文，不想装模作样了，不想绾发髻了，也不想戴帽子了，只想披头散发去"弄扁舟"。

唐朝的男性头发一般都有一尺来长，他们往往在头上盘个发髻，然后用一个簪子把它簪着，有时候出门就戴个帽子，戴个帽子比较好看。在什么样的情况下散发呢？有两种情况，一种是在家里没有人的时候，还有一种就是杜甫诗歌中说的，"白头搔更短，浑欲不胜簪"。就是没有几根头发，绾不住发髻的时候。

总之，这首诗的思绪，是那种典型的飘然而来，戛然而去。

它在结构上大起大落、陡起陡落、大开大合，构成一种特有的飘逸豪放的美学效果。用常见的章法、结构分析，是没有办法理解的，所以清朝的方东树[1]说"起二句，发兴无端"。就是"起"得没有来由，其实，他这首"结"得也"没道理"。

1　方东树（1772—1851），清代中期文学家、思想家。

06. 写这首诗，高考绝对不及格

　　清朝人赵翼[1]在《瓯北诗话》中说："李青莲自是仙灵降生……诗之不可及处，在乎神识超迈。飘然而来，忽然而去，不屑屑于雕章琢句，亦不劳劳于镂心刻骨，自有天马行空，不可羁勒之势。"

　　这里大概意思就是说，在中国古代的诗人中，写得最有才华的，最能体现出"飘然而来，忽然而去"的就是李白，在这一点上，没有哪个人比他表现得更充分了。

　　李白的《行路难》就是这方面的代表。

　　《行路难》一共有三首，我们看第一首：

　　　　金樽清酒斗十千，玉盘珍羞直万钱。

　　　　停杯投箸不能食，拔剑四顾心茫然。

　　　　欲渡黄河冰塞川，将登太行雪满山。

　　1　赵翼（1727—1814），清代文学家、史学家、诗人。

闲来垂钓碧溪上，忽复乘舟梦日边。

行路难！行路难！多歧路，今安在？

长风破浪会有时，直挂云帆济沧海。

李白的这首诗，真是能让人读得心神激荡，尤其最后两句，高唱入云，实在是好极了！哪怕他很是痛苦，你也读得很舒畅。

《行路难》是汉乐府，南朝鲍照有《拟行路难》十八首，但写得这样波澜壮阔的，除了李白，再找不到第二人。

这首诗写在天宝三载以后，唐玄宗刚刚把他"赐金放还"，他心里很痛苦，不知道人生的道路要怎么走。这就是这首诗的创作背景。

这首诗一起笔就很好，"金樽清酒斗十千，玉盘珍羞直万钱"。

这里需要注意的是，前面讲过《将进酒》《宣州谢朓楼饯别校书叔云》，加上这首《行路难》，连续三首诗有一个共同特点——一上来就是两句对起。

"金樽清酒斗十千"，对"玉盘珍羞直万钱"。"金樽"好懂，酒杯是金的，非常豪贵。酒是清酒，也是非常贵重的酒。唐朝一般人通常是喝"浊酒"，"清酒"极贵，只有宫廷和达官之家能够饮得起。"斗十千"，意思是说每斗酒要一万块钱，当然这里不讲酒价，只是形容是好酒。"玉盘珍羞直万钱"。盘是玉盘，菜是珍馐（"羞"，同"馐"），特别昂贵，那盘菜值万钱。

在这里，李白是极度地夸张，他老人家的很多话你信一半就行了。

要是一般人写，接下去就是要大喝一顿，就觉得他肯定要痛快地潇洒走一回，结果他突然一转，"停杯投箸不能食，拔剑四顾心茫然"。

在诗情上，是突然陡转，但是在结构上，又与前面紧紧相连。"停杯"紧承"金樽"，"投箸"（就是扔筷子）紧承前面的"玉盘"。

你以为他拿起金樽要喝，结果他拿起又马上放下了，筷子拿起来了，结果"啪"地扔了。

更要命的是下面一句，"拔剑四顾心茫然"，一下子就感觉要杀人。把剑"啪"地拔出来，却突然一转，说"心茫然"——不知道自己拔出剑来干什么。

这里他把失败的英雄、悲剧性的英雄，写得淋漓尽致。

为什么茫然？其实就是人生无路可走，不知道该怎么办。

接下来，他就开始写自己走投无路的情景。

"欲渡黄河冰塞川"，想用船渡黄河，但是被冰川堵住了。

走水路不通，那就走陆路。

"将登太行雪满山"，想登太行山，结果满山是雪。

水、陆都走不通，这才是人生的绝路。那时没有飞机，现在常常说"水、陆、空"，当时水陆不通就无路可走了。

但下面，他突然又来了两句："闲来垂钓碧溪上，忽复乘舟梦日边。"这两句真是无厘头，你搞不清楚他为什么来了这两句。刚才还没有路走，突然峰回路转，又有路走了。

这两句里，他引用了吕尚姜太公钓鱼、伊尹梦日的典故，说："姜太公这个人，在没有得势之前，在时来运转之前，不就是在磻溪垂钓的一个老头吗？还有那个后来当了殷商宰相的伊尹，他原来不也是个平常的人，不过夜晚做了一个好梦，坐船路过太阳和月亮旁边。"古代人往往把皇帝比为太阳，把皇后比为月亮。

这两句是说，"人生无常，安知我李白不能东山再起呢"？于是，他好像觉得又有路走，他神气又来了。

结果刚神气了一下，"啪"！又跌入万丈深渊，"行路难！行路难！多歧路，今安在"？"我的路又在哪里呢？"又没路可走了。

但到了最后两句，"长风破浪会有时，直挂云帆济沧海"，没有想到，不仅突然有路走，而且还大道通天！"直挂云帆济沧海"，真是高唱入云。

李白很多奇幻的想象，不只跟我们不一样，跟很多诗人也不一样。

这首诗要拿去高考绝对是不及格的，老师会说：过渡不完整。

古人把这个叫陡转，也有的叫峭折。就像掰粉笔一样，"啪"！断了。它不是很柔，而是非常有劲儿，非常刚烈。

这首诗是典型的一波三折，起落，起落，起落，奔放，奔放，奔放的激情，完全不受控制的激情，写得实在是太漂亮。

李白的诗歌表达了很强的非理性的、纯情感的东西，陡起陡落，"啪啪啪"不断地跳跃。

他的生命就是一团火，一直在燃烧、熄灭、点着、熄灭、燃烧、旺盛。李白是一个痛苦的灵魂，就在这么短短的一首诗中，他一下发烧，一下冰冷。

但是，这首诗也把他那种豪迈、奔放、飘逸的激情表现得淋漓尽致。

07. 走狗屎运!

李白的绝句有很大的特点,他一层一层地向前推进,很少像杜甫的绝句那样,是用平行的结构。

比如,"两个黄鹂鸣翠柳,一行白鹭上青天。窗含西岭千秋雪,门泊东吴万里船",这是杜甫的绝句,通常四句在结构上都是对称的。

而李白的绝句,往往后一句或后一联,是前一句或前一联的推进或引申,把你的想象带向远方。

他很多绝句都是这样。

比如《黄鹤楼送孟浩然之广陵》:"故人西辞黄鹤楼,烟花三月下扬州。孤帆远影碧空尽,唯见长江天际流。"这就是层层推进的一个例子。

再比如《赠汪伦》:

李白乘舟将欲行,忽闻岸上踏歌声。

　　　　桃花潭水深千尺，不及汪伦送我情。

　　有一天夜晚，我读这首诗，突然感觉特别好，特别羡慕汪伦。我们奋斗一辈子，也不能永垂不朽，那个汪伦——一个普通人，因为一首诗居然就永垂不朽了。

　　这首诗是说，李白到桃花潭去玩，汪伦听说李白来了，就给他送酒喝。宋人说"村人汪伦"，他可能是村里一个私塾先生，也可能就是一个农民，大概比较会酿酒，又是李白的粉丝，就不断地酿酒给李白喝。在李白玩的两三天里，每天都送新酒给他喝。唐朝人喜欢喝新酒，不喜欢喝陈酒。所以喝了酒以后，李白就想对汪伦表示一下感谢，于是就写了这首诗。

　　在宋朝时，汪伦的后人还保存了这首诗的原集、原稿，但后来原集、原稿就不见了，估计那时候的保存技术也有问题。

　　这是一首送别诗。李白的送别诗很多，这首诗的不同之处是，不是李白送别人，而是别人送李白。汪伦是送者，李白是行者。

　　他一起笔就写得好，也只有他才敢这样起笔，"李白乘舟将欲行"，一起笔，他就把自己的大名端出来了。我找了好多诗，很难找到像李白这样写诗的。

　　你看，如果我写"戴建业乘舟将欲行"，那就不像诗吧！

　　李白的诗歌，是那种绝对天才的美，不可模仿，只能有一，不可有二。

　　他和汪伦是萍水相逢，谈不上朋友，他根本没有想到有人要来送他。一个人到某地办事或玩，当然希望有人来送他，比如我到某大学演讲，晚上校长说："戴教授，您白天讲了一天，晚上好好休息，明天派车送您到机场。"我当然要客气一番："校长，这几天把你们忙坏了，明天我自己打车去机场，派车送太麻烦您了。"校长如果顺口说："教授要是不要我们送，那恭敬不如从命，您就自己去机场吧。"真要这样，我肯定气死。谁都喜欢热闹，谁都在乎热情。"轻轻的我走了，正如我轻轻的来。我轻轻的招手，作别西天的云彩"，像徐志摩这么洒脱的人毕竟不多，更何况徐志摩是在写诗。

第一句是欲扬先抑，第二句"忽闻岸上踏歌声"，是写意外的惊喜。由于根本没有料到汪伦会来送他，所以才有了"忽闻"两个字，突然听到有人来送他，实属喜出望外。"踏歌声"略有二义：一是古代的一种竹竿舞，两人持竹竿的两端，随竹竿一上一下，舞者应节一起一落；二是指边唱歌边用脚打节拍。这里的踏歌，就是边唱边走。

读到这个地方，我发现汪伦这次送人，违反了人之常情，你们见过哪个人是唱着歌去送人的吗？譬如，我一老同学与我多年不见，出差顺道特地来看我，同窗相见格外温暖，两天之后一听说他要走，我立马唱着歌让他滚蛋，同学情肯定就到此为止了。

他为什么写汪伦是"踏歌"来送他？

卢梭说，天然的东西样样都好，一经人的修饰都变糟了。

汪伦是个农民，他爱李白，他是李白的粉丝，李白来就高高兴兴地招待，走就高高兴兴地送他，没有我们这些矫揉造作的依依惜别。

而且从这里可以看到，汪伦和李白之间有某种共同的东西。这是两个乐天派，所以才成了一对"忘形交"。这首诗写出了汪伦感情的真率。

这首诗即使只有四句，仍然是一波三折。"李白乘舟将欲行"，是抑；"忽闻岸上踏歌声"，是扬；然后又一转，"桃花潭水深千尺"，在转的过程中又有承接，这句在结构上是紧承第一句，他的船停在桃花潭，"不及汪伦送我情"，紧承第二句，读到第四句，第二句才是完整的，我们才知道岸上谁在"踏歌"，为什么要"踏歌"。

在结构上环环相扣，但又在不断地转。

再有，"桃花潭水深千尺"，本来就够深的了，要是一般的诗人就写成，"恰似汪伦送我情"。但李白就是天才，他还要转进一层，"不及汪伦送我情"。

要用"恰似汪伦送我情"，那就是凡语，虽然漂亮，但不是特别了不起。他突然用了两个字"不及"，就又推进一层。层层向前推进，章法实在是太好。

这一点所有人都没有看出来，清朝的沈德潜[1]看出来了。他说"若说汪伦之情比于潭水千尺，便是凡语，妙境只在一转换间"。这个评语太好了，只有天才才能识别天才。

李白的比喻层出不穷，这是想象力丰富奇特的标志，有时候夸张至极，但又写得全不用力，举重若轻、信手拈来。

1　沈德潜（1673—1769），清代诗人、著名学者。

"抽刀断水水更流,举杯销愁愁更愁""君不见,黄河之水天上来""桃花潭水深千尺",没有哪个比喻、哪个想象,不是绝顶的漂亮,而且是不可重复、无法模仿的。

08.一首诗歌，一种性格

《山中问答》是一首特别好的诗，写得实在是漂亮极了。

这首诗说的是一个人在山上，没有出山，寥寥四句，越读，越想，越好：

> 问余何意栖碧山，笑而不答心自闲。
> 桃花流水窅然去，别有天地非人间。

老实说，除了李白以外，再难找到写得这么好的诗人。

首句问得突兀，次句答得神秘。

一开始是设问，"有个人问我，'老弟啊，你干吗到碧山这个地方来呢'？"他要抖个包袱，要卖个关子，"笑而不答心自闲"，十分神秘。

"答问"很容易写得很实、很死。第三句、第四句其实就是在回答第一句，但是他写得一点不实。"桃花流水窅然去"，完全是清幽美丽的仙境；"别有天地非人间"，是第三句的延伸，写得很空灵，留给你无穷的想象，写得自然舒展，流动轻快。

三、四句似答非答，以境结情。

那么，写得实的诗是什么样子的？

作为对比，来看杜甫的《江畔独步寻花七绝句》（其六）：

> 黄四娘家花满蹊，千朵万朵压枝低。
>
> 留连戏蝶时时舞，自在娇莺恰恰啼。

这首诗第一句就写得很实，"黄四娘家花满蹊"。说黄四娘家的花多得不得了、密得不得了。第二句他马上就写"千朵万朵压枝低"，说不仅是"满蹊"，而且花朵太多、太密就要把花枝压弯了。

这么多的花、这么密的花，自然引来了很多蝴蝶，引来了很多鸟儿——"留连戏蝶时时舞，自在娇莺恰恰啼"。

二句、三句、四句，全部是写"花满蹊"，写得很实在。

其实杜甫的语言非常漂亮，双声对双声，"留连戏蝶"对"自在娇莺"，好得不得了。

所以，不是说他语言不好，而是在整体上写实了，他把那个"花满蹊"全部写满了，形容得淋漓尽致，这样留给读者想象的空间就比较有限。

如果把他们的诗比作画画，那李白的画上有很多留白，有很多空地可以让你去驰骋想象，而杜甫把他要画的全部画满了，读者自己想象的空间自然有限。

可能是性格所致，在绝句这类诗上，无论是五言绝句，还是七言绝句，杜甫的绝句虽然很有个性，但像李白的绝句那样韵味悠长的不多。杜甫写得最好的诗是七律、五律、五古、七古。

杜甫的七律诗比李白写得好——可能是李白受不了那个拘束，李白写绝句基本上不用对偶，律诗即使要求对偶，他写时也有意识地不对偶。

09. 李白的"白话诗"

李白写得最漂亮、最能代表他豪放飘逸个性的,就是七言古诗,原因是什么呢? 五言古诗还多少有点束缚人,每句不能突破五个字,但七言古诗情况就不一样,它每句可以一个字,可以五个字、三个字、两个字、四个字,可以十几个字,非常自由。

它有点近似今天的白话诗,押韵稍稍有一点拘束,但也拘束得比较少。

看李白这首《远别离》:

> 远别离,古有皇英之二女,
> 乃在洞庭之南,潇湘之浦。
> 海水直下万里深,谁人不言此离苦?
> ……

"远别离,古有皇英之二女",这两句不是诗的语言,原因在哪个地方？

比如说，"黄四娘家花满蹊，千朵万朵压枝低。留连戏蝶时时舞，自在娇莺恰恰啼"。诗的节奏，一读就感觉得到。

古代七言诗，每句一般是上四下三的节奏，上面四个字，下面三个字。

《远别离》这个节奏就不一样。虽然这是首七言古诗，但古体诗也有个节奏。

这首诗开头两句之后，接下来越写越邪乎，"乃在洞庭之南，潇湘之浦"。"乃""在""之"，用很多虚词，这就打破了诗歌的节奏，读的时候以为是散文。

古人说，这种语言"披头散发"，所谓"披头散发"，就是指李白诗歌的句式参差不齐，看起来非常散乱，容易表现出豪放和飘逸。

用现代人的目光来看，他有男子汉气概，不是那种奶油小生，只有奶油小生才把头发梳得精光闪亮、一丝不乱。以穿衣服为例，试想，穿上正装西服，扣上扣子，打起领带，迈着正步，弄得规规矩矩，还怎么能潇洒？还怎么会飘逸？

李白的七言古诗的句式，不是一首两首这样。

比如，"君不见，黄河之水天上来""弃我去者，昨日之日不可留"也是一样，大量的虚词引进诗中。这种无拘无束的散文句子，散发着无拘无束的"野性"，给人一种自然流畅的审美感受。

这种蓬头散发的语言，恰恰呈现出一种飘逸自然、豪放浪漫的风格。

10. 如何用一堆地名堆出一首好诗

《峨眉山月歌》是李白年轻的时候写的，当时他才二十多岁，刚刚离开四川，离开峨眉山。

这首诗语言句式流动轻快，极具特点。

峨眉山月半轮秋，影入平羌江水流。

夜发清溪向三峡，思君不见下渝州。

这首诗只有二十八个字，但连用了五个地名：峨眉山、平羌江、清溪、三峡、渝州。

如果别人这么写，那简直就是账房先生记流水账，肯定死板得无法读下去，根本没办法流动轻快起来。

但读他这首诗，一点堆砌的感觉都没有，一点死板沉重的感觉都没有。这首诗一派空灵，读起来非常飘逸轻快。

原因在哪儿？

明朝的王世贞在《艺苑卮言》中说，"此是太白佳境，然二十八字中，有峨眉山、平羌江、清溪、三峡、渝州，使后人为之，不胜痕迹矣"。"人"就是他人。他体会得特别仔细，倘若要别的诗人来写，那简直就写不下去，读者也读不下去。

他还说，"益见此老炉锤之妙"，意思是从这里可以看到，李白会锤炼文字。

王世贞看出了此诗的难度，但没有点出问题的关键。

"峨眉山月半轮秋"，注意，这要么是上弦月，要么是下弦月，反正不是满月，是"半轮秋"。

秋天他离开蜀地，离开峨眉山，这个地方，要不是秋天很难见到月亮。

"影入平羌江水流"，峨眉山上的月亮，倒映在峨眉山下的平羌江中，月光月影在不断地流动，为什么？江水在流动，月光就流动了吗？没有。

为什么"影入平羌江水流"呢？这是写的一种动态，有一支歌唱道："月亮走，我也走，我和月亮一起走。"他是坐船在平羌江上，他人在走，月亮也走，他和月亮一起走。月光底下水在流，月影并没有流，他写的是动态的感觉。

为什么要写"影入平羌江水流"呢？诗题叫《峨眉山月歌》，诗人是写峨眉山月，像人一样可亲，与人相伴相随。

"夜发清溪向三峡"，"三峡"是重庆上面的小三峡，不是我们今天做水库的大三峡。夜晚从清溪出发，船向三峡开去。

"思君不见下渝州"，这个"君"就是指月亮。"渝州"是古地名，就是今天的重庆。离开了峨眉山，为什么看不见月亮呢？这叫无理而有情。在渝州见到的月亮，不是峨眉山的月亮。人们常说"故乡的月亮"，其实"故乡的月亮"与"他乡的月亮"，是同一轮月亮，但对于思乡的人来说，"故乡的月亮"才可亲可爱，这就是杜甫说的"露从今夜白，月是故乡明"。

李白把人的感情写得很细腻，他说"思君不见下渝州"，"思君"是想念故乡的月亮，"不见"是想见而不得，真切地表现了一个刚刚离开家乡、初出茅庐的小伙子对故乡的依恋。

为什么这首诗连用五个地名，但仍然没有堆砌感和沉重感？

第一，他打破了平行结构，根本没有把这五个地名完全对称地排列起来。

第二，他使用空间的变动来展示时间的流逝，有效地把凝固的空间转化成流动的时间。

这首诗不断地写空间的变动，空间上离故乡越远，时间上就离故乡越长，而离故乡的时间越长，对故乡的思念就越深，因而诗人成功地将空间转换成了时间。

在句法形式上，他同样也追求那种流动轻快、飘逸潇洒、自然舒展的美学效果。

11. 数学学霸

　　说起李白诗风的流动轻快，《早发白帝城》同样是其代表。这首诗会给我们别样的感受，我们会发现，乘船比坐过山车更迅疾、更刺激：

> 朝辞白帝彩云间，千里江陵一日还。
> 两岸猿声啼不住，轻舟已过万重山。

　　这首诗写的是，李白晚年被长流夜郎，到白帝城的时候，遇上了唐肃宗大赦天下。再也不用到夜郎那个鬼地方去了，李白高兴到极点了。

　　李白这个人只要一狂喜，那简直就疯了，这首诗就是高兴得发疯了时写的。

　　"朝辞白帝彩云间"，他老人家写得全身是仙气，真是漂亮极了。白帝城再高能高到"彩云间"吗？在李白笔下，它简直像人间的仙境。这一句写白帝城之高，也写出了长江的落差之大，为下面做铺垫。

由于从三峡而下的江水落差很大，江流自然很急，这才有了"千里江陵一日还"的速度。当然，江水落差再大，哪怕今天乘水游轮，也不可能"千里江陵一日还"，更何况当时靠纤夫拉的木船呢？

20世纪80年代中期，我曾坐船从三峡沿江而下，从重庆到武汉，走了好几天，走得我晕头晕脑的。李白老人家坐的船比机动船还快，你看"两岸猿声啼不住，轻舟已过万重山"。

"两岸猿声啼不住，轻舟已过万重山"两句，是"千里江陵一日还"的引申，更形象地表现轻舟之快。"两岸猿声啼不住"，舟行的时间极短，"万重山"显示轻舟疾行的距离很长，学过中小学数学的朋友都知道，速度等于距离除以时间，学过大学数学的朋友也明白，速度是距离对时间的导数，而距离是速度对时间的积分。用的时间越短，行的距离越长，轻舟的速度就越快。耳边还响着三峡的猿声，轻舟已经直下江陵，妈呀，这分明是火箭的速度。

写得这么形象，是由于李白直觉极为敏感，想象极为丰富；写得这么科学，难道李白当年还是个数学学霸？

流动轻快的诗，李白写得最好，真正飘逸。

我每次一读到这首诗，就好像听到李白在高喊："我李白又自由了！"

李白被判刑长流夜郎，又大赦回来，他快乐，简直兴奋得没办法，真的要飘飘欲飞了。他老人家真的像个小孩儿，一高兴了就沉不住气，一沉不住气好诗就来了，我的天！

　　《早发白帝城》每个字都跳动着喜悦，是典型的轻快流动的诗作。

12. 神韵诗派的鼻祖

李白的诗歌，不仅是绝句，即使是五言律诗也很少用对偶句，即使需要对偶，他老人家往往也不对偶，总是用散行单句。

他在五言律诗中，有点像不守纪律的顽童，屡屡打破规矩。

清朝王士禛是神韵派的代表人物，李白的《夜泊牛渚怀古》，被王士禛作为神韵诗的代表作：

牛渚西江夜，青天无片云。

登舟望秋月，空忆谢将军。

余亦能高咏，斯人不可闻。

明朝挂帆席，枫叶落纷纷。

这首诗里用了一个典故：在安徽牛渚这个地方，东晋诗人袁宏，夜晚一个人，在高唱自己的诗。当时大将军谢尚碰巧坐船从那儿路过，听到他吟诵得很好，就邀他到船上相见。一见之下，两个人相互倾心，于是袁宏运气来了，无意之中得到了大将军谢尚的特别赏识。

李白认为自己是个天才，比袁宏更了不起，但是他找不到像谢将军这样的人——他是千里马，现在找不到伯乐。

这首诗就是写的找不到知音的孤独。

"牛渚西江夜，青天无片云。登舟望秋月，空忆谢将军。"他看着秋月，没有吟诗。因为他知道，这个时代已经没有谢将军了。

"余亦能高咏"，他说他也会写诗，可惜"斯人不可闻"，算了吧，别在那儿等了，别在那儿吟了，等也是白等，吟也是白吟，没有人来欣赏你。

最后两句写得最好，王士禛对这两句佩服得五体投地，"明朝挂帆席，枫叶落纷纷"。临走的时候，满天的枫叶飘飘落下。古人说此二句"一结凄然"，更准确地应当是结尾"凄美"，"枫叶落纷纷"，萧瑟、凄然而又美丽，给人留下了巨大的想象空间，余味无穷。

五言律诗中间的两联要对偶，李白他偏偏全不对偶："登舟望秋月，空忆谢将军。""登舟"的舟是名词，"空忆"的忆是动词，"望秋月"也不能对"谢将军"。"余亦能高咏"同样不能对"斯人不可闻"。

所以王琦说"无一句属对，而调则无一字不律"。中间两联应该对偶的他完全不对，但它在平仄上又是律诗。他写格律诗像写古体一样，一气呵成，如行云流水，洒脱自然，流动轻快。

13. 岂一个 "爽" 字了得

再看李白的另一首名作《送友人》。这首诗也被神韵派当作代表作，我特别喜欢。

《送友人》是一首送别诗，只有李白写得这么好，语言既对偶，又流动，又轻快，除了李白这样的天才，谁能写出这么好的诗歌？先来看这首诗：

青山横北郭，白水绕东城。

此地一为别，孤蓬万里征。

浮云游子意，落日故人情。

挥手自兹去，萧萧班马鸣。

这首诗，第一联严整的对偶——不该对的，李白他老人家偏偏要对，"青山"对"白水"，"横"对"绕"，"北郭"对"东城"。

首联写的是什么？送别之地。他把送别之地写得真美，青山说"横"，白水是"绕"，构图实在是漂亮。远处的青山，眼前的白水，颜色搭配得也特别好。李白送别诗很少哭哭啼啼的，一开头就用壮景和亮色。

底下两句就是典型的流水对，"此地一为别，孤蓬万里征"。下一句是紧承上一句说的：在此地刚一分手，马上便"孤蓬万里"。上句"一为别"，送者行者合写，"万里征"则专属行者。

流水对有一个典型的特点，就是流动轻快，对偶要对得漂亮很容易，要对得又流动又轻快就特别难，为什么？你看我这样穿着衣服，两边的扣子扣得紧紧的，对偶了没有？对偶了。对偶了往往就不能流动轻快。尤其是女孩子的衣服，她往往把领子搞得一个高一个矮，有意识地打破对偶，讲究错落有致。

流水对，就是两句之间不是平行而是延伸，不是相对而是相承，下句是接着上句说，这样才有流动的审美效果。

李白诗歌初看像随意挥洒，细读才知道全都严丝合缝。颔联的"此地"紧承首联的"北郭""东城"，"一为别"为这儿是送别之地，古人称这为"环环相扣"。

下面他接着说，"浮云游子意，落日故人情"。游子之意飘若浮云，来去无定；故人之情恰似落日衔山，依依不舍，想落下去又落不下去。

最后两句"挥手自兹去，萧萧班马鸣"。"自兹"就是"自此"，"此"既指此时，也指此地。"萧萧"是说远去马儿的嘶叫声。班马即离群的马，这里指即将随主人"万里征"的马儿。你看他把整个分别过程写得多生动，把手一挥，离人胯下的马呻吟嘶鸣，完全能够想象当时那个分别的场景，千年之后好像还能听到马儿的嘶鸣。连马儿也恋恋不舍，人更是情何以堪？送者不忍分，行者不忍别，全在"萧萧班马鸣"伤心的嘶叫中。

我们今天的分别，实在是一点诗意都没有。我们父母送行，母亲父亲最多说注意安全，情人之间的送行，最多说我到了给你发短信。到底是送行没有诗意，还是有诗意我们也写不出来？

这首诗的语言最大特点就是流走自然，尤其是第二联的流水对，滚珠而下，实属唐代五律中的上品。前人称此诗"自是爽词"，读来真的感到很爽，但仅仅有"爽"？用李清照的话来说，岂一个"爽"字了得。

14. 别样的琴声

　　唐代描写琴声的名诗不少，李白之前有李颀的《琴歌》，之后有韩愈的《听颖师弹琴》，李白这首《听蜀僧濬弹琴》在诗情、诗风、诗语上都别具一格：

　　　　蜀僧抱绿绮，西下峨眉峰。
　　　　为我一挥手，如听万壑松。
　　　　客心洗流水，馀响入霜钟。
　　　　不觉碧山暮，秋云暗几重。

　　此诗有人说写于唐玄宗天宝十二载（753 年），当时李白在安徽宣城。有人说写于唐肃宗乾元元年（758 年），诗人长流夜郎游五岳时。二说都没有确凿的证据。这里暂取第一种说法。诗人另有《赠宣州灵源寺仲濬公》，有人怀疑"蜀僧濬"与仲濬是同一人。

首联"蜀僧抱绿绮,西下峨眉峰",一起笔就洒脱不凡,简直感觉不到他是在用字写诗,他老人家像泼墨一样,挥笔如行云流水,画上那个和尚像仙人一样,怀抱绿绮琴,从峨眉峰飘然而下,远望如西天下凡的神仙。也许只有嵇康的"目送归鸿,手挥五弦",可以和这两句媲美。

"绿绮"是一种名贵的琴。峨眉山在安徽宣城西边,从峨眉峰下来,所以说"西下"。

"为我一挥手"是说专为我弹琴,僧人一出手就不同凡响,挥手抚琴之际,如狂风扫过千山万壑,卷起松涛阵阵,琴声清越而又洪亮。"挥手"是弹琴的动作。

"客心洗流水","客"是诗人自称,弹者为主,听者为客。"流水"来自《列子·汤问》:"伯牙鼓琴,志在高山,钟子期曰:'善哉!峨峨兮若泰山。'志在流水,钟子期曰:'洋洋兮若江河。'"流水在这儿是指蜀僧流动清脆的琴声。"馀响入霜钟","馀响"指蜀僧琴声的余音,"霜钟"指秋日里寺庙的钟声。听着蜀僧美妙的琴声,自己的心儿像被洗涤了一遍,灵魂像是被净化了一次,浮躁没了,烦恼没了,琴声飘洒在天空,余韵和着寺庙的晚钟,在山谷间缭绕回荡,把人们的想象带向远方。久久沉浸在缥缈的琴声中,不知不觉中青山罩上了暮色,秋云一层层暗了下来。

这首诗写琴声,只有三、四句正面着笔,"一挥手"写弹,"万壑松"写声,哪怕正面描写也是用比喻,用万壑松涛比喻琴声洪亮,仍然是主观感受,"客心洗流水"更是感受了。我们都知道,洗过澡觉得身上很爽,"心"被"流水"洗了一遍,是什么感觉?

我不仅说不出来，甚至也想不出来。

别样的琴声，别样的感受，独一无二的李白！

不知道什么叫"飘逸"吗？我劝你们多读几遍"蜀僧抱绿绮，西下峨眉峰"；不知道什么叫"轻快"吗？我劝你们多读几遍"为我一挥手，如听万壑松"。这有助于培养我们更细腻的审美体验。

15. "天生丽质"

　　古人对眼睛特别看重，认为一个人的内心世界，最能体现在眼神中。《世说新语·巧艺》中记载："顾长康画人，或数年不点目精（睛）。人问其故，顾曰：'四体妍蚩，本无关于妙处，传神写照，正在阿堵中。'"大画家顾恺之说，身体四肢的美丑，与人微妙的气质风韵关系不大，传神写照全靠眼睛。今天我还时常说"眼睛是心灵的窗户"，常说某人的眼神会勾人。

　　现在大家能理解人们为什么把诗歌中点睛传神的字句称为"诗眼"了吧。

　　诗眼就是通过炼字炼句，使诗中某一字，或某一句，最为别致、最为传神、最为亮眼，成为"一篇之警策"。称为"诗眼"的字，往往扭曲了它的词性，破坏了它的常规意义，看上去或新奇，或怪异，或别扭，读者由诧异而惊喜，因新颖而入迷，如"红杏枝头春意闹"中的"闹"字，"云破月来花弄影"中的"弄"字。称为诗眼的句，往往颠倒了语序，甚至句子完全无序，字词的因果、并列、递进等关系断裂，初看不知所云，细读才发现妙处，如"香稻啄余鹦鹉粒，碧梧栖老凤凰枝"。

"诗眼"一词最早见于北宋，有人说原创为王安石，有人说是苏东坡，到底谁最早讲出"诗眼"一词，我没有做过深入考证，这里不敢胡说八道。明人胡应麟认为，两汉诗语言质朴自然，不求一字一句之工，到齐梁和初唐诗才"句中有眼"，盛唐洗尽这种毛病，杜甫又开始有奇字。黄庭坚《赠高子勉诗》也说"拾遗句中有眼"。大体上讲，两汉诗没有诗眼，齐梁初唐诗争一字之工，出现诗眼，盛唐诗又剔除了诗眼，盛唐后期杜诗中再次出现了诗眼。明朝很多人觉得句中有眼，语言就失去了质朴、自然、浑厚的气象，诗眼是诗歌大忌。这种说法有点偏激和绝对，诗眼的优劣不可一概而论。今天我不想和大家聊诗眼的功过，我只与大家描述一种语言现象。

除杜甫的诗歌外，盛唐大部分诗歌极少有诗眼，即使有也是偶一为之，如李白"人烟寒橘柚，秋色老梧桐"（《秋登宣城谢朓北楼》），"寒""老"二字就用得别致。李白的大部分诗歌语言都是脱口而出，天然入妙。不仅是李白这样，盛唐的大部分诗人都追求这种东西——语言浑厚自然，达到一种不可企及的天然境界。甚至刚刚读的时候，感觉完全是一派口语。

李白的这种流动轻快、这种自然舒展，代表了盛唐诗最大的特点——天然，也就是李白所追求的"清水出芙蓉，天然去雕饰"。

如妇孺皆知的《静夜思》：

> 床前明月光，疑是地上霜。
>
> 举头望明月，低头思故乡。

一派《子夜》民歌本色，但不用乐府旧题。眼中所见，心中所思，口中所言，李白哪是在有意写诗，不过是见月后信口而成，读来心知其妙境无穷，但嘴里又说不出妙在何处。举头低头，一仰一俯，即景即情，于回环往复之中，寓深切思乡之意，这就是前人所说的，不用意而意真，不言情而情切。

这种语言没有一字诗眼，然而整首诗妙不可言。

再看看他一首五言律诗《塞下曲》：

> 五月天山雪，无花只有寒。
>
> 笛中闻折柳，春色未曾看。
>
> 晓战随金鼓，宵眠抱玉鞍。
>
> 愿将腰下剑，直为斩楼兰。

这首诗虽用乐府旧题，但它的声调完全入律。可是，前四句一气直下，毫不受格律束缚，在句式和写法上又像古诗。"笛中闻折柳，春色未曾看"，纯用散行单句，把律诗对偶要求扔到了脑后。李白就像格律诗中的孙悟空，一得意哪管他什么清规戒律，"只图个老孙一时痛快"。

宋代诗人写律诗，黄庭坚声称宁可律不协，也不可使语言陈俗，但他从不敢甩开声律对偶，即使天才如苏东坡，也没有李白在诗国这种"天不怕地不怕"的豪气。

我们今天读宋诗佳作，也能感觉到诗人"用力"。如"春风又绿江南岸,明月何时照我还"。不是说它不好,但不管写得如何好,总有点人工的痕迹,用我们今天的话来说,总感到他们在"作"。

我们现在谈诗,尤其是中学课堂上讲,过分强调诗眼和字眼,但在盛唐诗人中,他们是不讲究诗眼和字眼的,他们讲究"天然去雕饰",雕饰得再好也不属上乘,就像人工整容的美女,与天生丽质不可同日而语。

16. 唐诗岁月谱

李白的诗情豪迈奔放，具有雄强的气势，比较典型地体现了盛唐诗歌的风格特点。

所谓的盛唐之音，主要是通过像李白这样的代表诗人体现出来的。

它有个发展的过程，比较标志性的就是从孟浩然，到李白，再到杜甫这三个阶段。

孟浩然是初唐、盛唐之间的一座桥梁。我们一般说他是盛唐诗人，其实从诗歌情感来讲，他和初唐有着千丝万缕的联系。从年龄上来看，他也是李白和杜甫的兄长。

看孟浩然的诗歌，不管是没有考上进士，还是怎么样，孟浩然都很平静，非常宁静。比如他有一首诗《岁暮归南山》：

北阙休上书，南山归敝庐。

不才明主弃，多病故人疏。

白发催年老，青阳逼岁除。

永怀愁不寐，松月夜窗虚。

读这首诗，能看出他也有点发牢骚，但不像李白那样，一感到自己受到约束，或者感到自己前程不妙，就开始纵声怒吼——"大道如青天，我独不得出。"

这固然与孟浩然的个性、气质有关，但也与那个时代有关。

在唐玄宗时代，早期的政治很清明，皇帝自己也比较节制。

等到了李白这个时代，由于国力不断地走向强盛，国家就开始走向腐败，出现了很多奢侈腐败的地方，但仍然还是蓬勃向上的。这时李白他们的内心世界开始有了变化，一方面很张扬，另一方面又隐隐地不安，有朦胧的骚动。

等国家腐败完全表面化了，就到杜甫阶段了，开始忧虑、沉郁，诗歌的情感跟之前不太一样，就写像《兵车行》那样比较凄凉的诗歌了。

$17.$ "性情"与"气运"

明朝胡应麟在《诗薮》中说："'山随平野尽，江入大荒流'，太白壮语也；杜'星垂平野阔，月涌大江流'，骨力过之。"

初盛唐诗人，写过三首出峡的五律：陈子昂的《度荆门望楚》、李白的《渡荆门送别》和杜甫的《旅夜书怀》。陈子昂其人其诗，与后两位的人与诗不在一个重量级上，所以很少有人拿他那首诗说事，李杜这两首，由于题材都是出峡，诗歌又都为人们叫好，所以不断地有人拿它们做比较。

比较过哪些方面，比较的结果如何，且听下文分解，先分别看看李杜两首诗的特点。李白的《渡荆门送别》：

> 渡远荆门外，来从楚国游。
> 山随平野尽，江入大荒流。
> 月下飞天镜，云生结海楼。

仍怜故乡水，万里送行舟。

　　这首诗是李白年轻时候的作品。诗题中的"荆门"，就是荆门山，位于今天湖北宜都市西北长江南岸，与江北岸的虎牙山相对，是古代巴蜀与楚国的分界处。

　　二十五岁左右的小伙子，离开了四川，"渡远荆门外，来从楚国游"。诗题是《渡荆门送别》，首句便切到题面。"渡"交代是舟行，"远"和"游"贯通诗脉，全诗就是走水路时船过荆门，从蜀川远到楚国来壮游。接下来写的就是他远游楚国的所闻所见，中间四句是全诗最出彩的地方。

　　"山随平野尽，江入大荒流。"那个时候的江汉平原不像今天这样，现在到处是棋盘一样的田地，当时那都是非常辽阔的沼泽地，他感到辽阔得没法形容。

　　接下来，"月下飞天镜"写的夜景，"云生结海楼"写的昼景，都写得特别漂亮。

　　晚上，月亮倒映在江中，像是天上飞来的明镜。晚上很美，白天更美，由于江汉平原的水蒸气很多，太阳一照，不断地折射反光，就出现一些海市蜃楼，实在是美极了。

　　李白这个四川佬，离开了老家，突然来到"楚国"，他的感觉好极了。在巴蜀盆地，睁眼闭眼都是山，正像他在《送友人入蜀》诗中说的那样，"山从人面起，云傍马头生"，可舟一过荆门山，我的妈呀，一眼望不到头的平野，江流莽莽，平原苍苍，景象是那样新奇、那样刺激，他不仅没有一点乡愁，还特别激动快乐。

因为突然来到一个新的世界，他觉得前程似锦，满眼都是新奇、满心都是兴奋、满脸都是冲动，甚至恨不得要大叫："'楚国'真爽！真爽！"

写到这里，好像前面六句和标题中"送别"两个字，没有丝毫关系，直到最后他才说"仍怜故乡水，万里送行舟"。

这是谁送谁呀？是谁送他的"行舟"呢？

明末唐汝询在《唐诗解》中说："题中'送别'二字，疑是衍文。"就是说，"送别"是多余的两个字。清沈德潜也认为"诗中无送别意，题中二字可删"（《唐诗别裁集》）。一直到当代人还是觉得"送别"二字可以删去："诗题中的'送别'应是告别故乡而不是送别朋友，诗中并无送别朋友的离情别绪。清沈德潜认为'诗中无送别意，题中二字可删'，这并不是没有道理的。"（上海辞书出版社《唐诗鉴赏辞典》）

其实，是人们没有完全读懂这首诗，是我们没有"读懂"李白。

既不是别人送李白，也不是李白送别人，是故乡水在送李白。所以标题的"送别"两个字不可以删，如果删了，最后这两句就没有根据了。

为什么这样说呢？

这首诗的前面六句，是写楚国的江汉平原如何开阔、如何美丽，但最后他说："尽管外面世界非常精彩，我仍然热爱我的故乡，仍然感激我的故乡，故乡水不仅哺育我长大，今天它还送我远行。"

古今诗论家都忽视了诗中的"仍"字，"仍"在这里是转折副词，是说外面的世界尽管迷人，"我"仍然热爱自己的故乡。

这是一种积极健康的情感，既喜欢外面精彩的世界，也深爱生他养他的故乡。

有一个犹太思想家说过：一个人如果觉得只有故乡才特别甜蜜美好，那么这个人就是个刚出茅庐的新手；一个人如果觉得所有的地方都像故乡一样甜蜜美好，那么这个人就是强者；如果一个人觉得全世界所有的地方都是异乡，这个人可能就是个完人。

按犹太思想家的话来讲，李白还算不上完人，还不是"perfect"，但李白毫无疑问是个强者。

李白这首诗，感情豪迈、奔放、乐观，反映了盛唐气象。中晚唐以后，很少人能写出这样的诗歌来。

再看杜甫的《旅夜书怀》：

> 细草微风岸，危樯独夜舟。
> 星垂平野阔，月涌大江流。
> 名岂文章著，官应老病休。
> 飘飘何所似，天地一沙鸥。

一读这首诗就知道，杜甫的诗歌，相较于李白的来看，已经开始变化了。

李白的语言脱口而出，流动轻快，它的句法形式跟我们的口语比较接近，和散文比较接近。"渡远荆门外，来从楚国游"，意脉非常流畅，上句是下句的因，下句是上句的果。

杜甫这首诗里连续用六个意象并列在一起，一个动词都不用，就出现了很多歧义。

　　"细草微风岸，危樯独夜舟。"我们可以根据自己的想象，对这六个意象进行多重拼接组合，可以拼成多种不同的画面，从语意讲也出现了很多种不同的解释。

　　譬如，可以把这两句说成：轻微的风儿吹拂岸上的细草，舟中的桅杆在夜晚孤零零地耸立。

　　也可以把这两句说成：轻风吹拂细草的江岸，独立于夜中船上危樯。

　　总之，这六个意象之间没有动词、介词、副词，意象与意象之间也就没有固定的关系，读者可以把这六个意象进行任意拼接。

　　"星垂平野阔，月涌大江流。"写得很深沉、很博大。由于平野非常辽阔，所以看到远处的天空就像接到地上来了一样；由于平野非常辽阔，所以星星就像要掉下来一样。大江不断地奔流，月光的倒影在江中不断地涌动。

　　拿两首诗的颔联对比一下，看看杜甫跟李白不一样的地方在哪儿。

　　先来说感觉，杜甫这两句仍然写得很沉雄、很低沉、很抑郁。"星垂平野阔"虽然意境阔大，但给人的感受低沉压抑。李白那两句写得开阔、写得轻快。再来看这两联的情状，李白的"山随平野尽，江入大荒流"有坐在船中间的动感，是在船疾驰的时候写的；杜甫的"星垂平野阔，月涌大江流"写的是舟停靠江边时的那种静观凝视。另外，李白的是昼景，而杜甫的是夜景。

前四句写夜晚舟中所见，后四句写夜晚舟中所感。

由于杜甫这时已经是中老年人了，他紧接着就写，"名岂文章著，官应老病休"。他为什么突然由"星垂平野阔，月涌大江流"想到了自己？

杜甫这时已经离开三峡，来到湖北。他在社会上已经有名气了，但他是通过文章得名的，古代的读书人一开始没有哪个想当个著名作家，也没有哪个想当个著名诗人。

在这一点上，古人和我们很不一样。

古人读书的目的首先是当官。如果实在当不了官，比如孔夫子，人家都不用他，那就回到家乡去，招几个学生当老师。我们现在叫孔子为教育家，因为他是第一个通过教书来养家糊口的人。

"名岂文章著"，他本来是想通过政治来得名的，但是很不幸成了一个诗人。古代很多文人并不想以"文"立名，连学者也鄙视文人，比如唐代史学家刘知几就说"耻以文士得名"。"名岂文章著"写出了人生的无奈。

"官应老病休"，通常休官，不是因为老，就是由于病，而杜甫却是说了真话，是他的忠诚。在任左拾遗的时候，杜甫因房琯事，触怒唐肃宗，他可以说是"因忠获罪"，一提起休官，他就有点恼火。

说真话而被休官，政治上自然一事无成，写诗执着认真，"语不惊人死不休"，诗让他流芳万世。应验了"有意栽花花不发，无心插柳柳成荫"。

在这个宁静的夜晚，在孤舟中看着江水奔流，心绪万千，想到他一生倒霉透顶，到老了还是居无定所，四处漂泊，所以最后两句写得很凄凉，"飘飘何所似，天地一沙鸥"。意思是说，"我杜甫如今很潦倒、很窝囊"。

一个人失意了，如果还年轻，还有很多未知数，凭运气，靠努力，说不定哪天就成功了，多少总是还有一点幻想，但如果到了四五十岁，什么都定了，咸鱼根本翻不了身，一辈子落得惨败，那就非常凄凉。

自己四处漂泊像是什么呢？茫茫天地中的一只沙鸥。

这个时候的杜甫，有一份沉甸甸的痛苦。

很多人比较李白和杜甫这两首诗。

前者奔放豪迈，飞动流走；后者雄浑沉郁，凝重悲壮。

李白的这首《渡荆门送别》写得神采飞扬，少年得志，对未来充满幻想，非常乐观。而杜甫写《旅夜书怀》的时候，已经到了晚年。两个人所处的年龄阶段不同，一个是青年，刚刚走向社会、走向外界；另一个是老年，对未来都看得清楚了，有某种很强的失败感纠缠着他。

两个人性格也不同，李白非常热烈、张扬，杜甫很沉郁、很凝重。

这两首诗风格上的差异，既源于各自性格的不同，也因为它们各自产生的"时运"有别。李白"来从楚国游"的时候，是在唐玄宗开元十四年（726年），大唐帝国还处于"盛世"，至少大部分诗人还沉浸在"盛世"的狂欢中。杜甫晚年仍然"忆昔开元全盛日"，边塞仍然捷报频传，诗人们还在高喊"不破楼兰终不还"，还在津津乐道"纵死犹闻侠骨香"。难怪李白一入楚国，夜晚有"月下飞天镜"，白昼有"云生结海楼"，满眼都是人间仙境。到杜甫乘船入楚的时候，正是唐代宗永泰元年（765年），国家经安史之乱后满目疮痍，他自己同样已是垂垂老矣，诗中出现"危""独""老""病"字，给人孤独、病危的凄苦感受。

撇开两位诗人的气质个性，两首诗产生的时代相隔三四十年，各自创作的年龄也相差三四十岁，从这两首诗不仅能看出李杜不同的性格、不同的心境，也能折射出不同的社会，不同的时运。

当然，将这两首诗放在一起比较，还是因为它们有可比性，它们都气魄宏伟，都境界阔大，都表现了"盛唐气象"，只是分别表现了两种盛唐。

18. 天地到底宽不宽？

李白很多诗都写得豪迈奔放，哪怕他处在人生的低谷，哪怕他的心情非常痛苦，他的诗情照样乐观，他的气势照样雄强。

比如，《行路难》三首，后世多认为写于天宝三载（744 年），李白刚刚被唐玄宗"赐金放还"，也就是皇帝在宫中看他不顺眼，也有人说是杨贵妃看他不顺眼，不管怎么说，不是皇上就是皇上宠妃看他不顺眼，给了他一笔钱叫他滚蛋。

当年皇帝诏他进京时，他忘乎所以地说："仰天大笑出门去，我辈岂是蓬蒿人！"看那神情，要多得意有多得意。

不到三年就被同一个皇帝赶出了宫廷，你们能想象得到，此时此刻，他要多郁闷有多郁闷。但他可不是那种闷骚，一倒霉了就折磨自己，他一烦了就要纵声怒吼："大道如青天，我独不得出！"痛苦了还要吼得天摇地动，这就是盛唐人的气魄，即使是在盛唐诗人中，除了李白以外，谁还能吼得这么有"力道"？

这两句也吼出了盛唐诗人对时代的感受，自己掉到了坑里，从来不怪路不平，只怪自己不小心，自己在考场落榜，在官场上跌跤，也不咒骂社会不公。一是他们心态很阳光；二是他们对社会还有信心；三是他们还比较天真。李白这两句是说，大道像天一样广阔，只是他自己太倒霉。只怨自己的命运不济，并不是社会的道路太狭窄。

不仅李白是这样，盛唐其他诗人也是这样。大家来看看常建的《落第长安》：

> 家园好在尚留秦，耻作明时失路人。
>
> 恐逢故里莺花笑，且向长安度一春。

进士考试落第，中晚唐的许多诗人都哭天抢地，甚至连韩愈也不能免俗，他几次落第后，那种垂头丧气的情绪，那种"摇尾乞怜"的样子，多少有点失态。当然，韩愈落第后的心态和神态，参加过高考的人都能理解。

盛唐的常建落第后，虽然有些怕乡亲们笑话，有些羞答答抬不起头来，但他的心态平和通达，对未来也乐观自信，他坦然地接受失败，还认定这是"明时"，也相信考官的公正，更难得的是他要挑战命运，几年后真的一考便中。

再看看岑参的《送杜佐下第归陆浑别业》：

> 正月今欲半，陆浑花未开。

出关见青草，春色正东来。

夫子且归去，明时方爱才。

还须及秋赋，莫即隐蒿莱。

    常建是写自己落第，岑参这首诗是劝慰落第之人。送下第人归乡而无半点失意沮丧，"春色正东来""明时方爱才""莫即隐蒿莱"不只是泛泛劝慰，也见出送者和别者对人生、对未来的达观豪迈之情。沈德潜："'芙蓉生在秋江上，不向东风怨未开'，安分语耳。此诗纯用慰勉，心和气平，盛唐人身分，故不易到。"

    到了中唐，孟郊多次落第，也觉得自己倒霉，你看他怎么写："出门即有碍，谁谓天地宽？"他感到自己没路走，一出门就有碍。

    两个人都写得好，但是对时代的感觉不一样，孟郊的就没有什么气派。李白是在埋怨，但他是埋怨自己，外面的"大道如青天"，只是"我独不得出"，不是世道不好，只是他的命不好。孟郊也是在埋怨，他怨自己的命不好，更怨这个世道糟。

    你们现在应该明白李白诗歌为何这么有气势了吧？一个"出门即有碍"的，一个出门就撞了头的人，他觉得生存空间非常逼仄，他的心胸也会变得非常狭隘，再想想"大道如青天"，那是多么辽阔坦荡，他的精神自然就会浪漫，他的激情自然就会奔放，他的气势自然就会豪迈。

    像李白这种浪漫、奔放、豪迈的诗歌情感，到了中唐、晚唐就很难找到。

孟郊是一个典型，后面的人还有很多，比如贾岛、李贺。他们写的不再是黄河、长江、泰山、华山，而是庙宇、夕阳、青苔等阴森森的小意象，还有蚂蚁、枯树，是一种病态的诗情。

每到一个时代的末期，那些诗人对国家伤心透了，人心完全散了，他们写得就非常悲凉，一片绝望。

比如杜牧，看起来很潇洒，"十年一觉扬州梦，赢得青楼薄幸名"。好像他不痛苦，其实不是这样。他说："尘世难逢开口笑，菊花须插满头归。"写得很难受，骨子里面很悲凉。

不像李白，虽然痛苦，骨子里面却是乐观的。

19. 体验神奇，感受雄强

　　要想感受雄强，要想体验奇特，你最好去读李白的《蜀道难》。
诗中创造出一种恢宏、奇特、雄强的意境：

　　　　噫吁嚱，危乎高哉！

　　　　蜀道之难，难于上青天！

　　　　蚕丛及鱼凫，开国何茫然！

　　　　尔来四万八千岁，不与秦塞通人烟。

　　　　西当太白有鸟道，可以横绝峨眉巅。

　　　　地崩山摧壮士死，然后天梯石栈相钩连。

　　　　上有六龙回日之高标，下有冲波逆折之回川。

　　　　黄鹤之飞尚不得过，猿猱欲度愁攀援。

　　　　青泥何盘盘，百步九折萦岩峦。

　　　　扪参历井仰胁息，以手抚膺坐长叹。

　　　　……

他老人家实在是了不起。

想象力要丰富，说起来很容易，做起来太难。

比如，要我现在写武当山的艰险，我除了说武当山很险很险，上武当山很难很难，再写不出来别的，没办法写得下去。

看李白怎么写的，他说"蜀道之难，难于上青天！蚕丛及鱼凫，开国何茫然"。他写蜀国，说古蜀国的帝王蚕丛和鱼凫，"尔来四万八千岁"，把我都吓死了，我们的文明也只有四五千年——可能文明有更长，但是有文字记载的时间很短。在几万年以前，大概是从猴子开始写。"不与秦塞通人烟"，当时有没有蜀道？没有。

他写"蜀道难"，从没有蜀道写起。

"西当太白有鸟道，可以横绝峨眉巅。"越写越离奇了，他说在西边的太白山只有个鸟道。鸟肯定是没有"道"的，这只有他老人家想得出来。他的意思是说人道是没有的，那太难了，只有个鸟道。

用我们现在的话来讲，鸟道就是飞机的航线，只有天空才可以过去。

"地崩山摧壮士死，然后天梯石栈相钩连。"想象很丰富，那个蜀道——从成都到长安修的这条道路，那是多难啊。

"上有六龙回日之高标，下有冲波逆折之回川。""高标"就是山顶上的一根杆子。

每一个民族都有很多可爱的神话，比如地震，我们的古人说是有个乌龟把大地背着，背的时间长了累了，它要动一下，所以就开始地震。

那么太阳在空中是怎么走的呢？古人说，太阳从东边到西边，是有六个龙驮着它走。那这个蜀道高到什么程度？六个龙一到蜀道，一看到蜀道上面那根杆子就吓得要死，说这么高它们怎么过去得了，它们又把太阳驮回去了。

像这种诗，只有李白弄得出来，他这不仅有神奇的想象，而且还有要命的夸张。

接下来他说，"黄鹤之飞尚不得过，猿猱欲度愁攀援"。连鸟飞到那儿去都飞不过去，刚才不是有"鸟道"吗？可是，连鸟也飞不过去。猴子本来是非常机敏的，它想过那个蜀道，都怕得要死，连猴子也翻不过去。

"青泥何盘盘，百步九折萦岩峦。扪参历井仰胁息，以手抚膺坐长叹。""参"和"井"是两个星宿名，他说到了蜀道的顶上，可以摸一摸天上的星星，甚至可以捉下来玩一玩——你能想象蜀道有多高吧？

他的夸张实在是太妙了，写捉星星也不是第一次。

当年他写《夜宿山寺》，就写过："危楼高百尺，手可摘星辰。"更要命的还是底下两句："不敢高声语，恐惊天上人。"我们今天再没有这种想象能力，写不出这么好的东西了。

今天我们的想象力是不是完全萎缩了，我不知道。

唐朝能有多高的高楼？五层就不得了了，而我们现在有百层楼，也写不出这么好的诗来。

李白一直有一种童真，对世界充满好奇，这使他拥有丰沛的想象力，所以他才能把蜀道的雄、奇、险写得历历在目。

　　李白气势的雄强，想象的奇特，生命力的旺盛，只读这首诗你就能体验到，一千多年后我们仍惊为天人，难怪当年贺知章惊叹他是"谪仙人"。

20. 一座古名楼，两个浪漫鬼

诗歌中的情景交融，讲的就是情与景的构成，也就是情和景完全融为一体。

古人对此有个贴切的比喻：水中的盐——水中的盐可以感觉到，但是不能看到。到底哪一粒盐是景，哪一粒盐是情，分不清也说不明，达到了一种水乳交融的境界。

老实说，诗歌做到情景交融，最成熟的时期还是在盛唐。

当然，我们称道诗歌的情景交融，但不是说没有做到，诗歌就一定不好。

很多诗歌的感情不是通过景物来表现，而是直接说出来的。

比如陶渊明的代表作之一《饮酒（其五）》[1]，"此中有真意，欲辨已忘言"，这种"真意"不必用语言表白，也无法用语言表白。

1　《饮酒（其五）》：结庐在人境，而无车马喧。问君何能尔，心远地自偏。采菊东篱下，悠然见南山。山气日夕佳，飞鸟相与还。此中有真意，欲辨已忘言。

可是，陶渊明一边说着不用言说，一边却已经在言说了。

还有王勃的《送杜少府之任蜀州》[1]，它没有什么情景交融，所有感情都是直接说出来的，"无为在歧路，儿女共沾巾"。这就像我们今天表达爱情一样，"我爱你"，非常直截了当地告诉对方，一点含蓄都没有。

我想以《黄鹤楼送孟浩然之广陵》为例，谈一谈情景交融。

开元后期，孟浩然进京考进士，落榜后，从长安辗转襄阳、洛阳，来到武昌，在武昌遇上了李白。

老实说，李白他老人家一辈子大概没有看上几个人，但是却看上了孟浩然。

孟浩然年龄比他大，他对孟浩然很有点尊敬，还写了一首诗《赠孟浩然》[2]。

在这首诗里他很夸张，说："你像座高山，我连仰望都不够。"——"高山安可仰，徒此揖清芬。"

孟浩然要东游江浙，第一站是扬州，李白就在黄鹤楼设宴给他送行。

《黄鹤楼送孟浩然之广陵》这首诗写得特别好。

两个浪漫才子，天下的名楼——黄鹤楼充满了神奇的传说，李白是天下闻名的浪漫诗人，当时孟浩然也是名满天下，这真是

---

1 《送杜少府之任蜀州》：城阙辅三秦，风烟望五津。与君离别意，同是宦游人。海内存知己，天涯若比邻。无为在歧路，儿女共沾巾。

2 《赠孟浩然》：吾爱孟夫子，风流天下闻。红颜弃轩冕，白首卧松云。醉月频中圣，迷花不事君。高山安可仰，徒此揖清芬。

古今的幸事。

天宝三载，李白和杜甫在洛阳见面，我们现代的一个诗人——闻一多先生说，这是中国的太阳和月亮走碰了头。

不知道孟浩然和李白走碰了头，是不是可以说是星星和太阳呢？不管怎么说，这首诗写绝了：

> 故人西辞黄鹤楼，烟花三月下扬州。
>
> 孤帆远影碧空尽，唯见长江天际流。

这首诗在题材上是送别诗，在体裁上是七言绝句。

按一般的写法，第一句交代相送之地，"故人西辞黄鹤楼"，送别地点是充满了神奇传说的黄鹤楼。

"故人"是唐朝的口语，就是我们今天的"老朋友、铁哥们儿"的意思，比如"故人具鸡黍"。"西辞"好懂，黄鹤楼在扬州的西边，他是东去。

第二句交代了将到之处和送别之时，"烟花三月下扬州"，他将到之地是扬州，送别之时是三月。

我有时候就想，天才和庸才，其实差距很小，就是那么一厘米之间——你不要以为差距蛮大，其实就是一转换间，就是一点点。

这首诗要是一般的人写，"故人西辞黄鹤楼，阳春三月下扬州"也可以，或者"暮春三月下扬州"也可以。但李白实在是太了不起了，他用"烟花三月"，写得实在是太好了。只有生活在武汉、生活在江汉平原的人，才知道"烟花三月"有多好。"阳春三月"

呢？随便把这四个字安在哪个地方都行，用它描写武昌的春天行，描写洛阳的春天也行，描写乌鲁木齐的春天照样行。

为什么说"烟花"？

湖北是千湖之省，水蒸气很重，到了春天的时候，大地回春变暖了，湿度很大，到处是水蒸气，看到远处的那些花，都是雾蒙蒙的。

大家都知道，扬州美女如云。唐朝失败了的人，情绪不好的人，成功的人，情绪好到爆棚的人，都要到那个地方去潇洒走一回。失败了是去寻求补偿，成功了是去得意忘形。从初唐到晚唐，一直都是这样，如晚唐杜牧还写过"十年一觉扬州梦，赢得青楼薄幸名"。

孟浩然没有考上进士，他也要到扬州去玩。

"烟花三月下扬州"，为什么说"下"呢？他在长江的上游，是沿江而下。

这首诗前两句语言写得清丽，但不艳俗。像上官仪《咏画障》首联，"芳晨丽日桃花浦，珠帘翠帐凤凰楼"，这种语言就算浓丽，或者说是艳丽，甚至也可以说艳俗。

前两句也写得很美。故人、扬州、黄鹤楼、李白、孟浩然，时间是最美好的春日，送别之地是充满神奇传说的黄鹤楼，将到之处又是美丽的扬州，楼上的送者和别者更是天下名流，一切都是那样美好。

难怪他在送别的时候没有一点悲凉——即使孟浩然落第，也没有半点凄惨，相反一切都是那么欢愉、那么温馨，"孤帆远影碧空尽，唯见长江天际流"。

诗歌有跳跃，从第二句和第三句之间，跳跃了哪些东西？

他们两个朋友，在黄鹤楼上吹了很多牛皮，摆了很长时间的龙门阵，天气摆得很晚了，他就手挽着手，把孟浩然送下黄鹤楼，送到江边，一直送到船上去……这些东西，都省略了。

他写的是"孤帆""远影""碧空""尽"，四个意象相连，其他的什么都没有说。

孟浩然上船，船刚刚开走的时候，看到的是"孤帆"；船走远了，看到的是"远影"；走到很远的地方，只看到"碧空"；再走到更远处，天和水接到一起了，就是"尽"。

他为什么这样写？这是送人。孟浩然走了，他没有走，他一直在看着孟浩然的船走。

我们一般送人时什么情景？

打个比方说，学生到我那儿去了，他说："戴老师，我现在要走了。""好。"我说，"你走吧。"他把门一关就走了。

朋友来了，要送他走，我就送到门口，他说："你不要出来。"好，我就不出来了。

如果我的老师来了，那我就不只是送到门口了，他说："你留步，不送。"那可不行，我得一直把他送到很远很远。

我经常举一个例子：我的大学同学到我这儿来了，当年在寝室里我被这个同学烦死了，我觉得他是个小人，但是他到我这儿来了，我们几十年没见，他是我的朋友。而且我不是送他，我是送我自己。因为我们最美好的青春，在一起耗了四年。我一直把他送到校门口的广埠屯车站，他一上车，我立马转身就走——本来就话不投机。

我要是送女朋友，情况就不是这样了。上了广埠屯的公共汽车，然后就是广埠屯、街道口、洪山、傅家坡、大东门、火车站。这就和"孤帆""远影""碧空""尽"一样，她走的时候，车子一直到我看不见，我还没有转身离去，就像把我的魂带走了一样。

说到这里，好像不对劲。

李白写的是什么？孟浩然走了，这是送一个朋友，又不是情人，一般船一走，那就回去了。有个汉学家说过，中国古代的男人每次送别都是缠绵得要死，都有一点同性恋倾向。当然，这是他不理解中国的古人。

回到这首诗，"孤帆""远影""碧空""尽"，江上空荡荡的，他还没有转弯，接着来一句"唯见长江天际流"，写得真是好。

李煜说过，"问君能有几多愁，恰似一江春水向东流"。

李白这里是"问君能有几多情"，一江春水浩浩荡荡，就像他绵绵不断的思念。"唯见长江天际流"，"唯见"紧承"尽"字，"尽"是什么都看不见了，"唯见"是只能够见到长江天际流，一直流到没有尽头的地方。

如果他要说，"孟浩然，我爱你，我舍不得你走"，那就没有诗味了。

他把那种依依惜别之情，融汇在每一个意象、每一个景物中间。李白通过景物的变动来展示时间的流逝，他久久立在江边，呆若木鸡，孟浩然下扬州，像是把他的魂都带走了。所以王夫之说，"一切景语皆情语"，的的确确是有道理的。

我刚刚读大学的时候学了这首诗，很激动——我是一个爱激动的人，总是想感受一下"孤帆远影碧空尽"，每次都没感觉好。因为现在都没有那种船，汽笛一响，就一点诗意都没有了。

不像古代，孤帆、长江，水是碧蓝的，天也是湛蓝的，那感觉多好。现在找不到这种意境了。

这首诗情景交融，达到了很高的境界。

21. 飘飘欲仙

再看一首诗——《与夏十二登岳阳楼》。

夏十二是指在家里排行十二，古人往往一个家族中接着排序，所以他那个排名排得很长。

看看这首诗：

楼观岳阳尽，川迥洞庭开。

雁引愁心去，山衔好月来。

云间连下榻，天上接行杯。

醉后凉风起，吹人舞袖回。

在安史之乱中，李白参加永王李璘的部队，当了随军参谋。永王李璘兵败被杀以后，他被捉到荥阳的牢里，后来被判刑长流夜郎，到了三峡的白帝城，突然唐肃宗大赦天下，李白又被赦回来，他坐船从白帝城出发，回到了湖北的江陵。

《与夏十二登岳阳楼》这首诗比《早发白帝城》稍稍晚一点，也是他在被赦回以后所写。

　　看看这首诗，他和老夏在岳阳楼一起喝酒，甚至夜晚还在岳阳楼睡过觉，两个人感情好得不得了。

　　"楼观岳阳尽，川迥洞庭开。""川"是指长江，长江非常旷远，洞庭显得非常开阔。诗一开始就点题，指明岳阳楼，古人管这叫切题。

　　"雁引愁心去，山衔好月来。"他把雁写神了，把山都写活了。他好像与雁有缘，一见到大雁，烦恼烟消云散。如在《宣州谢朓楼饯别校书叔云》中，刚说到"乱我心者，今日之日多烦忧"，可是等到大雁一来，"长风万里送秋雁，对此可以酣高楼"，马上就遁入了快活林。他在岳阳楼上，看到月亮从山上慢慢爬上来。他没有说喜气，却处处洋溢着喜气。他现在全部是快乐，什么忧伤都没有。

　　"云间连下榻，天上接行杯。"那个岳阳楼有多高呢？实在是没有多高，但他是怎么说？我的妈呀，他是在天上下榻。他每一次形容高，从来不重复。

　　"行杯"就是你把酒杯传给我，我把酒杯传给你，他是在天上喝酒"接行杯"。哎呀，这感觉之奇，奇得没办法。

　　上海那个一百多层的高楼，我没去过，但金茂大厦我是去过的。那个时候刚刚开眼界，八十多层的楼，乘快速电梯，从一楼"啪"的一下就上到了六十多层楼，坐的时候心脏都恨不得跳出来了。要命的是底下是玻璃地板，我都不敢走，总怕把玻璃踩破了，恐怖得要死。

体验过那么高，我们谁能想得这么奇？谁能写得这么好？你看李白，"云间连下榻，天上接行杯。醉后凉风起，吹人舞袖回"。三杯酒下肚，风吹得衣袖一直摆，他老人家飘飘欲仙。

在这首诗里，他没有言喜，但是每一个地方都充满了喜气，他不言仙，而自成仙气。

超旷豁达之情，飘飘欲仙之象，全从景中透出。

通过这首杰作，你能体验到什么叫"情景交融"吗？

22. 电影也拍不出这样的神仙诗

　　大概是在天宝五载，在南方漫游的元丹丘要西游华山，李白就写了首诗送他——《西岳云台歌送丹丘子》。

　　丹丘子，就是元丹丘，也是《将进酒》中的那个"丹丘生"。

　　看看这首诗写的什么名堂：

西岳峥嵘何壮哉！黄河如丝天际来。

黄河万里触山动，盘涡毂转秦地雷。

荣光休气纷五彩，千年一清圣人在。

巨灵咆哮擘两山，洪波喷箭射东海。

三峰却立如欲摧，翠崖丹谷高掌开。

白帝金精运元气，石作莲花云作台。

云台阁道连窈冥，中有不死丹丘生。

明星玉女备洒扫，麻姑搔背指爪轻。

我皇手把天地户，丹丘谈天与天语。

九重出入生光辉，东来蓬莱复西归。

玉浆倘惠故人饮，骑二茅龙上天飞。

这首诗有奇特的想象、极度的夸张，且大气恢宏。

"西岳峥嵘何壮哉"，他一起笔就写得特别有气势。大家都知道华岳非常险，"自古华山一条道"，上下都是那一条道。

"黄河如丝天际来"，为什么说黄河如丝？因为华山太高了，站在华山上看黄河就像一条丝带。其实他这个时候不在华山上，这完全是夸张，是想象。

"黄河万里触山动，盘涡毂转秦地雷。"这里在说黄河水奔腾咆哮。

我看过几次黄河，看的都是没有气势的地方。比如到郑州去看过黄河，一点气势都没有，我感到很遗憾。那种奔腾咆哮的黄河，我没有看到过。

"盘涡毂转秦地雷"，就是不断地有漩涡，像车轮一样不停地转动，整个八百里秦川雷声震荡。

如果我只和大家说，黄河奔腾咆哮，你肯定一点感觉也没有，这种套语表明我们的感觉已经麻木，表明我们对什么都没有感觉。李白的直觉非常敏锐，感觉非常细腻，想象又非常丰富，他才能写出"黄河万里触山动，盘涡毂转秦地雷"这样的诗句。读完这两句，你闭上眼睛想象一下，我的妈呀，黄河的咆哮真是天摇地动，整个秦地好像时时都在地震。

"荣光休气纷五彩，千年一清圣人在。"这就有点拍唐玄宗的马屁了，是说他们这个时代太好了，太了不起了。

"巨灵咆哮擘两山，洪波喷箭射东海。"写得实在是恢宏大气。"巨灵"就是河神，"擘"就是把两个东西分开。"巨灵咆哮擘两山"，就是说华山和它对面的雷山——也叫首阳山，本来是一座山，黄河在中间把它分成了两半。

"三峰却立如欲摧，翠崖丹谷高掌开。""高掌"就是仙人掌，华山的东峰。

"白帝金精运元气，石作莲花云作台。""金精"也是指白帝。他说华山之所以这么漂亮，是由于白帝金精不断地运它的元气，用石做成了莲花，云做成了台。他写得非常奇特，想象力十足。

"云台阁道连窈冥"，"窈冥"就是非常深的那种天。"中有不死丹丘生"，那是说他的朋友元丹丘。

"明星玉女备洒扫"，他想得太美好了，竟然还有——"麻姑搔背指爪轻"。

中国人太爱这个世界了。佛教不是我们传统的宗教，传统的宗教是道教，道教有一个最大的目的就是成仙不死。天上有很多玉女，有很多金物，反正是天下的人享受不到的。他就想象到天上去享受，不是一辈子享受，而是永远享受下去。

"我皇手把天地户"，这是九重天的玉皇，玉皇把着天地的门户，不是随便什么人都能出入，"丹丘谈天与天语"，真神了，他竟然能与天上玉皇交谈。"九重出入生光辉"，他在天上来来去去特别自由，荣耀极了。"东来蓬莱复西归"，"蓬莱"是蓬莱山，他说丹丘生成了仙，在华山玩得还不过瘾，还要跑到蓬莱山去玩。

接下来就开始调侃元丹丘，"玉浆倘惠故人饮"，"倘"就是假如。他说，"老兄啊，你喝不了的玉浆，要给我一点那就太好了。你要倒给我一点，我就跟你一起'骑二茅龙上天飞'"。

李白他老人家一直觉得自己身上也有仙气。

这首诗中的意象，一类是现实社会中的意象，西岳、黄河、秦地、云台峰、华山等；一类是超现实的意象，巨灵河神、仙掌、白帝、明星、玉女、麻姑、茅龙、蓬莱山等。

他通过现实意象与超现实意象的排列与组合，用浓烈的氛围渲染和宏伟的背景衬托，抒发自己超出庸俗的王法秩序，去追求个人自由的强烈愿望。

这首诗瑰丽神奇的意象，与宏伟奇幻的境界，把人带入了一个云雾缭绕的仙境。

李白的想象和他豪放飘逸的诗歌风格息息相关，他的想象如此奇特、如此丰富，诗歌超现实的意象层出不穷，主要与他相信道教有关。

杜甫也有想象，但是杜甫的想象总是现实的，只是从一个现实意象联想到另一个现实中的意象，很少有超现实之间的联想。比如他看到路上有冻死的人，就马上想到贫富分化得太严重，马上就想到"朱门酒肉臭"。他的联想、意象的组合，是在现实和现实中间进行的。

要想使自己的想象力变得更加丰富、更加神奇，要多读李白的诗。

李白写诗时的想象，是在一种非常轻松的状态下进行的，这是第一；第二，和他的知识背景有关，和他的宗教信仰有关，他的诗中有很多道教的意象。

比如，在上面这首诗中，现实和非现实完全融为一体。华山在他眼中不是一座普通的山，而是神山。"黄河如丝天际来"，虽然开阔宏伟，但今天航拍也能拍到这种景象；他说两个人要骑着茅龙在天上飞，今天连电影也拍不出他这个水平来，他的想象力极端丰富、奇特。

李白还有一首《梦游天姥吟留别》，这首诗也是白日见鬼——他很多诗都是白日见鬼。那个天姥山在今浙江绍兴嵊县，其实是很矮的一座山，在他老人家笔下，却变得仿佛比珠穆朗玛峰还高。

一起笔就说，"海客谈瀛洲，烟涛微茫信难求。越人语天姥，云霞明灭或可睹。天姥连天向天横，势拔五岳掩赤城"。

"势拔五岳"也包括华山，他在《西岳云台歌送丹丘子》里还说华山大呢。

"天台四万八千丈，对此欲倒东南倾。"他实在太偏激了，为了说天姥很高，而把天台贬得一塌糊涂。

"我欲因之梦吴越，一夜飞度镜湖月。湖月照我影，送我至剡溪。谢公宿处今尚在，渌水荡漾清猿啼。脚著谢公屐，身登青云梯。半壁见海日，空中闻天鸡。千岩万转路不定，迷花倚石忽已暝。"人景和仙景之间的转换，非常自然。

"熊咆龙吟殷岩泉，栗深林兮惊层巅。云青青兮欲雨，水澹澹兮生烟。列缺霹雳，丘峦崩摧；洞天石扉，訇然中开。青冥浩荡不见底，日月照耀金银台。霓为衣兮风为马，云之君兮纷纷而来下。虎鼓瑟兮鸾回车，仙之人兮列如麻。"刚才他还在说天姥山，现在所有的仙境、仙人都来了。

"忽魂悸以魄动，恍惊起而长嗟。惟觉时之枕席，失向来之烟霞。"马上又回到了人间，就像做了一场噩梦。

"世间行乐亦如此，古来万事东流水。别君去兮何时还，且放白鹿青崖间，须行即骑访名山。"最后几句写得特别好，可见他老人家之浪漫、之奇特，那白鹿好像是他养的一样。"须行即骑访名山"，人家都是骑着马、骑着驴子，他要骑着白鹿，真是充满仙气。接着最后两句就来了，"安能摧眉折腰事权贵，使我不得开心颜"！

可以说，李白是中华民族的骄傲，这是中华民族在最年轻、最美好的时候写的诗歌。以后，再没人有他这么奇特的想象了。

23. 长干行：大唐爱情民歌

大家都知道《长干行》，是一首乐府诗。到了唐代，乐府诗基本都不能唱。李白的《长干行》有两首，这是第一首。这首诗具有乐府民歌的那种淳朴特点，是历史上的名篇。常用的"两小无猜""青梅竹马"这两个成语都是从这儿来的。

长干，就是古代南京的一条街道，《长干行》《长干曲》都是属于南方的乐府民歌，用现在的话来讲，就是一种流行的通俗唱法。

我们看看这首诗：

妾发初覆额，折花门前剧。郎骑竹马来，绕床弄青梅。同居长干里，两小无嫌猜。

十四为君妇，羞颜未尝开。低头向暗壁，千唤不一回。十五始展眉，愿同尘与灰。

常存抱柱信，岂上望夫台。十六君远行，瞿塘滟滪堆。

五月不可触，猿声天上哀。

门前迟行迹，一一生绿苔。苔深不能扫，落叶秋风早。

八月蝴蝶黄，双飞西园草。

感此伤妾心，坐愁红颜老。早晚下三巴，预将书报家。

相迎不道远，直至长风沙。

这首诗的主题，就是"想老公"，是写一个少妇在丈夫远离之后内心的独白。读这首诗，就像听一个少妇在跟我们说悄悄话一样，表达了她对爱情生活的甜蜜回忆，对远在他乡丈夫的深深思念。

如果她和丈夫天天在一起，她就会觉得丈夫讨厌死了，正由于分离了很长时间，所以充满了美好的回忆。

这首诗是用第一人称的方式写的，在古代这叫代言体——诗人代这个少妇立言的意思。

他完全是模仿少妇的口吻，一起笔就说："妾发初覆额，折花门前剧。""妾"在古代是女性的谦称，男性都谦称为仆，不管结婚或没有结婚都是这样。这里面是指结了婚的少妇。

不要以为少妇是蛮大的年龄，最多就二十岁，甚至十八九岁。

古代的人到三十岁就觉得自己老了。女人三十乱糟糟，这是古代的说法。现在完全不是这么回事，观念不一样了。

"妾发初覆额"，女孩子头发上有刘海，女孩有刘海，是在五六岁的时候。"折花门前剧"，小女孩拿一朵花在门前做游戏，就是这么简单——古代没有今天这些玩具。

"郎骑竹马来，绕床弄青梅。"她是说，后来她家里的这位郎君，从小就调皮捣蛋。

"床"就是井旁边的围栏。竹马现在很少能见到了，在公园里还可以看到模型，现在是用电动的两头摇的那种。诗中那个竹马，就是两头翘，中间的部分触地，前面像马一样，小孩子坐在上边摇，写得特别优美。

"同居长干里，两小无嫌猜。"两个人好得简直就像一个人。两个小孩的纯情，是那样真，那样美，那样纯。

成语"青梅竹马""两小无猜"就从这儿来的。它充满了甜蜜的回忆，而且节奏相对来讲比较缓慢。

"十四为君妇，羞颜未尝开。低头向暗壁，千唤不一回。"这几句写得非常逼真，活灵活现，栩栩如生。她说，"我十四岁就嫁给他，当他媳妇，真是羞死了"。

一个十四岁的姑娘，在那个时代嫁到别人家去当了媳妇，她真是羞得没办法，而且胆子又小，总是在墙角把脸低着，怎么喊都喊不过来，她就是不回头。

李白写的这些，一读就知道充满了甜蜜。想起过去，她真是觉得很美好。

"十五始展眉，愿同尘与灰。"用现在的话来讲，她说："到十五岁，嫁给他当了一年的媳妇，我才尝到了爱情的甜头，觉得非常甜美，非常幸福。"

古代是先结婚，后恋爱。我们今天是先恋爱，后结婚，爱在前头，吵在后头，婚后吵得死去活来，恨不得要分手了。如今很多夫妻是凑合着过，那不叫婚姻，应叫"搭伙"，实在没办法，没有更好的选择。所以，很难说是古人幸福，还是今天的人幸福。

这里说的"愿同尘与灰"，意思是赌咒发誓，要跟他同生死，共患难——看得出，她爱那个小伙子，爱得深，爱得真。

"常存抱柱信"，这里暗用了一个典故，《庄子》中有个尾生，他跟女朋友约会，后来大水来了，女朋友没有来，这个傻家伙不晓得跑，抱着个柱子被淹死了。"岂上望夫台"，怎么也没想到她会跟丈夫远离，自己今天成了望夫女。

接下来，节奏就开始变快了，"十六君远行，瞿塘滟滪堆"。她老公大概是到三峡做生意。"五月不可触，猿声天上哀。门前迟行迹，一一生绿苔。"走了很长时间，原来等待他时走的脚印，现在都长了绿苔，"苔深不能扫，落叶秋风早"。从五月一直写到了八月，但不是像我们平常这样，五月完了六月，七月过了八月。时间在流转，诗也特别畅达。

"八月蝴蝶黄，双飞西园草。"到秋天，园子里面有轻飞的两只蝴蝶，写得实在是漂亮。"感此伤妾心，坐愁红颜老。"蝴蝶就是成双成对的，她一个人还在独宿，这里写得很含蓄。

"早晚下三巴，预将书报家。"她说："老公你要回来，就早点给我捎个信。"

"相迎不道远，直至长风沙。"长干在南京，长风沙在安徽的安庆这一带，就是说，"你只要有一个信回来，不管是千里万里，我也要去接你"。

家里有这么纯情深挚的老婆，千里万里也要奔回来。

这首诗就像一个少妇在说悄悄话，她的回忆充满了甜蜜和苦涩，她的语言单纯朴实，她的感情又非常真挚，这是典型的民歌风味。

前人有很多评说，比如《唐宋诗醇》就说："儿女之情事，直从胸臆中流出，萦回曲折，一往情深。"的确评价得很好。

24. 比陶渊明更田园

《下终南山过斛斯山人宿置酒》是李白的名诗，具有浓厚的田园风味。

"终南山"是秦岭山脉一个主峰，在长安的郊区。这是李白年轻时候作的诗，他两次游长安，有次下了终南山以后，天都黑了。那个时候既没有电瓶车，又没有电缆车，李白就要找个地方住，碰巧遇上了斛斯山人。

"斛斯"是复姓，"山人"就是农家人，"置酒"就是给他酒喝。

我比较奇怪，怎么总有那么多农民给李白酒喝？汪伦是一个，这个斛斯山人又是一个。是他掏钱买酒，还是人家主动款待，我们现在不得而知。

可能是他的名气太大了——如果刘德华到我家来了，我也愿意请他吃一餐饭，估计差不多就是这种情况。

这是一首很著名的田园诗：

暮从碧山下，山月随人归。却顾所来径，苍苍横翠微。
相携及田家，童稚开荆扉。绿竹入幽径，青萝拂行衣。
欢言得所憩，美酒聊共挥。长歌吟松风，曲尽河星稀。
我醉君复乐，陶然共忘机。

很可惜，他没有交代斛斯山人的名字，真是太遗憾了。要写明了姓名，那个斛斯山人就跟汪伦一样，真的"永垂不朽"了，李白怎么就这么大意呢？

这首诗充满了淳朴的牧歌风味，起头就说，"暮从碧山下"，这是典型的切题。"碧山"就是终南山，"山月随人归"，我读了以后，就感觉到"月亮走我也走，我和月亮一起走"，但是他写得要漂亮多了。月亮像人一样有情有意，"山月"这么亲切，"山人"又怎会寡情？

"却顾所来径，苍苍横翠微。""却顾"，就是回头，"翠微"本来是指一种青翠的东西，在这里是指看得有点模糊的山色——到傍晚了，慢慢什么也看不清楚了，眼前只有一片青翠的树林山色。

"相携及田家，童稚开荆扉。"这里是说，斛斯山人的儿子把柴门给他打开了。

每次读到这儿，我都感觉我们没有古人幸福。我们无论到哪儿去玩，不管是跟着旅游公司，还是自己去，到旅店去就挨宰。这诗里面描述的，完全不是这么回事，斛斯山人与李白像是老友重逢，他们随便而又亲热，"相携及田家"，"相携"这种亲热，如今只有在情侣之间见到，我们男同胞现在只"携"女朋友了，谁还和兄弟"相携"呀？见有客人来了，小孩也特别高兴，连忙为客人开门。荆扉就是柴门，古代农家房屋的门。荆是一种低矮的灌木，一种带刺的木条，"荆棘"这个词至今还常用，还有个成语叫"披荆斩棘"。大人"相携"，童稚开门，一家老老少少都非常好客，真诚地欢迎李白的到来。

进了"荆扉"以后，"绿竹入幽径，青萝拂行衣"，眼前的农家庭院，真美得没法说，朴素恬淡诗意浓郁，翠竹把他引入幽静的小径，女萝藤蔓轻拂他的衣服。主人那么热情，青萝也很多情。

"欢言得所憩，美酒聊共挥。""欢言"的"言"字是语气词，没有实际意义。"欢言得所憩"是说今晚找到了好人家借宿。他老人家一高兴了就要喝酒，一有酒喝就更高兴了，更别提和主人一起痛饮了。"挥"就是举杯喝酒。

"长歌吟松风"，三杯酒下肚，他就开始引吭高歌。"松风"是个曲子，古代有乐府琴曲叫《风入松》。"长歌"与"松风"相互应和，歌声与松涛彼此共振，李白酒后真的唱疯了。"曲尽河星稀"，是说银河的星星渐渐隐去。唱得尽兴，天已快亮。

"我醉君复乐，陶然共忘机。"客人醉了，主人乐了，两个人都忘记了人世的机巧，世俗的机心，真是快乐得不知谁是谁了。

有人说，这首诗大似陶渊明的平淡自然。

王夫之却说："清旷中不无英气，不可效陶。"意思是说，这首诗清旷中有一种逼人的英气。王夫之从来认为陶渊明诗中有一股英气。清朝人龚自珍《杂诗三首》之二也说："陶潜酷似卧龙豪，万古浔阳松菊高。莫信诗人竟平淡，二分梁甫一分骚。"他们都认为陶渊明其人有豪气，其诗有"英气"，如陶诗"刑天舞干戚，猛志固常在"，"少时壮且厉，抚剑独行游"，但陶渊明现存的大多数诗歌，表现出一种悠然恬静，即使饮酒也冲和淡定，如"一觞虽独尽，杯尽壶自倾"，"或有数斗酒，闲饮自欢然"，"何以称我情，浊酒且自陶"，很少有李白这种"长风吟松风"的张扬，更没有李白"烹羊宰牛且为乐，会须一饮三百杯"的狂放。

李白这首诗，完全是一派田园风味，像陶渊明田园诗一样淳朴，也像陶渊明诗一样纯真，但比起陶渊明来，李白这首诗纯真中又多了一份豪放。

25. 什么叫天籁？

李白写征夫思妇、男女相思的诗，有两首写得特别好。一首是《关山月》，另一首是《子夜吴歌·秋歌》。

先看看《秋歌》。这种诗歌只要念一遍，就知道它好在哪里：

> 长安一片月，万户捣衣声。
> 秋风吹不尽，总是玉关情。
> 何日平胡虏，良人罢远征。

王夫之读了以后说："前四句天壤间生成的好句，都被太白一个人捡去了。"这个评价有一点点幽默，有一点点羡慕，说不定还有一点点嫉妒，这说明李白写得真的是好。

男女相思容易写得缠绵细腻，而李白这首诗却写得非常开阔、非常大气，同时又非常细腻。

这首诗一共六句，一句赶一句。一气呵成就是这个意思。

"长安一片月，万户捣衣声。"到了秋天，大家都去缝制冬衣准备过年，要给远在外地的人带去，那么自然就开始有相思了。月色之外，又加声音，"一片"之后，又接着"万户"，可见，虽然点明"长安"，诗意却是泛指，月光不限于一处，捣衣声也不止一地。

　　已有了月，还有了声，怎少得了风？果然风就来了——"秋风吹不尽"，"一片月""捣衣声""秋风"都勾起思念之情，而且一个比一个撩人，哪个少妇要不想老公那才怪呢。所以就来了第四句，"总是玉关情"，这五个字出人意外，除了李白谁写得出来呢？上句"秋风吹不尽"，你以为李白是说吹不尽树叶，吹不尽落花，谁料到他是说"吹不尽""玉关情"？他不仅把长安月写活了，把捣衣声写活了，把秋风写活了，也把少妇的"玉关情"写活了——写得活灵活现，同时，也把全诗都写活了——这首诗漂亮、大气、开阔、深情。

　　既然"总是玉关情"，就逼出了第五六句："何日平胡虏，良人罢远征。"最后两句点题："什么时候能平息边塞，什么时候能扫平胡虏，让我老公从此不再远征，让天下夫妻从此不再分离？"这两句就像秋天自然卷起秋风一样，是天下百姓发自内心的呼唤。有了这两句，全诗不只大气、美丽，而且深沉。

　　李白的诗歌语言就不用说了，他的诗歌几乎都有一个共同的特点，就是直觉特别敏锐，出语特别自然。读李白的诗，觉得他一张口就来诗，"长安一片月，万户捣衣声，秋风吹不尽，总是玉关情……"太神奇了，谁读了都会惊叹，谁读了都会嫉妒，所以清朝人说，别人写诗都是吟出来的，而李白把口一喷就喷出诗来了。

读这首诗就可以感觉到，他的确是把口一喷就喷出诗来了。

像别人的诗，比如"云破月来花弄影"，还有"红杏枝头春意闹"，不是说不好，但一读就知道它们是经过反复推敲的结果。

而李白这才叫天籁，好像脱口而出，一派天然，知道很好，但又说不出好在何处。

26. 谁说李白没有深度？

和上面的《子夜吴歌·秋歌》一样，《关山月》同样是写征夫思妇的男女之情，但又不限于男女之情，又都同样写得开阔、大气、深沉、漂亮：

> 明月出天山，苍茫云海间。长风几万里，吹度玉门关。
> 汉下白登道，胡窥青海湾。由来征战地，不见有人还。
> 戍客望边邑，思归多苦颜。高楼当此夜，叹息未应闲。

这首诗的主题在唐代非常常见，把几个关键词说一下就行。

先把诗中的词语和地名交代一下，便于后面的理解。玉门关，大家都知道，在今甘肃敦煌西，唐代通往西域的关塞。天山，汉代称甘肃西北的祁连山为天山，唐代又称伊州、西州一带为天山，都在今新疆境内。白登，就是今天山西大同附近，当年刘邦曾经在这个地方围剿匈奴，后来自己被围了。青海湾，湖名，今天青海省西宁的周围，原为吐谷浑居地，唐高宗时被吐蕃吞并，唐代曾多次在青海一带与吐蕃作战。戍客指守边将士。高楼在此处特指"戍客"在内地妻子的居所。

这首诗寓月托风以寄相思，诗情谈不上新异，诗艺堪称新奇，最大特点是用健笔写柔情，它的过人之处在于，诗人把相思的柔情，写得如此莽苍开阔、写得如此清空舒卷，非常大气。

他一起笔就写得好，"明月出天山"，为什么叫天山呢？原来匈奴把天叫作祁连，后来就沿用下来，天山是祁连山的音译。"苍茫云海间"，我们不知道李白是否去过那个地方，但他老人家的想象太逼真了。明月、天山、云海，一轮明月在天之下，在云之上，莽莽苍苍，这叫大手笔、盛唐气象。

征夫思妇的男女之情，谁会像这样来写，从"天山"一直写过来？大概只有李白有这样的想象，也只有他有这样的魄力。

更有气魄、更加美妙的诗句还在后头："长风几万里，吹度玉门关。"几万里的长风，你见过吗？王之涣说"春风不度玉门关"，这句无理而有情，春风怎么会吹不过玉门关呢？难道玉门关外就没有春天了？所以说它无理。要是春风能吹度玉门关，这个季节早进入了春天，玉门关外怎么见不到一点春色呢？戍边士卒太想看到内地的春天了，他们太想念家乡了，所以说它有情。李白偏偏说，万里长风"吹度玉门关"。玉门关内的长风吹到了关外，关外戍边士卒的心儿飞到了关内妻子身边，这两句写士卒东望思乡，"吹度玉门关"，既"合情"又"合理"。

"汉下白登道，胡窥青海湾。由来征战地，不见有人还。"

汉代刘邦曾在白登道一带剿匈奴,后来反被匈奴围困。在青海一带,唐朝军队常与吐蕃交手,展开争夺地盘的拉锯战,有时战争非常惨烈血腥。从汉到唐边境就没消停过,这就引出了"由来"二字,长期以来"征战地",只见人送死,不见人生还,而送死的又都是草民。这四句非常深沉厚重,非常有历史感,当然也非常悲凉。

"戍客望边邑,思归多苦颜。高楼当此夜,叹息未应闲。"在边疆的征人想关内的老婆,在家里的老婆想戍边的老公,古代把这种写法叫"双绾",也就是同时写两边。

"戍客望边邑,思归多苦颜。"紧承前面的"不见有人还",边疆的士卒意识到没有生还的希望,望着"边邑",想着妻子,满脸痛苦,两眼绝望。而在家的思妇呢?"高楼当此夜,叹息未应闲",她们对万里之外的丈夫,不只是深深的思念,还有无穷的牵挂、不尽的担忧。无论是思念,还是牵挂,或者担忧,除了深更半夜一声"叹息",她们什么都使不上力。丈夫不得不去边塞,她们也只好在家里苦等。丈夫去边疆后,活见不到人,死见不到尸,只给她们带来不尽的痛苦、不尽的思念。

这一切是谁造成的呢?

这个巨大的问号引发深层的思考。

李白这首诗最动人的地方,还不是以健笔写柔情,而是他将"不见有人还"的历史悲剧,与"思归多苦颜""叹息未应闲"的人性悲剧,放在"苍茫云海间"和"由来征战地"巨大的时空中展现,全诗意境开阔,气势宏大,情感悲壮深沉。

谁还敢说李白的诗缺乏深度?!

27. 敬亭山老兄，你好！

天才都很敏感，李白是天才中的天才，所以他的敏感也同样翻倍；而敏感的人对情感的体验更加强烈，你不难想象，李白快乐起来，比我们更加快乐，他要是孤独起来，也比我们更加孤独。

所以，他的快乐写得很神，他的孤独也写得很绝。

有位大人物说过："天才从来是孤独的。"杜甫在《不见》中说：

不见李生久，佯狂真可哀。

世人皆欲杀，吾意独怜才。

敏捷诗千首，飘零酒一杯。

匡山读书处，头白好归来。

"世人皆欲杀"，可见他多孤独，即使不是举世无知音，最多也只能算上一个杜甫，至少杜甫是这样认为的。至于李白是不是这样看就无从知晓了。

所以李白有不少诗表现孤独，先看《独坐敬亭山》：

众鸟高飞尽，孤云独去闲。

相看两不厌，只有敬亭山。

孤独不好写，比如说你感到孤独，你怎样表现出来呢？至于我，除了嚷嚷"我好孤独，我好孤独"以外，再想不到别的表现手法，可叫嚷"我好孤独"，不仅难让人感动，还让人讨厌——谁喜欢身边人天天哭诉呢？现在我们把这叫"负能量"。

李白不一样。

"众鸟高飞尽，孤云独去闲。"是说所有鸟都讨厌他，看到他掉头就飞走，没有一只鸟儿不飞走；所有的云彩好像也讨厌他了，头顶那朵孤云也不愿意跟他为伴，悠闲地飘走了。

"相看两不厌，只有敬亭山。"他说，"会飞的鸟儿飞走了，能飘的云儿也飘走了，敬亭山老兄啊，现在只有你不讨厌我，我也不讨厌你。"为什么敬亭山不讨厌他呢？因为敬亭山跑不了。

云是"孤云"，可它宁愿孤独，也要远远地躲开李白，不愿跟李白在一起，你们现在能体会到李白的孤独吗？所有能动的东西都走开了，只有敬亭山还在那儿与他面面相觑，他觉得敬亭山格外可亲、格外可爱，他只与敬亭山有精神交流。他和敬亭山越是"相看两不厌"，越是表明他厌恶俗人，俗人无疑也很讨厌他，越是表明他内心的孤独。清代著名诗人黄景仁，特别崇拜李白，他不也说过"十有九人堪白眼"吗？

与敬亭山"相看两不厌",这样一种奇妙的感觉,大概只有李白才有,后来的辛弃疾"我见青山多妩媚,料青山见我应如是",或许是受到了李白的影响。

不妨拿柳宗元的《江雪》做一比较,《江雪》也是写孤独,也是古今第一流的好诗:

> 千山鸟飞绝,万径人踪灭。
>
> 孤舟蓑笠翁,独钓寒江雪。

柳宗元一生孤傲,可不是一般的人。

中唐有几个人是很牛的,柳宗元、韩愈、刘禹锡、白居易,真是有一点大国气象。他们虽然没有李白那么牛,但也很牛,每个人都非常有个性、非常有学问、非常有才华。

"千山鸟飞绝,万径人踪灭。"天气非常严寒,没有人影,不见鸟踪,但偏有不怕冷的"孤舟蓑笠翁",此时此刻,他居然一个人"独钓寒江雪",读起来全身冷飕飕。这首诗多么冷峭、孤傲!

"蓑笠翁"是柳宗元的化身。

他在严酷的政治打击中被贬到永州,但他没有低头,准备东山再起,他说:"老子不服输。"

两首诗都好,但是风格不一样。柳宗元写得孤傲、冷峻,李白则想落天外,精神固然孤独,风神却极飘逸,读他的诗感到非常奇特,所以人家说李白是仙人,除了因为他相信道教以外,还因为他的想象力真不是一般人能比得上的。

28. 越热闹，越孤独

《月下独酌四首》第一首，是李白另一首表现孤独的名作，它比《独坐敬亭山》更为人传诵：

> 花间一壶酒，独酌无相亲。举杯邀明月，对影成三人。
> 月既不解饮，影徒随我身。暂伴月将影，行乐须及春。
> 我歌月徘徊，我舞影零乱。醒时同交欢，醉后各分散。
> 永结无情游，相期邈云汉。

这首诗的写作时间不详。

看李白写得多好，"花间一壶酒"，他老人家总是把气氛营造得特别好。在花间品酒，地方好，情调好，气氛也好，原以为他要痛饮一场，岂料突然反跌，来一句"独酌无相亲"，有香花，有美酒，有良辰，却没有知音。"无相亲"的孤独，是全诗的情感基调。

人都害怕孤独，阮籍当年就说"日暮思亲友，晤言用自写"。要是举世无相亲，你想想那是多么孤独。

"举杯邀明月，对影成三人。"刚才写得非常孤独，现在又突发奇想，很快就热闹起来了，月亮、李白和李白的影子，不刚好"对影成三人"了吗？陶渊明《杂诗十二首》之二说："欲言无予和，挥杯劝孤影。"陶说"我想倾诉，但没人想听，更没人附和，只好与自己的影子饮酒了"。李白这两句可能是受了陶诗的影响，但他比陶写得更生动形象，也比陶写得更加热闹动人。陶只有自己和自己的影子，而李白则是"对影成三人"。他把月和影都当成了"人"，可见他多么渴望交流与温暖。

可是，月和影并不是"人"，所以"月既不解饮，影徒随我身"。举杯邀明月有什么用呢？明知月亮不知道什么叫饮酒，还要"举杯邀明月"，明知影子随人也是枉然，他晃动影子，晃动的也还是自己。

但是他没有办法，还是要"暂伴月将影"，"将"就是与、和的意思。他说，他没有办法，现在只有和影、月亮一起跳舞了，因为人生短暂，要及时行乐——"行乐须及春"。

大家注意，这个"春"字，在结构上紧承前面"花间"的"花"。

"我歌月徘徊，我舞影零乱。"李白未必在唱歌，也未必在跳舞，但是他写得特别逼真，把假的写得活灵活现。"醒时同交欢，醉后各分散"。

前面十二句，李白是写孤独，但是写得特别热闹。他越是写得热闹，他就越孤独。

再看最后两句，"永结无情游，相期邈云汉"。他突发奇想，说要跟月亮做无情的、不能交流的结拜兄弟，一直到天国去相会。

这首诗明明是孤独难耐，他偏要写得热闹异常，越是热闹，越是凄凉。

明明知道月之无情，偏要与它共舞，与它对饮，可见诗人是多么渴望倾诉、渴望理解。

像李白这种非常敏感的人，特别害怕孤独。

我们总是说，一个人太聪明了未必是好事，你想幸福就要憨一点，如果你太敏感就未必幸福。我就属于憨一点的人，所以我有的时候比较幸福，但我是半憨半不憨，所以头发就白得比较多。

《独坐敬亭山》和《月下独酌四首》（其一）这两首诗，有些共同的特点：首先是人与物交流，以物之有情反衬人之无情；其次是它们极尽奇思异想，特别是第二首，明明只是"独酌无相亲"，却偏偏写得热闹非凡，又是饮，又是歌，又是舞，好像满屋子酒友和舞伴，越是热闹就越显孤独；再次，连苦闷孤独也写得旷达天真。

29. 诗仙原来是个情圣

　　李白的有些乐府诗，写景旖旎明丽，写情一语百媚。诗仙原来还是个情圣，你大概没想到吧？

　　先看《采莲曲》：

> 若耶溪傍采莲女，笑隔荷花共人语。
> 日照新妆水底明，风飘香袂空中举。
> 岸上谁家游冶郎，三三五五映垂杨。
> 紫骝嘶入落花去，见此踟蹰空断肠。

　　《采莲曲》是乐府旧题。"若耶溪"在今天的浙江绍兴一带，这首诗是李白早年到江浙去玩写的。跟《越女词五首》一样，都是他年轻时候写的。

　　马路上那些年轻小伙子，眼睛往往喜欢朝女孩那儿瞟。当然，不仅年轻人是这样，我们这些老头儿也是这样。

"若耶溪傍采莲女，笑隔荷花共人语。"未见其人，先闻其声。采莲女的脸像荷花，她的衣服像荷叶，隔着荷花和别人笑语，声音欢快而又圆润。

"日照新妆水底明"，假如直说她的新妆特别漂亮，那可能有点呆板无味，说她的倒影映在水中明媚动人，语言便显得非常新颖。"风飘香袂空中举"，古代女性的衣袖特别长，初唐上官仪有"水袖飘香入浅流"的诗句。如今的女孩夏天穿短袖都算是传统或者复古，许多女孩穿吊带背心。唐代女孩哪怕采莲，衣袖照样也很长，所以才有"风飘香袂空中举"的风姿。这句把女孩的飘逸轻盈，写得真是勾人魂魄。后来白居易在《长恨歌》中的"风吹仙袂飘飘举"，无疑是受到了李白的影响。

"岸上谁家游冶郎，三三五五映垂杨。"水中采莲的姑娘动人漂亮，岸上骑马的小伙潇洒风流。"游冶郎"指出来寻乐子的青年。他们三三五五掩映在垂杨中，全被采莲姑娘迷住了。

"紫骝嘶入落花去，见此踟蹰空断肠。""紫骝"是一种毛色枣红的马，它看到采莲姑娘好像也动了情，一声长嘶震得落花纷纷。美女、鲜花、红莲、绿水，谁见了都会销魂。"踟蹰"就是徘徊的意思，徘徊流连也是枉然，水中的那些天仙般的美女，看得见，够不着。

对当事人来说是"断肠"，对读者来说是好戏，要是一谈就成未免老套，"断肠"反而留给我们许多念想。

古人称道这首诗"丽景丽句"，其实这还说得不全，此诗的特点应当是：丽人、丽景、丽句。

另一首爱情名作《春思》，与《采莲曲》异曲同工：

燕草如碧丝，秦桑低绿枝。

当君怀归日，是妾断肠时。

春风不相识，何事入罗帏？

"春思"就是春天的相思，此处的"思"是名词，当读去声。这首诗写爱情的忠贞，被千古传诵。

一起笔就"燕""秦"对起："燕草如碧丝，秦桑低绿枝。""燕"是指今河北北部、辽宁西南部，属于古燕国的地方。"秦"是指今陕西省一带，属古代秦国，古人常说的"秦川"，通常指当时的长安，和今天陕西西安周围的关中平原。

更北边燕地，偏南一些的秦川，同一季节呈现出不同的景观。在比陕西更北的燕地，春来得更晚。同一个春天，在河北、东北可能是刚刚露脸，还只是"燕草如碧丝"，到了偏南一点的陕西，到处已是春意盎然，满眼的"秦桑低绿枝"了。只有走南闯北的李白，对季节物候的变化，才能够感受得更为真切。前两句的"燕""秦"相对，暗示了后面的"君""妾"遥隔。

春光潋滟，春景撩人，所以"当君怀归日，是妾断肠时"，"你在燕地北国想我的日子里，也正是妾想你想得最伤心的时候"。空间上分隔两地，季节又同处春天，丈夫与妻子也同一心情，真是心有灵犀一点通，这就是古人说的"心心相印"。

他的诗歌语言脱口而出，读起来像水一样清澈。

"春风不相识,何事入罗帏?"为什么这样写?明朝人说,"末句比此心贞洁,非外物所能动"。这是站在女性视角写的。秦地的妻子埋怨说: "你这个春风,明明知道我丈夫不在身边,干吗要跑我的罗帏来撩人呢?你怎么这么烦人呢?"

　　表示对她丈夫的忠贞,不仅别的男人不能跑到她的罗帏,连春风都不能藏入她的罗帏!真是夸张,这种表现方法,大概也只有李白想得出来。

　　这种类型的诗歌,读起来字字欲飞。

　　《采莲曲》明艳动人,《春思》细腻委婉。

30.民歌风

《越女词五首》，写得泼辣大胆，风情摇曳，字字都勾人魂魄。

这五首诗写及的地方，北起今天南京城南的长干，南到今天浙江金华东阳一带，就是古代的吴、越两地，也是今天的江苏和浙江，俗话所说的"江浙"。

相对于北方凛冽的寒风，扑面的风沙，干燥的气候，江浙一带气候宜人，水软山温，在这种环境中的人们很容易变得浪漫、活泼、细腻、多情。相对富庶的生活，更让人们渴望爱情，而江南美女的眼睛会说话，江南情郎也会调情。听听江浙姑娘说越语，你就能体验什么叫柔媚；看看今天的上海男人，就知道什么叫疼老婆。

南朝民歌中爱情题材占绝大多数。《越女词五首》无疑是受到了南朝民歌的影响，富于典型的民歌风。

杜甫二十岁左右到浙江去玩，他感受很深的也是江浙姑娘特别漂亮，皮肤特别白——他说"越女天下白，鉴湖五月凉"。

《越女词五首》也是李白年轻时写的。《越女词五首》其一：

长干吴儿女，眉目艳星月。

屐上足如霜，不著鸦头袜。

"长干"在南京城南，古代属于吴国，所以说"吴儿女"。"儿女"在这里是偏义复词，主要指女儿。"眉目"在这里指女孩的面容，"艳星月"指吴地女孩光彩照人。"屐"又称木屐，就是木拖鞋。说这些姑娘穿着木屐，没有穿袜子，漂亮极了。"鸦头袜"也叫叉头袜，把拇指和其他四指分开的一种袜子，这种袜子便于穿拖鞋。

第一首诗是一幅江南姑娘的静态画。吴越的女孩明媚动人，连袜子也不穿，那双趿拉着木屐的素足，像霜一样洁白，像玉一样光润。

这种美天然、质朴、明丽，不用眼影粉饼，无须描头画脚，这样的姑娘才算"天然去雕饰"。

《越女词五首》其二：

吴儿多白皙，好为荡舟剧。

卖眼掷春心，折花调行客。

"吴儿多白皙，好为荡舟剧"，"吴儿"此处指吴越一带的女孩。江南女子皮肤"多白皙"，"荡舟剧"是说喜欢玩划船游戏。"卖眼掷春心，折花调行客"，"卖眼"就是今天说的抛媚眼，"掷春心"用今天的话来说，就是把心都掏出来给别人看，向别人求爱示好。"调"就是调笑或调情。

第二首是对女孩的动态刻画。江南女孩又白又美又多情，见了喜欢的人就抛媚眼、掷春心，见了匆匆路过的行客，也决不放过调情的机会。大胆得有点邪乎，但它真实表现了江南水乡的民情。

《越女词五首》其三：

耶溪采莲女，见客棹歌回。
笑入荷花去，佯羞不出来。

"耶溪"就是"若耶溪"，在浙江绍兴南部。"棹歌"就是划船而歌。棹是长船桨，楫是短船桨。

正在溪中采莲的少女，一见到岸上来了行人——有男的来了，她就马上划船掉回头来，笑着藏到荷花丛中，做出害羞的样子不出来露脸。

注意"佯羞"二字——她是假装害羞，并不是真的害羞。少女适当的羞涩感，会让她显得更加娇羞迷人，也更容易激起男性追求的冲动。

"佯羞"与其说胆怯，不如说是一种挑逗。上一首"卖眼掷春心"，是一种挑逗，"佯羞不出来"则是另一种形式的挑逗，效果和"犹抱琵琶半遮面"一样，它给异性带来了神秘感。

《越女词五首》其四：

> 东阳素足女，会稽素舸郎。
> 相看月未堕，白地断肝肠。

"东阳"和"会稽"都属浙江，东阳在今天的金华市，会稽在今天的绍兴市，两地相隔得很近。一个是"素足女"，另一个是"素舸郎"。"素舸"就是没有装饰的木船。"素舸郎"是木船上划船的小伙子。月堕是唐朝的口语，就是女孩子堕入了情网。"相看月未堕"，相互见面后都有好感，但无法表白衷肠，弄得两人白白地"断肝肠"。"白地"就是平白地，"断肝肠"就是肝肠寸断。

这首诗写得很有意思，一般的爱情诗都写恋爱如何热烈，或写相思如何缠绵，这首诗直接写因见面不言情，"白地断肝肠"，相见不如不见，话说得干净利落。

《越女词五首》其五，最后的一首是最美的一首：

> 镜湖水如月，耶溪女胜雪。
> 新妆荡新波，光景两奇绝。

"镜湖"在绍兴市南面，若耶溪流入镜湖。我们今天到浙江去，到处污水横流。当年可不是这样，那里地面干净，湖水明净，"镜湖水如月"。浙江绍兴的姑娘又白又美，"耶溪女胜雪"。"新妆荡新波"，漂亮的姑娘，穿上漂亮的新衣，来到漂亮的湖边，哎呀，真是"光景两奇绝"。"景"就是"影"。

这实在是人间最美的画面，李白的确刻画得美丽迷人。

上面每一首诗，无论是大胆的还是含蓄的，没有哪一首写得不好，它们的共同点是，诗中的"越女"都开朗大方，朴素纯真，个个都热爱生活，大胆地追求爱情。诗中的少女没有半点忸怩作态，诗歌语言也一片天籁，毫无人工装点的痕迹。

要品味民歌风，就应细读《越女词五首》。

31. 漂亮的马屁诗

《清平调三首》是李白诗歌中的另类作品，是典型拍马屁的命题诗——写杨贵妃，不过他拍得不讨人厌。

从中可以看到他诗歌的另一种格调，也可以看到他为人的另一种风貌：

其一

云想衣裳花想容，春风拂槛露华浓。

若非群玉山头见，会向瑶台月下逢。

其二

一枝红艳露凝香，云雨巫山枉断肠。

借问汉宫谁得似，可怜飞燕倚新妆。

其三

名花倾国两相欢，常得君王带笑看。

解释春风无限恨，沉香亭北倚阑干。

写这几首诗的时候，是杨贵妃和唐玄宗恋情最炽热的时候，也是李白在长安做翰林学士的时候。

这是典型的盛唐气象，美丽的贵妇，浪漫的诗人，风流、浪漫、繁华、富丽，把我们所谓的盛唐帝国装点得非常美丽，但这个时候也是开始腐败的时候。

我觉得，这三首诗拍马屁真是拍到了点子上，写得特别好。

第一首是说杨贵妃美得像仙人。

她实在是太美了，美得不得了，就不是"东阳素足女"，而是"云想衣裳花想容"，轻灵飘逸、美不胜收。她的衣裳怎么美，说不出来，只好"云想衣裳"，注意这里不是以云彩喻衣裳，而是提示你通过云彩，来想象她的衣裳，想象它的色彩、它的飘逸、它的轻盈，她的容颜有多美，说不出来，只得"花想容"，通过花来想象她的娇艳、她的清香、她的美丽。前代评论家都说"想"字妙，妙在什么地方呢？"想"化实为虚，云彩、衣裳、花、容，都在恍惚有无之间，既引人无限联想，诗意又非常空灵。

大家想过吗，恭维的可是"三千宠爱在一身"的贵妃，如果写实了，让贵妃娘娘不高兴，恭维就成了诅咒。避实就虚是诗艺高超的体现，也是出于现实的考虑。

"春风拂槛露华浓"，紧承上句"花想容"，春风轻拂中的一枝带露牡丹，要多美有多美。从"春风拂槛"，可以想象它的婀娜绰约；从"露华浓"，可以想象它的芳艳明媚。

云彩、衣裳、鲜花、容貌，仍然还是云里雾里，那么她到底怎么美呢？诗人接着说："若非群玉山头见，会向瑶台月下逢。""群玉"是仙山名，西王母居住的地方，"瑶台"是西王母的宫殿，不管是仙山还是仙景，都是道教仙界中的地名。杨贵妃不是美若天仙，简直就是天上的仙女，人间再找不到这样的美人了。

其二

一枝红艳露凝香，云雨巫山枉断肠。

借问汉宫谁得似，可怜飞燕倚新妆。

"一枝红艳露凝香，云雨巫山枉断肠。"第二首接着上首"花想容"而来。一枝带露的牡丹，看上去红艳欲滴，闻起来浓香扑鼻。"云雨巫山"，宋玉《高唐赋》中写到楚王梦见巫山神女。这句字面上的意思是，楚王梦中与神女交会，神女朝为行云，暮为行雨，来往飘忽不定，徒然叫楚王怅望断肠。在此诗中的意思，似乎是说有了杨贵妃，再也用不着像楚王那样枉然惆怅了。第二句另有不同解释，巫山神女看着她也徒然着急，因为她怎么也比不上"露凝香"的牡丹。

"借问汉宫谁得似"，那么整个汉朝美人，谁比得上杨贵妃呢？"可怜飞燕倚新妆"，楚楚动人的赵飞燕，要靠新妆来修饰，才能勉强与杨贵妃媲美。"飞燕"指汉成帝的皇后赵飞燕。

第二首承前"花想容"而来,仍以花来想象杨贵妃的花容月貌,又借巫山神女、汉朝赵飞燕衬托,以众星捧月的方式来突出杨贵妃。

其三

名花倾国两相欢,常得君王带笑看。

解释春风无限恨,沉香亭北倚阑干。

"名花倾国两相欢,常得君王带笑看。"第三首还是从"花想容"带出。此处的"看"字不能读 kàn,要念平声。一边是富贵的名花,另一边是倾国的美貌,我们的君王都喜欢看。

在杨贵妃之前,唐玄宗有一个宠妃死了,所以他感到很遗憾,有了杨贵妃以后,就得以"解释春风无限恨,沉香亭北倚阑干"。"解释"就是消释、消除。"恨"就是遗憾。

在沉香亭北,唐玄宗看美人、赏名花,所有的烦恼、所有的遗憾,全跑得无影无踪。

由于有前面两首诗的虚写,那么这首诗则属实写,虽然色彩相当浓艳,但情调非常欢快清新,一切都是那样亮丽,那样美好。

据《松窗杂录》中说,开元中,宫中牡丹四株:红、紫、浅红、纯白,唐玄宗将它们移栽在兴庆池沉香亭前,花开之日,月夜邀杨贵妃观赏。乐工正准备唱歌助兴,玄宗说,赏名花,对妃子,怎么能用旧乐呢?于是,便命李龟年持金花笺宣赐翰林学士李白进《清平调》三首，当时李白宿醉还没有解酒，奉诏提笔就写成这三首名诗。这里的时间肯定有误，李白待诏翰林是在天宝初，而杨玉环做贵妃在开元末。

这几首虽是拍马诗，但写得并不俗气，色彩既明艳富丽，格调也高雅脱俗。我们可以从中看到李白的另外一面，他不是完全不和权贵打交道，拍起马屁来，还是特别漂亮的。

"云想衣裳花想容"，和"东阳素足女""屐上足如霜，不著鸦头袜"一对比就知道，《越女词五首》有很浓的民歌风味，而《清平调三首》有很强的富贵气象。你们想想，杨贵妃肯定不会不穿袜子，更不会去穿木屐。

下篇

01. 不顺的时候，想想杜甫就好了

杜甫的家庭环境和李白完全不一样。

他出生在一个世代为官的官宦家庭，远祖杜预是西晋的开国元勋之一，文武双全。儒家的十三经中，有一本《春秋左传集解》就是杜预撰写的。杜甫是他的第十四代孙子。

在我们看来，这个隔得太远了，好像没什么影响，不提也罢。比如我的爷爷叫什么名字，我现在都忘了。但杜甫对这个问题很看重，一说就是"我的远祖如何如何"——他有一种家族的荣誉感。

在我的老家，戴家重修家谱，因我们那地方姓戴的实在找不出什么名人，族人见我在大学教书，好歹还是个教授，重修家谱以后，就把家谱专门给我寄了一份。我一看那本家谱，原来我们远祖是从安徽休宁迁来的，祖上原来还是徽商，三百年前跟乾嘉学者戴震是一家，我莫名其妙地也有了一点荣誉感，见鬼！

由此我想到了杜甫，对他就有点理解了。

杜甫是杜审言的孙子，审言是武则天时期修文馆直学士，是一位著名的诗人，他的诗写得很好，他对这些诗的自我感觉更好。杜审言生杜闲，杜闲生杜甫。杜闲当过奉天令，在历史上默默无名，所以杜甫从来不说他的父亲怎么样，一说就是吾祖怎么样。

杜甫出生在书香门第，由于祖父是杜审言，所以常常说"诗是吾家事"。

他跟他儿子说这句话——写诗是我们家里的事，跟别人不相干，感觉好荣耀、好牛！可惜他的几个宝贝儿子都不争气，没有一个人写出好诗来。看来，写诗不靠荣誉感，完全靠自己的才气。老子会写诗，爷爷会写诗，并不能保证你自己也会写诗。

杜甫和李白一样，认为自己特别聪明。

他说，"七龄思即壮，开口咏凤凰"。意思是说，"我七岁开始写诗，就很了不起，一开口就写凤凰，不同于常人"。

骆宾王七岁也写了诗歌，就是那首"鹅鹅鹅，曲项向天歌"的《咏鹅》，他要是比杜甫晚生，看到杜甫这个话，可能会气得要死。

杜甫十四五岁的时候就"出游翰墨场"。用现在的话来讲，就是参加了作家协会——他参加了诗人协会，跟文坛的人不断地交往。

杜甫祖籍是湖北襄阳，但是从他祖父杜审言开始，就移居到了河南巩县，居住在洛阳的郊区。

大家不要用今天的洛阳来定格当年的洛阳，当年洛阳叫"东都"，那时洛阳郊区繁荣的程度、在唐代重要的程度，丝毫不亚于今天的上海，甚至比上海还重要。

中原这个地方，是儒家的理性精神占主流地位——通常情况下，民族的主流文化总是在最发达的地方占统治地位。

在这种经济繁荣、文化发达的地方，儒家思想使杜甫有一种清醒的理性，他把它作为安身立命的准则来终身奉守。

杜甫说："脱略小时辈，结交皆老苍。"意思是："我很小的时候就看不起我的同辈人，觉得他们很幼稚。"可能他老人家早熟，结交的往往是峨冠博带的宿儒。

十九岁和二十岁的时候，他做了一次很长时间的漫游——漫游吴越。

他从河南巩县出发，一直朝南走到湖北，然后沿江而下到江苏，再到浙江。一直玩到浙江的海边，当时把船都买好了，准备到日本去玩一玩，但是没去成。他老了以后，还在为这件事情感到后悔。

唐朝人，尤其是盛唐人，在十七八岁的时候就要"漫游"，这在读书人中成为一种风气，叫"仗剑去国，辞亲远游"，就是背一把长剑，去周游闯荡。

唐朝的男人，还真有点男人气概，比如击剑，比如漫游，他们敢立马横刀去闯荡天下。

这次闯荡，杜甫开阔了心胸，也结交了朋友。

他把早年闯荡写成了《壮游》，下面这段非常有名：

性豪业嗜酒，嫉恶怀刚肠。

脱略小时辈，结交皆老苍。

饮酣视八极，俗物都茫茫。

东下姑苏台，已具浮海航。

到今有遗恨，不得穷扶桑。

……

越女天下白，鉴湖五月凉。

剡溪蕴秀异，欲罢不能忘。

在杜甫二十七八岁的时候，他的父亲杜闲在山东做官。他从洛阳出发，到了山东漫游齐鲁，就写了一首漂亮的诗《望岳》。

现在把《杜甫全集》一打开就是《望岳》：

岱宗夫如何？齐鲁青未了。

造化钟神秀，阴阳割昏晓。

荡胸生曾云，决眦入归鸟。

会当凌绝顶，一览众山小。

"岱宗夫如何？齐鲁青未了。"他写泰山之广袤，整个齐鲁都被泰山笼罩。

"造化钟神秀，阴阳割昏晓。"这座山非常高，高到什么程度呢？有的地方出太阳，有的地方下雨，有的地方阴，有的地方晴。

他一直写它的辽阔、壮美，"荡胸生曾云，决眦入归鸟"。

最后两句写得特别好，有典型年轻人的盛气，"会当凌绝顶，一览众山小"。

他在远望泰山，还并没有上泰山。他说，他一定要上到泰山顶的尖角上去，到时整个齐鲁大地都在他脚下。年轻人气盖一世，什么都不放在眼里，读一读"一览众山小"，你就明白什么叫"目空一切"了。

这首诗一读就知道是盛唐人写的，强悍，狂放。

用现在的话说，一个年轻人真该有点狂。如果年轻的时候一点都不狂，将来可能就有问题——年轻人宁可骄傲，也不可自卑。

杜甫一辈子非常自信。

好像盛唐人都自我感觉良好，自我感觉最好的是李白，其次估计就是杜甫了。杜甫自我感觉很好，觉得自己前程一片光明。

《奉赠韦左丞丈二十二韵》是他在比较倒霉的时候写的。从这首诗中可以看到，杜甫即使比较倒霉，也仍然非常自信：

······

甫昔少年日，早充观国宾。

读书破万卷，下笔如有神。

赋料扬雄敌，诗看子建亲。

李邕求识面，王翰愿卜邻。

自谓颇挺出，立登要路津。

致君尧舜上，再使风俗淳。

······

上大学前我就读过这首诗，原来以为"读书破万卷，下笔如有神"是杜甫恭维别人，上大学后才知道，杜甫是说他自己的，我的天！

他说他觉得自己特别杰出，要赶快在社会上占一个好位置。他的志向是"致君尧舜上，再使风俗淳"，他说他要使皇帝像尧、舜一样伟大。

幸亏这首诗是杜甫写的，在他那个环境中，儒家的思想使他获得了一种非常积极进取的人生态度，塑造了他非常稳健求实的个性和深沉博大的胸怀。

齐鲁探亲以后，杜甫回到老家，在首阳山下盖了一间茅屋，在那儿连续刻苦用功了几年。

为什么在首阳山下呢？因为他的远祖杜预的坟就在那里。

他在杜预的坟旁边盖了一间土房子，在那儿死读。人真要有点气魄，要有点毅力，要有点恒心——他在那儿赌咒发誓，对着他的远祖说，"不敢忘本，不敢违仁"。

杜甫连续读了几年，到天宝三载遇上另外一件大事——李白来了。

天宝三载，李白被唐玄宗"赐金放还"。"赐金放还"说得比较文雅，实际上就是给他一笔钱，让他立马滚蛋。李白很痛苦，从长安到了洛阳。洛阳是文人荟萃的地方，李白当时已经是天下扬名的大诗人，杜甫还什么都不是，一点名气都没有。于是，杜甫就慕名求见，李白赏脸，让他见了一面。

李白是很有名的人，比今天的刘德华还有名。杜甫是李白的崇拜者、粉丝，他被李白浪漫的风采迷住了。

他听了李白的话，去河南、山东、河北一带求仙访道，在山东遇上了高适，三个人从夏天弄到秋天，仙人、仙草、仙丹都没有弄成，杜甫熬不住了，就给李白写了一首诗——《赠李白》：

> 秋来相顾尚飘蓬，未就丹砂愧葛洪。
> 痛饮狂歌空度日，飞扬跋扈为谁雄？

从这首诗中可以看到，杜甫和李白的个性气质大不一样。

一个嗜酒大气、豪放任性；另一个稳健理智，进取求实。

很快，三人就各走一方，李白下江东，高适回梁宋，杜甫独闯长安。

杜甫到了长安以后，生活很狼狈。

他到长安是考进士，结果一考就落榜，落榜后他的日子就很难过。

看看这首诗《奉赠韦左丞丈二十二韵》（节选）：

> 朝扣富儿门，暮随肥马尘。
> 残杯与冷炙，到处潜悲辛。

人的每一阶段，总是有很多难熬的时候。我们常祝福别人"一帆风顺"，这当然只是个美好的愿望。"一帆风顺"既不可能，也不可贵。

如果不顺的时候，就想想杜甫。

为什么要"朝扣富儿门"？早晨没有饭吃，敲门求饭吃。

为什么"暮随肥马尘"，要跟在别人马屁股后面跑？没地方住。用今天的话讲，这时候的杜甫就是典型的"北漂"。

杜甫还有家室——他结了婚，有好几个孩子。当时的生存环境很糟糕，他就把他的妻子、儿女放在郊县，自己一直漂在长安。

考试已经没有希望了，他就把唐玄宗祭祀太清宫、祀太庙、祀南郊三大典礼活动，写成了《三大礼赋》。这三篇赋写好了以后，送到宫廷前像邮箱一样的筒子里面。

他很走运，这三篇赋被唐玄宗看到后，唐玄宗十分赏识他，说这个小子可以用。

吏部就开始考察他，考察以后就给他官做。

开始给杜甫的官是河西县尉。河西县到底在哪里，有几种不同的意见，一说在河西走廊，一说在今云南弥渡和姚安之间，一说在陕西合阳境内黄河西岸。假如真在云南弥渡那里，的确太偏远，当时极其落后，用现在的话来讲，那简直不是活人待的地方。这里取最后一种说法。

杜甫不接受这个任命，改成了右卫率府兵曹参军，职责是管理东宫的守卫。也有人说是管东宫的兵库、仓库的保管员。反正就是一个看门的头衔。

这个门卫的工作他也干了，为什么？因为那是在首都，在首都脸上有光倒在其次，关键是可以实现他"致君尧舜"的理想。

接受这个官后，他写了首诗。诗写得很搞笑，诗名就叫《官定后戏赠》。戏是嘲笑、嘲讽，那是自嘲：

不作河西尉，凄凉为折腰。

老夫怕趋走，率府且逍遥。

耽酒须微禄，狂歌托圣朝。

故山归兴尽，回首向风飙。

"不作河西尉，凄凉为折腰。"他说，不想做河西尉，要是做河西尉总要折腰，陶渊明不为五斗米折腰，大家耳熟能详，这个很难受，他坚决不干。

"老夫怕趋走，率府且逍遥。"他年龄大了，不想到处跑，当一个保管员、当个门卫还好一些，又不动脑筋，这里真是很逍遥——他这是调侃自己。

"耽酒须微禄，狂歌托圣朝。"因为他爱喝酒，一定要考个公务员，好有点薪水混一口饭吃。在这个伟大的时代，能让他当保管员、当看门人，实在是太感谢了，感谢"圣朝"，感谢皇上。

"故山归兴尽，回首向风飙。"自己不想隐居，现实又做不成官，这非常糟糕，他一个三十多岁的小伙子，在长安的这十年困顿、十年蹉跎，你想该多难受。

在唐玄宗的晚年，社会急速滑向腐败，杜甫的太太寄居在奉先县，他一个人留在京城。天宝十四载的冬天，他才真正对上层的腐败、社会的不公有了感受。那年的初冬，他回家去看妻子儿女，沿途看到全是讨饭的人。他写了《自京赴奉先县咏怀五百字》，其中有最著名的诗句："朱门酒肉臭，路有冻死骨。"

他已预感到国家要大乱，心里一直惴惴不安，总觉得要出问题，诗的最后他说，"忧端齐终南，颎洞不可掇"。

其实他写这首诗的时候，安禄山已经在河北起兵叛乱。但是因为当时的通信技术不发达，他无法知道大难已经来临。

等他看完妻子儿女，回到朝廷的时候，叛军已经攻陷了洛阳。

仓促之下，唐玄宗把正在西南打吐蕃的哥舒翰大将内调回来守护潼关。潼关是长安的门户，是从洛阳到长安的必经之地。哥舒翰的军队刚到潼关，还没有布防，安禄山的叛军就长驱直入，攻破了潼关。

整个长安没有屏障，完全暴露在叛军之下。

为什么叛军这么猖狂？为什么那么强大的大唐帝国这样不堪一击？

因为唐玄宗老想打别人，东北的高丽、西南的大理——那个时候叫南诏，西藏这边的吐蕃、新疆那边的回纥，他全部想开边，想把版图扩大。

重兵全部在四方边境，国内完全空虚了，没兵，一打起来，他没办法回防。

叛军在长安兵临城下，唐玄宗狼狈逃跑，很多大臣根本就带不走，很多文人都来不及逃走，长安一片狼藉，很多名人被叛军从长安捉到洛阳。

杜甫什么名气都没有——一个东宫的保管员算个啥，还不够叛军捉的资格。朝廷不管他，叛军不理他，可他为国家命运急得要死。

这时他写了《春望》：

国破山河在，城春草木深。

感时花溅泪，恨别鸟惊心。

烽火连三月，家书抵万金。

白头搔更短，浑欲不胜簪。

杜甫最伟大的地方在于，他总是把个人的命运与国家的命运、民族的命运紧紧地连在一起。在这首诗中，说到"国"时，总会说到"家"，同样，想到"家"时，总忘不了"国"："感时花溅泪"言"国"，"恨别鸟惊心"想"家"，"烽火连三月"言"国"，"家书抵万金"想"家"。

他从春天被围就开始不断逃跑，连跑了几次，都没有跑出去，叛军把他捉回来打得要死。到了夏天，郊区的草长得很高，他借机逃出叛军的魔掌。

杜甫跑到凤翔行在——临时的中央，写了《喜达行在所三首》，第一首、第二首写得好感人，先看第一首：

西忆岐阳信，无人遂却回。

眼穿当落日，心死著寒灰。

雾树行相引，莲峰望忽开。

所亲惊老瘦，辛苦贼中来。

"西忆岐阳信，无人遂却回。"行在在凤翔这个地方，他老是想得到这个地方的消息，但总是没有人带回来。"眼穿当落日，心死著寒灰"，这不是为了个人的前途，而是牵挂国家的命运，他觉得沮丧绝望。

"雾树行相引，莲峰望忽开。"他这次跑出来了，而且跑到行在去了。"所亲惊老瘦，辛苦贼中来。"他又黑又瘦，朋友、熟人、亲人，大家都认不得他了。

再看第二首：

> 愁思胡笳夕，凄凉汉苑春。
> 生还今日事，间道暂时人。
> 司隶章初睹，南阳气已新。
> 喜心翻倒极，呜咽泪沾巾。

"愁思胡笳夕，凄凉汉苑春。"写得好凄凉。"生还今日事"，捡了一条命回来。"间道"就是小路逃亡，"暂时人"，随时可能丧命。

"司隶章初睹，南阳气已新。"想到东汉光复汉朝，他觉得唐肃宗肯定能使唐王朝中兴。"喜心翻倒极，呜咽泪沾巾。"这两句写得太好了，读了真是非常令人感动。

他一跑出来，捡了一条命不说，还看到了唐王朝的临时朝廷，这位爱国忠帝的杜甫，一辈子就没这么快乐过，他悲喜交集，不禁号啕大哭。

唐肃宗当时也非常感动，说，"国难识忠臣"，这么好的人，马上就任命他为左拾遗。

　　左拾遗是一个谏官，官位不高，但是地位很重要，可以经常面见皇帝，向皇帝递奏折。

　　当了左拾遗以后，杜甫很认真，天天想着皇帝哪里做得不好，总是提意见。时间一久，唐肃宗没耐心了，谁喜欢别人老提意见呀？后来就想法儿把杜甫支开，让杜甫回家看看老婆孩子。

　　杜甫这时才感觉不妙，但他又不知道错在哪里——说实话，他不是当官的料，虽然他忠君，但君并不爱他。

　　没过多久，唐肃宗收复了长安。杜甫探亲回来后，就在长安继续当左拾遗。但是在长安期间，他一直很不得意，经常要值班。每次轮到他值班，他就特别认真，一晚都不敢睡觉。

　　有一首诗《春宿左省》，从中可以看到，他做左拾遗期间过的真不是人的日子："不寝听金钥，因风想玉珂。明朝有封事，数问夜如何。"因为上朝很早，他怕睡过了，从四点钟就问，不知道天亮了没有。

　　看看人家李白在朝廷做翰林学士，"天子呼来不上船，自称臣是酒中仙"，那是何等潇洒放纵，再看看杜甫做左拾遗，"不寝听金钥，因风想玉珂"，又是多么拘谨小心。

　　两个人的性格不一样，当官的风格也大不一样。

　　杜甫非常不得志，在长安情绪低落。

　　他在做左拾遗期间，《曲江二首》这两首诗写得特别好，我特别喜欢：

一片花飞减却春，风飘万点正愁人。

且看欲尽花经眼，莫厌伤多酒入唇。

江上小堂巢翡翠，苑边高冢卧麒麟，

细推物理须行乐，何用浮名绊此身？

朝回日日典春衣，每日江头尽醉归。

酒债寻常行处有，人生七十古来稀。

穿花蛱蝶深深见，点水蜻蜓款款飞。

传语风光共流转，暂时相赏莫相违。

"一片花飞减却春，风飘万点正愁人。"春天来了，而他却感到很痛苦。

"且看欲尽花经眼，莫厌伤多酒入唇。"春花快要凋零，春天马上要尽，而他自己事事不顺，他感到非常难受，要喝个酩酊大醉。

李白的诗，如"李白乘舟将欲行，忽闻岸上踏歌声"，语序非常正常。杜甫这些诗，语序颠三倒四，由此可以看出唐诗语言的变化，这点以后再谈。

"江上小堂巢翡翠，苑边高冢卧麒麟。"再辉煌的人也要死，再大的富贵也要没落，功名富贵有什么用，活着又有什么意思？"细推物理须行乐"，参透了社会、人生的道理，还是饮酒吧，"何用浮名绊此身"？他为什么说不要浮名？他认清了现实，自己已经得不到浮名，他要求得心理平衡，就把浮名说得一塌糊涂。其实，杜甫从来没有看破红尘。

比如说，我现在想做个亿万富翁，那我肯定做不到，我就安慰自己，亿万富翁有什么用呢？还不是吃几两肉、睡一张床，还不是和现在一样？我不当亿万富翁，天天在家里吃得好，还免得想那些鬼名堂，感觉好幸福。

下一首情绪更低落，但写得特别好。

"朝回日日典春衣"，上朝归来，天天都去典当衣服，典当的钱都喝了酒，"每日江头尽醉归"，曲江是个风景区，他到风景区去喝酒。

"酒债寻常行处有"，附近没有哪个酒店，他不欠人家的钱。"人生七十古来稀"，上一句"寻常"是数次，所以对"七十"。

最后四句写得真好："穿花蛱蝶深深见，点水蜻蜓款款飞。传语风光共流转，暂时相赏莫相违。"字字句句里，真的能感觉到他很苦闷，情绪很低落，像杜甫这么执着的诗人，无望到发誓要及时行乐。

杜甫忠心却招君厌，他从夏天开始当左拾遗，到秋天，唐肃宗已经不喜欢他了，就把他叫过来说："杜甫，你是不是好长时间没有回家看妻子儿女了？"

这个时候杜甫就感觉到大事不好，国家大难正要忠臣，怎么让他回家去看老婆呢？

但是皇帝让他回去，他又不敢不回，没办法，他就回去了。

沿途写了很多诗，回家以后，写了有名的《羌村三首》，还有著名的长诗《北征》。

但是，他这时也不知道为什么皇帝不喜欢他。

等他看了妻女再回到中央的时候，房琯[1]触怒了唐肃宗，杜甫作为谏官死保房琯。唐肃宗烦死了，就把他贬官，一贬就贬到华州司功——一个很穷的地方当地方官。

他七月到达华州，任职只有一年多时间，这期间回了一趟洛阳，在回洛阳的途中写了著名的"三吏""三别"[2]。

第二年京城周边饥荒，杜甫弃官到秦州就食。他侄儿杜佐在秦州当官，他还认识那儿的一个和尚赞上人。

秦州在今天甘肃天水县的西南。他到了天水以后，好像没有得到他们的接济，日子确实过得很难，诗却写得特别好，如《月夜忆舍弟》：

> 戍鼓断人行，边秋一声雁。
>
> 露从今夜白，月是故乡明。
>
> 有弟皆分散，无家问死生。
>
> 寄书长不达，况乃未休兵。

---

1 房琯（697—763），唐朝宰相，正谏大夫房融之子。"安史之乱"爆发后，房琯随唐玄宗入蜀。唐肃宗灵武即位，房琯前去投奔，深受肃宗器重，委以平叛重任。但他不通兵事，又用人失误，结果在陈涛斜大败而回。后来，房琯在贺兰进明、崔圆等人的进言下，逐渐被唐肃宗疏远。

2 "三吏"指的是《石壕吏》《新安吏》《潼关吏》。"三别"指的是《新婚别》《无家别》《垂老别》。

"月是故乡明"，无理而有情，打动了一代代异乡游子，不仅成了现代汉语中的成语，还成了日常生活中的口语。

他带着一家老小，从天水翻过秦岭山脉，就是李白《蜀道难》里写的那个地方，来到今天的成都。现在从成都坐火车到西安，要在山洞里面穿过，可想当时翻过秦岭山脉多难——崇山峻岭的，老虎多、豺狼多，蛇也多，什么危险都有，他们一家老小居然都能活着来到成都，已经属于了不起的奇迹。

杜甫老人家之所以伟大，是因为他总跟着民族一起受难，他受了很多很多磨难，但他从来没有灰心丧气。

来到成都以后，有一个将军叫严武。严武时任剑南西川节度使，相当于今天成都军区司令员兼四川省省长。严武的父亲叫严挺之，与杜甫相识，因这一层关系，严武让杜甫做了工部员外郎，后世常称杜甫为"杜工部"。

这本来是朝官，但他属挂衔，就是一个闲职，不管怎么说，他因此成了国家公务员，就有饭吃了。

与严武的父亲关系不错，和严武也算是好朋友，严武本人也是个诗人，是当时难得的文武全才，对杜甫的诗艺十分欣赏，估计给他的薪水不会太低。

杜甫在成都的锦江旁边盖了一间茅屋，日子过得比较安宁，就这样过了两三年的时间。

他老人家只要日子一安宁了，诗歌的风格就变了。

比方说《春夜喜雨》：

好雨知时节，当春乃发生。

随风潜入夜，润物细无声。

野径云俱黑，江船火独明。

晓看红湿处，花重锦官城。

春雨"知时节"，真是有情有义，全诗无一"喜"字，而字字都洋溢着喜气。

还有一首叫《江村》的七律，让人印象深刻："清江一曲抱村流，长夏江村事事幽。自去自来堂上燕，相亲相近水中鸥。"我特别喜欢读这首诗，诗中还写他和老伴的爱情，"老妻画纸为棋局，稚子敲针作钓钩。自有故人供禄米，微躯此外更何求"。"微躯此外更何求"，看来，他对自己眼前的生活相对满意，"相亲相近水中鸥"，是他与老伴恩爱的写照。

还有名作《客至》和《宾至》，其中《客至》写道："舍南舍北皆春水，但见群鸥日日来。花径不曾缘客扫，蓬门今始为君开。""有朋自远方来，不亦乐乎？"诗人珍惜并享受友情的温暖。

杜甫在成都的时候，偶尔也有一点不高兴的事。比方说，有一年秋天来了，一阵秋风把他的茅屋吹破了，他留下了《茅屋为秋风所破歌》这首感天动地的杰作。

严武应诏还朝以后，成都武将徐知道作乱，杜甫避难梓州。第二年（763年）春，听说全部叛军都消灭，八年动乱总算结束，官军收复了河南、河北，杜甫激动得热泪盈眶，写下了不朽的七律《闻官军收河南河北》：

> 剑外忽传收蓟北，初闻涕泪满衣裳。
> 却看妻子愁何在，漫卷诗书喜欲狂。
> 白日放歌须纵酒，青春作伴好还乡。
> 即从巴峡穿巫峡，便下襄阳向洛阳。

　　杜甫的诗情通常非常沉郁，这是他平生最快意的一首诗，气势上一气贯注，从首至尾字字欲飞。

　　严武将军再回成都不久，突发暴疾去世。他一死，蜀中大乱，杜甫就开始离蜀，从成都慢慢流浪到白帝城、三峡夔州。他在夔州一待就是两年。

　　有些诗人虽然早熟，但很快就早衰，杜甫"七龄思即壮，开口咏凤凰"，他一直保持了旺盛的艺术创造力，在晚年达到了诗歌创作高峰。

　　七律联章体《秋兴八首》《登高》，全部是他晚年在夔州的杰作。

　　老人家一直想回洛阳，到了临死之前那年的夏天，他离开三峡，坐船沿江而下。不知道什么原因，他那条船没有重新回到洛阳，反而越走越往南，一拐就拐到今天的长沙，于是他在洞庭湖写了"昔闻洞庭水，今上岳阳楼"[1]。

　　他漂泊长沙时写的《楼上》：

1　出自《登岳阳楼》。

天地空搔首，频抽白玉簪。

皇舆三极北，身事五湖南。

恋阙劳肝肺，论材愧杞楠。

乱离难自救，终是老湘潭。

大历四年（769 年）正月，杜甫逆湘江南下，经潭州（长沙）
到衡州（今湖南衡阳市），他有个朋友韦之晋，时任衡州刺史，
可是他到衡州时韦又调任潭州，等他折回潭州后，不巧韦又病逝。
杜甫一家衣食无着，第二年四月潭州动乱，他又只好转回衡州，
舅氏崔玮当时代郴州刺史，他不得不前往郴州投靠崔玮，到耒阳
又遇上大雨，我们这位民族伟大的诗人就死在耒阳。

这首诗大约写于他死前不久。

"白头搔更短"，还是四十多岁，杜甫这个时候估计头上已
经没几根头发了，而且全是白发，那个时候又不能染发。"天地
空搔首，频抽白玉簪"，没有几根头发，还不断地抽簪子，明显
是急得抓头，可见他对国事忧心如焚。

"皇舆三极北，身事五湖南。"他管不了皇帝，帮不上皇帝的忙。

"恋阙劳肝肺，论材愧杞楠。"他实在是太爱国家、太爱皇帝，
但又觉得自己没有才能，武不能卫国，文不能佐君。

"乱离难自救，终是老湘潭。"且不说救国家，连自己都救不了。
他对自己的死已经有预感，肯定要死在这个鬼地方。

他到底为什么死的，现在我们不得而知，死因非老即病，甚

至又老又病。

但是郭沫若郭老相信《新唐书》的说法：当时郴州的地方长官听说杜甫来了，给他送了很多酒肉。古代夏天没有冷冻设备，肉大概是腐臭了，杜甫好长时间没有吃肉喝酒，他又爱吃爱喝，就吃了很多肉，又喝了很多酒，一下子中了毒。

不管他是怎样死的，都无损于他的伟大，他把自己奉献给了多难的国家，也把自己奉献给了苦难的百姓。

看看杜甫的一辈子，杜太太嫁给了他，用今天的话来讲，就是倒了八辈子霉——从十几岁跟着他，二三十岁到长安，到长安待不住，后来又到处逃命。可想而知，他的妻子儿女过的什么日子。

四十多岁前到处干谒流浪，好不容易做了左拾遗，很快又被贬官外放，只是在成都依人作客，过了两三年好日子，晚年又开始了长期流浪——他一生太苦了。

从那个巨大的变故中，他不仅是看到了时代的天翻地覆，而且体验了巨变中的人性，目睹了巨变中人民的劫难。所以，他能够反映那时民族的心理，能够把握那个时代的本质。

杜甫是盛唐文化孕育出来的，但他成年以后却是在社会由盛转衰、由治变乱的过程中度过。国家的由盛转衰，社会的沧桑巨变，个人的痛苦磨难，这一切玉成了杜甫这位伟大诗人。

历史把他个人的命运和国家的命运连在了一起，使他有可能全面深刻地反映历史的进程。求实、理智、稳健的个性，使他能深刻地把握社会的本质，因此杜甫获得了"诗圣"的桂冠，杜诗也荣获"诗史"的称号。

02. 诗自传

　　大家要想了解杜甫青少年的生活，了解他的个性，最好还是去读杜甫的《壮游》，这首长诗其实是诗人一生的自传。现在很少有人会去读长诗，自然很少有人会讲这首长诗，读长诗费时费神费力，大家没有这么多时间，也没有这份耐心，讲这种长诗更是吃力不讨好。我今天之所以愿意自讨苦吃，是因为听杜甫老人的晚年自述，我们能更亲切地聆听杜甫的心声，能更好地理解杜甫的心迹，当然也能更深入体验他的诗歌。时下的杜甫，被"现实主义"标签化了，一千多年前的杜甫，哪会知道"现实主义"是什么玩意儿，哪会去按"现实主义"这种套路写诗？我保证，读完这首诗后，你会看到一个全新的杜甫、一个真实的杜甫。

　　还是来看《壮游》原诗：

往昔十四五，出游翰墨场。

斯文崔魏徒，以我似班扬。

七龄思即壮，开口咏凤凰。

九龄书大字，有作成一囊。

性豪业嗜酒，嫉恶怀刚肠。

脱略小时辈，结交皆老苍。

饮酣视八极，俗物都茫茫。

东下姑苏台，已具浮海航。

到今有遗恨，不得穷扶桑。

王谢风流远，阖庐丘墓荒。

剑池石壁仄，长洲荷芰香。

嵯峨阊门北，清庙映回塘。

每趋吴太伯，抚事泪浪浪。

枕戈忆勾践，渡浙想秦皇。

蒸鱼闻匕首，除道哂要章。

越女天下白，镜湖五月凉。

剡溪蕴秀异，欲罢不能忘。

归帆拂天姥，中岁贡旧乡。

气劘屈贾垒，目短曹刘墙。

忤下考功第，独辞京尹堂。

放荡齐赵间，裘马颇清狂。

春歌丛台上，冬猎青丘旁。

呼鹰皂枥林，逐兽云雪冈。

射飞曾纵鞚，引臂落鹙鸧。

苏侯据鞍喜，忽如携葛强。

快意八九年，西归到咸阳。

许与必词伯，赏游实贤王。

曳裾置醴地，奏赋入明光。

天子废食召，群公会轩裳。

脱身无所爱，痛饮信行藏。

黑貂不免敝，斑鬓兀称觞。

杜曲晚耆旧，四郊多白杨。

坐深乡党敬，日觉死生忙。

朱门任倾夺，赤族迭罹殃。

国马竭粟豆，官鸡输稻粱。

举隅见烦费，引古惜兴亡。

河朔风尘起，岷山行幸长。

两宫各警跸，万里遥相望。

崆峒杀气黑，少海旌旗黄。

禹功亦命子，涿鹿亲戎行。

翠华拥英岳，螭虎啖豺狼。

爪牙一不中，胡兵更陆梁。

大军载草草，凋瘵满膏肓。

备员窃补衮，忧愤心飞扬。

上感九庙焚，下悯万民疮。

斯时伏青蒲，廷争守御床。

君辱敢爱死，赫怒幸无伤。

圣哲体仁恕，宇县复小康。

哭庙灰烬中，鼻酸朝未央。

小臣议论绝，老病客殊方。

郁郁苦不展，羽翮困低昂。

秋风动哀壑，碧蕙捐微芳。

之推避赏从，渔父濯沧浪。

荣华敌勋业，岁暮有严霜。

吾观鸱夷子，才格出寻常。

群凶逆未定，侧伫英俊翔。

《壮游》是杜甫的诗体自传，这里我只讲其中杜甫青少年的部分，有助于我们了解杜甫，也有助于理解杜诗。

他一开始就说，自己十四五岁就登上了文坛，文坛上的名流崔尚和魏启心，都把杜甫视为当世的班固和扬雄。"斯文"指文坛领袖或名宿。崔、魏都是杜甫的长辈，也都是文坛一时名流，他们又都高度肯定、称赞杜甫，这对一个青少年来说，是多么值得骄傲的事，所以杜甫到晚年还记忆犹新，还引以为豪。我小学和中学时的老师虽然没崔、尚有名，但我照样常常想起那时得过的表扬。称他是当世扬雄，后来他也自信赋可以与扬雄比肩，他在《奉赠韦左丞丈二十二韵》中说："赋料扬雄敌，诗看子建亲。"

"七龄思即壮"，杜甫是一位早熟的诗人，"开口咏凤凰"，更是出口不凡，到了老了还记得自己的处女作，而且说起来还那样得意，尽管常言"老婆总是人家的漂亮，文章总是自己的高明"，但我相信这首诗写得不赖，杜甫不是那种喜欢胡吹的人，只可惜这首诗早已失传，不然可能比骆宾王的《鹅》更受欢迎。"九龄书大字，有作成一囊"，他年轻时在书法上也下过苦功，同样可惜的是，他的真迹没有留下来。

从这几句可以看到，杜甫后来成为中国古典诗艺的集大成者，并不是偶然撞上了大运，是他才华与努力的必然结果。

谈了自己小时的才气，再谈自己的性格和为人："性豪业嗜酒，嫉恶怀刚肠。脱略小时辈，结交皆老苍。""业"是"既"或"又"的意思，他性格豪爽又喜欢豪饮，还有一副疾恶如仇的刚烈情怀。人知李白嗜酒如命，其实杜甫也是"酒逢对手"，李白说"百年三万六千日，一日须倾三百杯"，杜甫说"酒债寻常行处有，人生七十古来稀"。明白吗，有了"嫉恶怀刚肠"的品性，才会有他后来深刻的社会批判。"脱略"就是不以为意，或者毫不在乎。"小"在这儿做动词用，"小时辈"就是蔑视那些同辈人。杜甫结交的朋友都比他年长，如李白和高适都是比他大十几岁的兄长。这是因为，"老苍"要么阅历丰富，要么知识丰富，杜甫和他们在一起能学到更多东西，《论语·学而》中记载了孔子的告诫——"无友不如己者"，不要和不如自己的人交朋友，要交一些对自己有帮助的"益友"。

"饮酣视八极，俗物都茫茫。""八极"也就是八方，是指八方极远的地方，平时我们常说"四面八方"。"俗物"此处指俗人或庸人，"茫茫"在这里指众多的样子，"俗物都茫茫"是说，在杜甫眼里到处都是俗人、庸人。杜甫和李白一样，他们的自我感觉都好到爆棚，苏轼在《书丹元子所示李太白真》中，称李白"眼高四海空无人"，四海没有一个人能入他的法眼，杜甫呢？读读他的"会当凌绝顶，一览众山小"，就明白了什么叫"目空一切"。

这十四句叙写自己小时的天资、性格、交游和眼界。

接下来，诗人写自己早年的吴越之游。"东下姑苏台，已具浮海航。"盛唐书生有漫游的习俗，十八岁以后就"仗剑去国，辞亲远游"。或许是当时因经济相对富裕，社会也十分安宁，就是杜甫说的"九州道路无豺虎，远行不劳吉日出"，远游不会有人身安全的顾虑。即使入住私人酒店，也不至于遇到卖人肉包子的孙二娘。开元二十年，杜甫二十一岁漫游今天的江浙，古时称"吴越"之地。"姑苏台"在苏州姑苏山上，相传由吴王阖闾所建。"浮海航"就是航海的大船。当时杜甫把渡海去日本的船已备好，不知什么原因没有成行，直到老了还耿耿于怀。"到今有遗恨，不得穷扶桑"，古人认为日出于扶桑，此处的"扶桑"指日本。清以前的诗论家，强调杜甫"每饭不忘君"，赞美他仁爱忠君的一面，1949 年以后，又给杜甫贴上了"现实主义"的标签，称道他忧国忧民的一面，这使人们形成一种错误印象，好像老杜整天都是哭丧着脸，为国事家事急得团团转。其实，杜甫年轻时特别浪漫，一千多年前他备好船，打算一个人独自闯荡日本，放在今天，你们敢坐木船只身去日本吗？反正我是不敢。当时有这个想法的人都十分大胆、浪漫，就是现在想起来照样十分刺激。

虽然没有到日本，是杜甫的终生憾事，但他的吴越之游玩得很尽兴："王谢风流远，阖庐丘墓荒。剑池石壁仄，长洲荷芰香。嵯峨阊门北，清庙映回塘。每趋吴太伯，抚事泪浪浪。""王谢"

指东晋宰相王导和谢安，是当时权势最大的两个家族，"王谢风流"到了唐代已成往事，"旧时王谢堂前燕，飞入寻常百姓家"，"阖庐"就是阖闾墓，"剑池"和"阖庐"都是今天虎丘的风景点。"长洲"是古代苏州地区的一个县，因古时长洲苑而得名。"阊门"指苏州西门，"嵯峨"形容阊门高峻，"清庙"指吴太伯庙。据《史记·吴太伯世家》中记载，太伯是周太王的长子，他的弟弟季历不仅自己有才干，还有个更有才干的儿子，也就是后来的周文王。太伯见父王想立幼子季历，他南奔以避让季历。这种让贤的事迹，使得杜甫触景生情，感动得眼泪汪汪。

"枕戈忆勾践，渡浙想秦皇。蒸鱼闻匕首，除道哂要章"四句，还是写游吴的所见所闻、所思所感。"枕戈待旦，志清中原"，本来是晋刘琨的典故，越王勾践"卧薪尝胆"以报吴仇，因而杜甫将刘琨之事借用在勾践身上。秦始皇曾经游历吴越，杜甫来后自然就联想到他。"蒸鱼闻匕首"，公子光——后来的阖闾——想杀吴王僚，于是置办酒肉宴请吴王僚，派专诸把匕首藏在鱼腹中，借机刺杀了吴王僚。据《汉书·朱买臣传》载，朱买臣前妻嫌他贫穷，与他离异后同他人结婚。几年后朱官拜会稽太守，家乡为了迎接他回乡任职特地修道，朱在修道的民工中见到前妻和她的后夫，令人将他们夫妻二人载到太守官邸，前妻没多久便羞愧而死。杜甫对朱买臣这副小人得志的庸俗嘴脸十分反感，所以"除道哂要章"。"除道"就是修道或清除道路。"要章"指腰间的印绶，朱买臣有意露出腰间印绶显摆，"哂"是觉得朱买臣可笑，表明这种俗气势利让人厌恶。

最让他不能忘怀的是"越女天下白，镜湖五月凉。剡溪蕴秀异，欲罢不能忘"。一个生长于中原的青年，第一次看到水灵白嫩的江浙姑娘，肯定是心如小鹿似的乱撞，到老了还说得心花怒放。"镜湖"就是今天绍兴的鉴湖，"剡溪"在今天浙江嵊州市。镜湖、剡溪和天姥都是著名的游览名胜。浙江水软山温人秀景异，使得杜甫玩得"欲罢不能忘"。

从"东下姑苏台"到"欲罢不能忘"，是第二段，写二十岁之后的吴越之游。"除道哂要章"以上写游览吴中古迹名胜的所思所感，以下写游越中著名景点所见所闻。今天，在我们正积极高考、念大学和考研的年龄，杜甫却已经在江浙闲逛了整整四年。我们还要说杜甫是"现实主义"，好像我们才是浪漫主义。

杜甫从二十一岁漫游吴越，二十四岁才回到家乡，到家不久接连参加科举考试和畅游齐赵："归帆拂天姥，中岁贡旧乡。气劘屈贾垒，目短曹刘墙。忤下考功第，独辞京尹堂。"天姥山在浙江新昌县，天姥山与剡溪相邻，同属于今天的绍兴市。杜甫在吴越游了近四年时间，剡溪可能是他最后一站，"拂天姥"是说从天姥山经过，他在天姥山好像没有久留。"中岁"就是中年，当时杜甫只有二十四岁，在今天是标准的青年，古人寿命短很多，所谓"人生七十古来稀"，二十四岁就可以说是中岁了。"贡旧乡"涉及唐代科举制度问题，这里要和大家稍作解释。那时常科考试的考生有两个来源：一是来于学馆的生徒，如国子监、弘文馆、崇文馆举荐的学子；二是经过州县考试，及格后送往尚书省应试的乡贡，这部分考生又叫贡生，因为他们是随着贡品一起进京的。

"劘"（mó）是逼近的意思。"垒"的本意是防护军营的墙壁，在此诗中与"墙"的意义相近。"屈"是屈原、"贾"是贾谊、"曹"是曹植、"刘"是刘桢。全是文坛、诗坛上的大咖，杜甫更是牛气冲天，觉得自己可以和屈原、贾谊并驾齐驱，甚至完全不把曹植和刘桢放在眼里。这份自信杜甫一直保持到中晚年，他在四十岁出头时写的《奉赠韦左丞丈二十二韵》中，还觉得自己的"赋料扬雄敌，诗看子建亲"，晚年在成都的《戏为六绝句》中仍然说，"窃攀屈宋宜方驾，恐与齐梁作后尘"。杜甫的诗赋虽然很合自己的意，哪知二十四岁进京赴考，他的诗赋却不合考官的意，第一次应举名落孙山。"忤"是违背或不顺从，"京尹"是治理京城的官员，"京尹堂"代指尚书省主持考试的礼部。你们看，他落榜了，却没有半点气馁，"独辞京尹堂"，完全是一副满不在乎的语气，根本没有把落第当一回事，该干啥就干啥去。

可不，一离开考场，杜甫就"放荡齐赵间，裘马颇清狂。春歌丛台上，冬猎青丘旁。呼鹰皂枥林，逐兽云雪冈。射飞曾纵鞚，引臂落鹙鸧。苏侯据鞍喜，忽如携葛强"。丛台是战国时赵王的故台，在今河北邯郸市。青丘、皂枥林、云雪冈都是属战国时的齐地，今天山东北面。苏侯是他结识的好友苏源明，葛强是晋朝山简的爱将，杜甫以勇猛善射的葛强自比。"放荡""清狂""呼鹰""逐兽"，彻底打破了我们过去对杜甫的印象。李白自称"好剑术"，杜甫自述善骑射，李杜不仅以诗并称，他们的勇武也可以媲美。

从"归帆拂天姥"到"忽如携葛强"，是第三段，写他第一次科举失利后的齐赵之游，让我们看到了杜甫当年"清狂""放荡"

的豪兴，见识了他当年呼鹰逐兽驰马射鹜的绝技，使我们对这位伟大诗人有了更全面的了解。

"快意八九年，西归到咸阳"二句，结构上承上启下，这有点像合页一样，前一句承上，后一句启下，使上下段落过渡自然，衔接紧凑。他从二十四岁到二十九岁，也就是从开元二十三年（735年）到开元二十八年（740年），在齐赵连续游了六年，回到洛阳三年后，天宝三载（744年），又陪李白到王屋山访道士华盖君，在梁宋一带又遇上高适，三人一起在河南、山东等地求仙访道，天宝四载杜甫再游齐越，并与李白再次相逢。前前后后在齐、赵、鲁等地"快意八九年"，天宝五载他独上长安，就是所谓"西归到咸阳"，"咸阳"指长安。

到了京城长安的情况如何呢？开始他倒是受到诗坛的接纳和赏识，也受到了王公权贵的礼遇，"许与"就是称许或称赞，"词伯"就是今天说的文豪或诗豪，"贤王"就是王公权贵的美称。"裾"是衣服的后襟，"曳裾"就是拖着长裾，指着装十分庄重正式，"置醴地"指出席高档宴会，醴是一种甜酒。"奏赋入明光"指杜甫曾献《三大礼赋》，为唐玄宗所赞赏，唐玄宗命他待制集贤院，让宰相大臣来试他的文章。这是他人生中最得意的一笔，他在《莫相疑行》一诗中还夸耀说："忆献三赋蓬莱宫，自怪一日声辉赫。集贤学士如堵墙，观我落笔中书堂。往时文采动人主，此日饥寒趋路旁。"

不过，这次荣耀并没有改变杜甫的命运，他拒绝朝廷所授的"河西尉"，"无所爱"指辞河西尉一事。"行藏"指一个人的行迹出处，

"信行藏"大意是说有官无官都随他去。在长安困守上十年，他的衣服完全破旧，他的双鬓不免斑白，他相识的耆旧长者都已过世，而自己一事无成，只因为年长被人尊敬。困守长安这段时间，杜甫的日子过得非常苦，他在另一首诗中说自己"朝扣富儿门，暮随肥马尘。残杯与冷炙，处处潜悲辛"。

杜甫很快就跳出了个人的得失悲欢，感慨所见所历的朝政腐败，权贵忙着倾轧争斗，失败一方命丧族灭，上层都在斗鸡养马中消磨时光，国家就在这奢侈腐化中走向险境。

从"快意八九年"到"引古惜兴亡"，是第四段，写困守长安的悲欢，磨难让杜甫由快意豪纵变得深沉清醒，由个人的升沉进而思虑国家的兴亡——由此我们看到了一个伟大诗人的成长与成熟。没有谁一生下来就伟大，没有谁一生下来就光芒四射。

杜诗针脚绵密，结构紧凑，上段最后一句"引古惜兴亡"，引起下文。下文接着写兴亡盛衰之秋——安史之乱："河朔风尘起，岷山行幸长。两宫各警跸，万里遥相望。崆峒杀气黑，少海旌旗黄。禹功亦命子，涿鹿亲戎行。翠华拥英岳，螭虎啖豺狼。爪牙一不中，胡兵更陆梁。大军载草草，凋瘵满膏肓。"安禄山在河北起兵造反，唐玄宗逃向四川成都，"岷山"是甘肃南延伸到四川北的一条山脉，此处代指四川。诗人用"河朔风尘起，岷山行幸长"十个字，来写安史之乱和唐玄宗幸蜀这样重要的历史事件，既能高度凝练概括，又显得如此举重若轻，这就叫大手笔。古时皇帝出走叫"幸"。"两宫"指唐玄宗的成都与唐肃宗的灵武，帝王出入时的警戒称为"警跸"。崆峒山在甘肃，旧时称太子为"少海"，这里指唐肃宗。肃宗在灵武以太子身份即位，忙着到平凉兴兵收复失地。以禹传位于子，来比喻唐肃宗命儿子李俶讨敌，以蚩尤比喻安禄山，相传黄帝与蚩尤战于涿鹿。"翠华"指皇帝仪仗中以翠羽做装饰的旗帜或车盖，此处代指唐肃宗。"英岳"就是吴山，在凤翔境内，唐肃宗以灵武镇凤翔，所以说他"拥英岳"。"螭虎"是猛兽，此处代指勇士，"豺狼"自然是指叛军，这句是说朝廷军队对叛军形成包围的阵势。所谓"爪牙一不中"，指房琯指挥的朝廷军队，在咸阳陈涛斜吃了败仗，使得胡兵更为猖獗。所谓"大军载草草"，指郭子仪的部队又败于长安附近的清渠，被战争反复蹂躏的百姓更苦不堪言。

当时杜甫正任左拾遗，看到国家处于危急之中忧心如焚。"备员"此处是谦称充数，"补衮"是补救皇帝的过失。他之所以在朝廷上直言相谏，一是出于对皇上的忠诚，二是出于对人民苦难的怜悯。当时他匍匐在青蒲席上，在皇帝面前犯颜直谏。为了皇上不致受辱，为了永保江山，他宁愿以死相谏，以致触怒了皇帝，后来因为救护才免受重罚。稍后虽然两京收复，但京城一片狼藉，连皇室宗庙也成为灰烬，"鼻酸朝未央"写出他内心的悲痛。

从"河朔风尘起"到"鼻酸朝未央"，是第五段，写安史之乱，以及谏官经历，抒写了他对国事的忧心、对人民困苦的同情。忠君和爱民统一于杜甫一身，他真的做到了"济时敢爱死"，把自己奉献给国家的同时，也把自己奉献给了人民。

因直谏而丢了乌纱帽，他现在不是左拾遗谏官了，如今又老又病，加上长期客居异乡，不在其位，不谋其政，所以说"小臣议论绝"，对国家大事不再多嘴多舌。偏居一隅，就像鸟困笼中，有翅不得展。一到秋风拂过三峡，所有芳草都凋零，所有鲜花都枯萎。他要像介之推一样去山中隐居，像渔父一样到江中濯足，从此远离政治这块是非之地，永远成为一个与世无争的闲人。因为高门权贵还在相互暗算，暂时太平中潜藏着危机，恰如岁暮随时出现严霜。但这只是说说气话而已，杜甫不可能离开他放心不下的朝廷，不可能离开他深爱的人民。"议论绝"并不是不关心，他盼望"才格出寻常"的人物，能够受命于危难之际，勇敢地出来为国家出力。

从"小臣议论绝"到"侧伫英俊翔"，是第六段，写他漂泊西南时期的处境与心事。只要国家能够中兴，只要百姓能重见太平，他不在乎个人"羽翮困低昂"，但急切地"侧伫英俊翔"，从此可见他的胸襟、境界和人格。

《新编渔洋杜诗话》中说："少陵《壮游》诗，乃晚年自作小传。'往者十四五'一段，叙少年之游。'东下姑苏台'一段，叙吴越之游。'中岁贡旧乡'一段，叙齐赵之游。'西归到咸阳'一段，叙长安之游。'河朔风尘起'一段，叙奔凤翔及扈从还京事。'老病客殊方'一段，叙贬官后久客巴蜀之故。通首悲凉慷慨，荆卿歌耶？雍门琴耶？高渐离之筑耶？"

称"通首悲凉慷慨"有点笼统，诗写青少年部分慷慨，叙安史之乱以后这部分悲凉。这首诗让我们见识了杜甫的豪迈，见识了杜甫的清狂，见识了杜甫的骑射之术，更见识了杜甫的忧国忧民之心。

03. 想当年

我年轻的时候不太喜欢读杜甫的诗，年龄大了才知道他的伟大，才慢慢喜欢读了。

年轻的时候我不喜欢读太沉痛的东西，杜诗读来实在是很沉痛，少不更事的年龄，认识不到杜甫的伟大。

杜甫的晚景凄凉，他常常以回忆昔日之美好的时光，来寻求心理上的安慰，所以他晚年写了很多忆昔的诗。

生活在过去，是人生走到尽头的时候在心理上的表现。老人在难堪的晚景面前，无力单独承受孤独和苦难，只有让过去那些令人激动的事情、令人留恋的日子，滋润到那苦涩的心田。

杜甫的少年、青年、老年，都有他值得夸耀的时刻，特别是青少年时代，经历过最繁荣强大的盛世。比如《忆昔二首》中的一首：

忆昔开元全盛日，小邑犹藏万家室。

稻米流脂粟米白，公私仓廪俱丰实。

九州道路无豺虎，远行不劳吉日出。

齐纨鲁缟车班班，男耕女桑不相失。

……

　　"忆昔开元全盛日，小邑犹藏万家室。稻米流脂粟米白，公私仓廪俱丰实。"按今天的说法就是藏富于民，一个小的地方那简直是肥得流油。

　　"九州道路无豺虎"，社会安宁了，人们富裕了，小偷少了，劫匪也少了，只要日子还能过下去，谁愿意铤而走险呢？只要天下太平，人民就有安全感。

　　"远行不劳吉日出"，这句话今天的人可能不理解。古人要走远路，就要先去找个算命先生算一算，找一个黄道吉日，否则出门以后就回不来了——大家还记得《水浒传》中那个卖人肉包子的孙二娘吗？你在那个宾馆里住下，第二天早晨可能就没有你了。但唐朝富有又安宁，不存在这个问题。

　　"齐纨鲁缟车班班，男耕女桑不相失。"说的是人们生活繁荣的景象，这才叫太平盛世。

　　杜甫自己也有值得骄傲的时刻，他曾经说自己，"往时文才动人主，今日饥寒弃路旁"。他也有过欢乐，有过激动昂扬的时刻，在诗里也真实地表现了这个时候。

　　怀念过去的强盛富裕，当然是感叹如今的衰败贫穷。

04. "酒仙" 群雕

　　李白诗歌、张旭草书、裴旻舞剑被后人称为"盛唐三绝"。这三者不仅在艺术上常常相互借鉴，而且它们都与酒兴相关。清朝人说李白诗歌十之八九离不开"醇酒妇人"，张旭更有"酒癫"的美称，裴旻同样是醉后剑通神。

　　到底是盛唐人借诗、剑、书、酒来表现自己的狂放与激情，还是诗、剑、书、酒借盛唐人的狂放来展示自身的特性？

　　诗情、剑气和书神三者不只是通于酒兴，酒兴还常常激发了艺术家的诗情、剑气和书神。本文以上面三人为中心，通过诗情、剑气、书神和酒兴，来展示盛唐的狂放与激情。

　　先从盛唐诗人的酒兴谈起。

　　从古至今，男人与酒似乎有不解之缘，诗人、剑客和艺术家更不可一日无酒，陶渊明死前还感叹酒没有喝够："但恨在世时，饮酒不得足。"

　　不过，酒在不同的时代具有不同意义，对不同的人具有不同的作用：东汉末年酗酒是由于人觉醒以后对死亡的恐惧，如《古诗十九首》中的"人生忽如寄，寿无金石固。万岁更相送，贤圣莫能度。服食求神仙，多为药所误。不如饮美酒，被服纨与素"。魏晋之际竹林七贤沉醉是对人生的痛苦迷茫，如刘伶的"兀然而醉，豁尔而醒；静听不闻雷霆之声，熟视不睹泰山之形，不觉寒暑之切肌，利欲之感情"（《酒德颂》）。

饮酒的原因和目的各不相同：有的是为了逃避沉重责任，有的是因为人生的沉沦，有的是为了麻痹心灵的痛苦，有的是为了减轻精神的孤独，有的是为胜利庆功，有的是为失败寻求补偿……

饮酒的心态和形态也千差万别：有人因喜悦而饮，有人因忧伤而饮，有人因艳遇而饮，有人因失恋而饮，有人为团圆而饮，有人因分别而饮……与之相应，有人聚饮，有人独酌，有人烂醉，有人浅尝，有人海灌，有人细品……

饮酒，一代有一代的风尚，一地有一地的习俗，一人也有一人的个性，可以说因时而变，因地而异，因人不同。饮酒既映射出不同时代的精神风貌，也表现了不同地域的风俗人情，更能看出不同人的气质个性。

杜甫的《饮中八仙歌》是盛唐八位士人的特写，也是盛唐一代精英的"群雕"：

知章骑马似乘船，眼花落井水底眠。

汝阳三斗始朝天，道逢麹车口流涎，恨不移封向酒泉。

左相日兴费万钱，饮如长鲸吸百川，衔杯乐圣称避贤。

宗之潇洒美少年，举觞白眼望青天，皎如玉树临风前。

苏晋长斋绣佛前，醉中往往爱逃禅。

李白一斗诗百篇，长安市上酒家眠，天子呼来不上船，
自称臣是酒中仙。

张旭三杯草圣传，脱帽露顶王公前，挥毫落纸如云烟。

焦遂五斗方卓然，高谈雄辩惊四筵。

这首诗的写作时间，大概在天宝五载（746年）或稍后，这
一年四月，诗中的"左相"李适之被李林甫排挤罢相。刚好这一
年杜甫入长安。天宝四载秋他还写了《赠李白》：

秋来相顾尚飘蓬，未就丹砂愧葛洪。

痛饮狂歌空度日，飞扬跋扈为谁雄？

这一年秋天李杜各奔前程，李白在《鲁郡东石门送杜二甫》
中说："飞蓬各自远，且尽手中杯。"第二年杜甫独上长安，李
白仍旧寻仙访道。《饮中八仙歌》就是杜甫刚到长安时的杰作。

凭什么说它是杜甫刚到长安时的杰作呢？开元时期的唐玄宗
励精图治，这才有了史家艳称的"开元盛世"，有了让杜甫念念
不忘的"开元全盛日"，而天宝年间的唐玄宗已经志满意得，雄
才大略蜕变为好大喜功，风流倜傥堕落为骄奢淫逸，节俭自律已
腐化为奢侈浮华。内政任由奸相李林甫专权，宦官高力士等用事；
对外连年四处用兵，"战士军前半死生，美人帐下犹歌舞"；个

人生活更日渐铺张享乐，越来越沉湎于放纵荒淫。接近权力中心的朝廷大臣对这一切当然一清二楚，但对于社会上的"吃瓜"看客来说未必明白。表面上看，军事依然频传捷报，社会上照旧歌舞升平，甚至奢华反而使社会显得更炫更酷，征战反而更激发了人们的尚武精神，放纵更刺激了人们的浪漫想象。

杜甫刚到长安的时候，奢侈腐化还处在一种萌芽状态，腐化的发展酷似癌症一样，尽管实际上已病入膏肓，但社会的表面一切正常。刚入长安求官的杜甫，身处权力的高墙之外，更是只能远眺巍巍宫阙，到处干谒那些蔼蔼王侯，入眼的大多是花团锦簇，对前程还抱有美好的憧憬，对社会更有不切实际的幻想。《饮中八仙歌》就是在这种心情下唱出来的。要等他尝够了"朝扣富儿门，暮随肥马尘，残杯与冷炙，处处潜悲辛"以后，才可能听见"新鬼烦冤旧鬼哭，天阴雨湿声啾啾"，才能深刻把握"朱门酒肉臭，路有冻死骨"的社会本质，但那是几年以后的事情了。

这首诗是八位盛唐"酒仙"的剪影或写生。据考证，"八仙"年龄相差很大，社会地位也悬殊，不可能齐聚长安纵饮，其中有些人彼此不一定相识，但他们同样都生活在盛唐，同样都先后到过京城，尤其是同样都嗜酒如命，而且才华、风度、个性为人们所喜爱，因此被大家称为"饮中八仙"。

八仙中最先出场的是贺知章："知章骑马似乘船，眼花落井水底眠。"贺知章越州永兴（今杭州萧山）人，早年迁居越州山阴（今浙江绍兴），自号"四明狂客"，四明是宁波西南一座山名。史书称贺知章为人"旷夷"，就是旷放不羁而又坦荡平易，遇事乐观豁达，对友喜欢戏谑玩笑，有"清谈风流"的美誉，晚年尤其放诞天真。传说一次醉酒后摇摇晃晃，平地骑马像在波浪中乘船一样，一不小心就掉到了井里。这两句以夸张的笔墨写贺豪饮后的醉态，既能使人想到江南水乡人乘船的习俗，又刻画了贺知章放浪滑稽的神态，更洋溢着诙谐欢快的情调。

接下来出场的是汝阳王李琎："汝阳三斗始朝天，道逢麹车口流涎，恨不移封向酒泉。"李琎是唐玄宗的侄儿，唐让皇帝李宪长子。由于李宪主动辞去太子位，让给弟弟李隆基继任储君，唐玄宗对兄长十分感激，后来李宪又从不非议朝政，唐玄宗又对他心存敬意。李琎小名花奴，风流倜傥又聪慧过人，对音乐演奏和鉴赏有如神悟，尤其擅长羯鼓打击乐。唐玄宗也对音乐有极高的造诣，他与这个侄儿本有共同兴趣，加上这个侄儿俊美聪明，于是他便把对兄长的感激之情移到了侄子身上，对李琎的宠爱"倍比骨肉亲"。这就是"汝阳三斗始朝天"的由来，除了这个唐玄宗一口一个"花奴"的侄子，谁还有豪饮三斗再去朝见天子的胆量？这位王爷嗜酒如命也不同常人，路上一看到麹车（酒车）就流口水，恨不得马上将自己的封地改为酒泉。酒泉即今甘肃省酒泉县，据《三秦记》中记载，"城下有金泉，泉味如酒，故名酒泉"。不是他这样的皇亲国戚谁还能袭领封地？一个普通人谁还会这样想入非非？这三句不仅写出了汝阳王纵酒的特征，也写出了他王爷的特殊身份。

另一位隆重出场的李适之也是一位显贵，他是皇家宗室——唐太宗李世民的曾孙，也是朝廷宰相——天宝元年（742 年）代牛仙客为左丞相，三年以后被李林甫排挤罢相。杜甫用三句诗写尽了他的身份、地位、豪奢、酒量和结局："左相日兴费万钱，饮如长鲸吸百川，衔杯乐圣称避贤。""日兴费万钱"交代了他生活的奢侈豪华，"长鲸吸百川"写出了他海灌的纵酒方式，也描写了他豪饮的海量，第三句化用李适之本人的诗句，形容他爱酒不爱官的洒脱。李适之失去相位后有《罢相作》："避贤初罢相，乐圣且衔杯。为问门前客，今朝几个来？"三国时称清酒为"圣人"，浊酒为"贤人"。表面上看，"乐圣"是说喜欢清酒，"避贤"是说不喜欢浊酒，李适之原诗可能是正话反说，语带双关，抒写被罢相后的牢骚。从《饮中八仙歌》全诗的情调来看，从写李适之这三句寻味，意在凸显其豪纵豁达，而不是讽刺其朝政日非。"衔杯"承上句形容贪杯的样子，"乐圣"是说嗜酒如命，"避贤"写不以罢相为意的洒脱。

上面三位都是地位显赫的皇亲达官，第四位出场的是一位英俊少年："宗之潇洒美少年，举觞白眼望青天，皎如玉树临风前。"崔宗之是吏部尚书崔日用之子，袭父封为齐国公，是个不折不扣的"官二代"，也是位不折不扣的美少年。他嗜酒，也能诗，与李白有诗酒同好。"举觞白眼望青天"，勾画出他的醉态与狂态，举起酒杯海饮之后，白眼仰视青天，活脱脱现出眼空四海目无一人的傲兀神情，"皎如玉树临风前"，则写出了他那玉树临风的潇洒醉态，那神采奕奕的俊朗丰姿。

接着第五位酒仙："苏晋长斋绣佛前，醉中往往爱逃禅。"苏晋少有神童之称，几岁就能写出漂亮文章，时人把他看成未来的王粲，开元年间进士及第，开元十四年负责吏部选拔官吏，因慧眼识人和主持公道，在社会上获得广泛的赞誉。后来不知何故皈依佛门，这老兄还吃起了长斋。因烦俗世纷扰而入禅，又因耐不住酒渴而逃禅，这两句写得十分滑稽幽默，上句"苏晋长斋绣佛前"，在绣佛前长斋枯坐，人们本以为苏晋礼佛极其虔诚，下句突然反跌，"醉中往往爱逃禅"，只要有酒他就顾不上菩萨了，俗话常说酒鬼见酒亡命，如今苏晋见酒便逃出佛国入于醉乡，下句完全颠覆了上句的阅读印象，让所有人忍俊不禁，笑破肚皮。

再接下来就是真正的主角"闪亮登场"："李白一斗诗百篇，长安市上酒家眠，天子呼来不上船，自称臣是酒中仙。"从篇幅也可以看出，其他酒仙都是两三句，只有李白独占四句。"李白一斗诗百篇"，讲酒兴与诗情相伴相随，李白是诗仙，也是酒仙，酒刚入肠便诗情万丈，杜甫在《不见》中说李白"敏捷诗千首，飘零酒一杯"，李白自己也曾自豪地夸耀诗才，"兴酣落笔摇五岳，诗成笑傲凌沧洲"，但更多的还是炫耀酒量，"百年三万六千日，一日须倾三百杯"（《襄阳歌》），"烹羊宰牛且为乐，会须一饮三百杯"。他酒后打破了一切清规，解脱了一切禁锢，爆发出耀眼的天才，一旦酒酣，必定诗妙。酒后无拘无束，放纵不羁，常在"长安市上酒家眠"。最后两句真是形神兼备，既是醉态，也是心态，更属人格。在书本中，在电视上，我们见惯了那些腿软骨媚的大臣，一听说皇上就匍匐倒地，就李白来说，"天子呼来不上船"虽未必实有其事，但肯定实有其人，符合他那"安能摧眉折腰事权贵，使我不得开心颜"的傲骨。"天子呼来不上船"，哪怕不具有历史的真实性，也肯定具有性格和人格的真实性。四句将李白桀骜不驯的狂气，一斗诗百篇的才气，蔑视王侯的骨气，表现得活灵活现。

与李白并排出场的是张旭，是盛唐气象的另一位代表人物："张旭三杯草圣传，脱帽露顶王公前，挥毫落纸如云烟。"李白是"一斗诗百篇"，张旭则是"三杯草圣传"，李白诗歌，张旭草书，都属盛唐之绝，盛唐那浪漫奔放的激情，那恢宏恣肆的力量，在他们的诗与书中表现得淋漓尽致。三杯酒下肚便笔走龙蛇，对王公权贵不屑一顾，正因为人格的独立不阿，性格的狂放不羁，他的艺术创造力才勃发旺盛。

诗的尾声以平民焦遂殿后："焦遂五斗方卓然，高谈雄辩惊四筵。"晚唐袁郊在传奇《甘泽谣》中称焦遂为布衣，这位爱酒如命的布衣士人，据说平时有点口吃，酒到半醺就双目炯炯，打开话匣口若悬河，雄辩滔滔的神采使举座皆惊。看来，酒力不仅能提振诗兴，还能助力口才——谁不想成为酒仙呢？

此诗以夸张漫画式的笔法，以生动传神的笔墨，勾勒出盛唐"酒中八仙"的醉态，通过他们嗜酒狂放的态度，放浪形骸的做派，恃才傲物的为人，表现了开元年间浪漫奔放的时代精神和士人乐观旷放的精神风貌，还有那才情勃发的创造力。

诗人常使用诙谐幽默的语调，夸张幽默的语言，造成一种滑稽、欢快的审美感受。虽然写李适之有"衔杯乐圣称避贤"句，隐含了沉重复杂的政治内幕，但它淹没在欢娱的情调中。诗中句句押韵使旋律明快，增强了诗歌的喜剧感。我们不必以诗中某些"酒仙"后来的结局，来对此诗进行求之过深的政治解读。清朝人黄周星在《唐诗快》中评此诗说："至今读其诗，不但飘飘有仙气，亦且拂拂有酒气。"

这首诗并不像王嗣奭所说的那样，是一次"前无所因"的"创格"，它在体式上并非横空出世，而只是柏梁体的一种突破和创新。它的字数、韵式仍属于柏梁体格，如每句都是七字，句句押韵且一韵到底，但在章法上又别出蹊径，如虽为"饮中八仙"的"群雕"，但诗前并无交代，诗尾也不用结语，全诗像神龙无首无尾。正如王嗣奭所说的那样，此诗"描写八公都带仙气，而或二句、三句、四句，如云在晴空，卷舒自如，亦诗中之仙也"。

05. 诗圣是这样炼成的

杜甫在遇上李白以前，身上看不到受道教影响的痕迹。

他到王屋山、东蒙山求仙访道，主要是因为李白。李白是他的兄长，他对李白又很佩服，可能被李白说得晕乎乎的，就一起去访道了。

杜甫中年偶尔也有一些诗涉及道教或者佛教，但那都是在宴席宾客上，是一种逢场作戏，或者是说随大溜。

比如，他说"本无丹灶术，那免白头翁"。"丹灶术"就是炼丹的技术，这诗里面他明显在说，他没有成仙之道。

还有，"本自依迦叶，何曾藉偓佺。""迦叶"是佛陀的十大弟子之一，"偓佺"是仙人。他说，"我本来是信佛的，并没有准备要信道"。

但老实说，他既不信佛，也不信道。

他所在那个时代，可以说是中国历史上思想最自由，信仰也很自由的时代，统治者对自己的统治特别自信，对什么文化都不排斥，你想相信哪种思想，想信仰哪种宗教，悉听尊便。

所以李白相信道教，后来人家称他为诗仙；

王维相信佛教，人家称他为诗佛；

杜甫相信儒家，人家称他为诗圣。

杜甫的思想，是很正统的儒家观念。儒家的伦理观念，一直是杜甫安身立命的行为准则。

他说他的祖祖辈辈"奉儒守官，未坠素业"。"素业"就是儒家的事业。他教他的儿子"应须饱经术"。而且他反复说自己"语及君臣际，经书满腹中""经术汉臣须""烂漫通经术"。到最后发牢骚说自己的人生，"匡衡抗疏功名薄，刘向传经心事违"。

从杜甫身上发现一个重要的问题，就是中国的整个思想体系要发生巨大的变化。

唐朝是一种混合型的意识形态，并没有把儒家思想定为一尊。

所以不是官方要求杜甫相信，服膺儒家思想是杜甫的自觉选择。这在一定程度上说明，儒家思想在中国封建社会后期重新定于一尊，是士人理论乃至人性的自觉。

安史之乱以后，杜甫相信儒家思想越来越虔诚，越来越认真。

原因就在于安史之乱使大家都意识到，如果没有儒家君君臣臣的概念，随便哪个人都可能造反，国家随时都可能瓦解分裂。

安史之乱持续了八年，伤了大唐帝国的元气。战争结束，虽然表面上叛军被歼灭了，但北方那几个掌握兵权的藩镇——用现在的话来讲，那几个军区的司令员不听朝廷的调遣。他们死了以后，就让自己的儿子自立为王，儿子死了以后就让位孙子，朝廷完全被架空了。

　　实际上国家已经处在分裂之中，要想国家不至于分裂，人们的思想就不能出现分歧，要想国君定于一尊，儒家思想相应也应定于一尊。这一点，在杜甫那儿还是一种内在的需求，到了韩愈就变成了一种理论呼唤。推荐大家细读韩愈的《原道》，那篇气势汹汹地说，对于佛道应该"杀其人，火其书"，把佛道的僧人、道士都杀了，把这两家的书都烧掉，这真是再极端不过了。天下只此一家，古今相承一脉，就是他要达到的效果，要实现国家的统一，要实现思想的统一，只能出此下策。

　　到了中唐，杜甫的地位越来越高。到了宋朝，那就不用说了。到了清朝，大家甚至认为，杜甫是"每饭不忘君"——每次吃饭就想到皇帝的那种人。这都和杜甫是个儒家虔诚的信徒有关。

06. 杜甫的社会关怀

　　儒家思想，让杜甫把自己的个体人格，与历史、国家和社会统一了起来。

　　他虽然非常重视人格的自我完善，但他并不相信个体的绝对价值，也不像李白那样追求个人的自由。

　　李白说自己"黄金白璧买歌笑"，在杜甫看来那完全是浪费生命，毫无意义。

　　"痛饮狂歌空度日，飞扬跋扈为谁雄？"表明他对裘马轻狂生活的怀疑，也是在规劝李白别像这样"空度日"，也表明了他和李白对个人生命、个人价值追求的不同。

　　杜甫有一段有名的话："朱门酒肉臭，路有冻死骨。"

　　这两句出自《自京赴奉先县咏怀五百字》。

　　"杜陵有布衣，老大意转拙。"因为杜甫曾在杜陵这个地方安家，所以他说自己是"杜陵布衣"。"布衣"原指廉价衣服，后指平民百姓。这两句是说，自己虽为平民，年龄越大，处世越笨，脾气越犟。

"许身一何愚，窃比稷与契。" "许身"在这里就是对自己的期许、自诩，他说："我怎么这么蠢呢？"这是跟儒家的典范——稷和契比。

"居然成濩落，白首甘契阔。" "濩落"来自庄子的一个典故：一个大葫芦，把它锯开了以后，既不能舀水又不能装东西，什么用都没有。

他说他目标很大，但大而无当。既然知道自己的目标大而无用，就应该放弃，但他说"不，老子偏不，我就是到死了，也愿意为它付出"。

从这里可以看到杜甫诗歌里所谓的顿挫——知道自己很蠢，但偏不放弃。

"盖棺事则已，此志常觊豁。"这是在说，除非他死，不然不会放弃——越搞越犟。

"穷年忧黎元，叹息肠内热。"他自己穷得要死，这个时候连饭都没的吃，他却天天想着老百姓，心很苦。

为这件事情大家都笑他，"取笑同学翁，浩歌弥激烈"。但人家越笑他，他越犟。

写这首诗的时候，杜甫其实只是一介平民，"穷年忧黎元，叹息肠内热"。譬如，我在家里说："现在的经济形势很不好，很多人没有饭吃，很多人没有工作，这该怎么办呢？"我的太太说："你先让我们家有饭吃再说，咸吃萝卜淡操心！你以为自己是谁呀？"我龟缩到了自我，我关切的也是自我和自家，也就是说我没有把自己的命运与国家和人民统一起来，我考虑的也只是针尖那么大点事情，胸怀不像杜甫那样博大，杜甫真正是"心事浩茫连广宇"。他连自己家也顾不了，却天天想着顾天下的人，自然常遭同辈人取笑。

从这里可以看到他的人生目标、人生追求——当稷、契，当儒家的典范人物。

杜甫说，他的人生目标就是"致君尧舜上，再使风俗淳"。儒家认为，最黄金的时代就是尧舜那个时候，最好重新回到尧舜时代。它是儒家历史的起点，也是儒家向往的终点。

在杜甫的诗歌里面，国家一强盛，他就快乐，国家一动乱，他就痛哭流涕。

看这首《春望》：

国破山河在，城春草木深。
感时花溅泪，恨别鸟惊心。
烽火连三月，家书抵万金。
白头搔更短，浑欲不胜簪。

这首诗里，"感时"是说国家，"恨别"是说自己；"烽火连三月"是说国家，"家书抵万金"是说自己。他总是把国家和自己连在一起。

杜甫和后来的白居易有很大的不同。

白居易的《卖炭翁》，也关心社会，关心人民疾苦，但是诗里面没有白居易自己的影子，他就是写了个卖炭翁。写《琵琶行》的时候，"同是天涯沦落人，相逢何必曾相识"。他又完全归属到了自我，没有国家、民族的影子。

杜甫和国家，总像血与水一样交融在一起。

国家一动荡，他就痛哭流涕。国家一统一，他写的诗就不一样了。

《闻官军收河南河北》是杜甫平生写的最快乐的一首诗：

> 剑外忽传收蓟北，初闻涕泪满衣裳。
> 却看妻子愁何在，漫卷诗书喜欲狂。
> 白日放歌须纵酒，青春作伴好还乡。
> 即从巴峡穿巫峡，便下襄阳向洛阳。

这首诗节奏欢快，读来如瓶泄水。先不说内容，这首诗他用了很多虚词，"却""须""从"，句与句之间的联系非常流畅。看这首诗最后两句，"即从巴峡穿巫峡，便下襄阳向洛阳"。形容像坐火箭一样快，马上就回到他家乡去了，快乐得不得了。原因是什么？他听说叛军被打败了，国家统一了。

儒家思想还有一个很重要的内容，就是"泛爱众""仁者爱人"的原始人道主义精神。这使杜甫总是把对人民生死祸福的无限关切，与对国家的绝对忠诚结合在一起，在对国家、对社会的献身中突出对大众苦难的深厚同情。

他在把自己完全献给国家的同时，也把自己完全奉献给了人民。

杜甫和陶渊明不一样，他不求洒脱，完全不想解脱自己。杜甫也不像李白那样，要追求个人的自由。杜甫的一生不求超脱，也不求精神的自由，而是把自己的整个人生，沉浸在对人民苦难的同情和抚慰之中。

这一点，在《又呈吴郎》中可以看到。

这首诗写得很感人，虽然现在不太传诵，但其实写得特别好，从中可以看到他对人民的态度：

堂前扑枣任西邻，无食无儿一妇人。

不为困穷宁有此，只缘恐惧转须亲。

即防远客虽多事，便插疏篱却甚真。

已诉征求贫到骨，正思戎马泪盈巾。

这首诗大概是杜甫在死之前一年写的。

他本来住在襄东一个水沟旁边的茅屋里，他在那儿住了两年。茅屋前面有棵很大的枣子树，东边邻居是个孤老——大概她的儿子在战场上被打死了，一到秋天枣子熟了，那个老太太就拿着棍子去敲枣子吃。杜甫跟家里的儿女说，老太太来打枣子，就装作没看到，让她打。

后来杜甫搬家了，搬到了襄西这边，就把那间茅屋给了他姓吴的亲戚住。那个老太太糊里糊涂的，又拿着棍子去打枣子，一打枣子，那个姓吴的就叫"别打我的枣子"，不仅叫，还用刺条把枣树围了一圈，那个老太太就进不去了。

有一天老太太看到了杜甫，她说"杜先生你的枣子又熟了，但我现在打不成了"。

就为这么个小事，杜甫给姓吴的写了两首诗。《又呈吴郎》是第二首。

诗的起头就说，"堂前扑枣任西邻"，杜甫在劝吴郎说"你就让她打吧"，为什么让她打呢？这孤老是"无食无儿一妇人"。这句话的分量很沉重，"无食"是说穷，"无儿"是说她绝了后。

古代情况和现在不一样，古代人无儿就绝后。不孝有三，无后为大。一个人无食又无儿，那完全走向了绝路。

这个人完全走向了绝路，她太可怜了。

"不为困穷宁有此，只缘恐惧转须亲。"这两句写得非常有感情，他说："她如果不是走投无路，不是穷，怎么可能去打你的枣子呢？正因为她老人家害怕，你就更应该对她随和亲近，你怎么能不让她打枣子呢？"

上面连续四句，都是批评姓吴的亲戚，但底下马上来了一句"即防远客虽多事"。

杜甫说话跟李白完全不一样，他特别能体会人情。

他跟吴郎是亲戚，老指责他可能就把他得罪了，所以马上要把吴郎的面子保住。他说"当然了我知道吴老兄，你这么大方的人，怎么可能不让她打枣子呢！这个老太太提防你，实在是老人多事"。

第六句马上又说，"便插疏篱却甚真"。他说："你老兄也太认真了，本来你是想让她打枣子吃的，你把疏篱一插，那不就弄假成真了吗？"

这就是人情世故，杜甫特别近人情。

这首诗也是用了很多虚词，"即防""便插""只缘""不为"，等等。

底下他接着说"已诉征求贫到骨"，意思是天下的老百姓一贫如洗，苛捐杂税多如牛毛。"正思戎马泪盈巾"，一想到天下兵荒马乱，眼泪就像不断的线。

注意，这首诗他不是要写在报上去发表，去得表扬的，他纯粹是写给朋友的。

像这种诗就非常感人。他把自己对人民苦难的同情抚慰作为创作的最高使命，这是非常了不起的。他这样干了也没有什么好处，又不可能从科长提到处长，甚至当时根本没有人知道，他连个赞美也得不到，这样做完全是一种自觉。

一个人的伟大和渺小，主要表现在胸襟和境界上。

比起杜甫，我就很渺小。我只要把我自己搞好，读好书、教好书，要让我过得快乐，要让我老婆过得快乐，要让我孩子过得快乐，如果当了我的学生，我也尽可能地让学生过得快乐。

我们现在大部分人都龟缩到了自我。

杜甫就不是这样，他太伟大了，他有一种崇高的献身精神。在这一点上，我不知道要怎样向杜甫学习——说起来很容易，实际上却很难。讲课的时候可能忘乎所以，回到家去我还是我。

07. 情理交融

　　杜甫从来没有像李白自吹的那样"杀人红尘里"，也没有像他那样漫无目的地痛饮狂歌，也没有那种宗教狂热信仰。

　　杜甫敏感的心灵、浓烈的情感，总是和稳健的理性结合在一起。

　　杜甫有一个很重要的特点就是感性中凝集着理性。

　　从一些句子中就可以看到，像"朱门酒肉臭，路有冻死骨"。社会分配的不公，阶级严重的分化，在这十个字上表现得淋漓尽致。这涉及高度的抽象概括能力、对社会本质深刻的把握能力。这一名句同样表现出他对社会不公的愤慨，对下层苦难的怜悯，对统治者腐败的憎恶。

　　李白诗歌中像这样的句子不多。

　　杜甫无论是喜还是悲，都是一种在理性干预下的情感，无论是说理还是谴责，同时也总是伴随着强烈的激情。这就是情中也有理，理中也有情。

　　处世有理性，遇事有激情，是我们读杜诗的强烈感受。

我们不仅能在他诗中感觉到他感情的强烈深厚，也能感觉到他对本质的深刻把握。

《九日》这首诗，是杜甫在重阳节写的：

去年登高郪县北，今日重在涪江滨。

苦遭白发不相放，羞见黄花无数新。

世乱郁郁久为客，路难悠悠常傍人。

酒阑却忆十年事，肠断骊山清路尘。

先介绍一下写诗的背景。

杜甫本来在成都过得很安稳，做工部员外郎有固定的薪水，没想到，蜀中的长官严武死了，军队哗变，导致成都大乱，杜甫开始在外面流寓，写这首诗的时候，在外面流浪了两年。

前两句他说："去年登高郪县北，今日重在涪江滨。"郪县和涪江都是四川的地名，"去年""今日""重在"，这几个词表明了他在外面流浪，甚至流窜，心里烦了，感到很痛苦。

"苦遭白发不相放，羞见黄花无数新。""黄花"是菊花。这两句说的是，那个白发缠着他不放——我们今天有办法可以把白发染黑，唐朝没办法，白了就再黑不了。可菊花却能开了落，落了又开，总是新的。

"世乱郁郁久为客，路难悠悠常傍人。""为客"不是在外面喝一顿，而是长期在异乡"依人作客"，总是在流浪，总是靠别人混饭。"路难"是说他自己人生的道路非常艰难。"世乱"

是说社会，"路难"是说他个人。"悠悠"这里是很漫长的意思，他说人生的道路太苦、太坎坷、太漫长，总是要依靠着别人吃饭。

安史之乱以后，他老人家就一直靠着别人吃饭。他这是在抒情，也是在思考。他在思考为什么长期在外面流浪？为什么总靠着别人？因为世乱，所以他才"郁郁久为客"。他长期靠着别人吃饭，是因为他倒霉。

人生道路如此坎坷，国家如此动荡，这是怎样形成的呢？

尾联"酒阑却忆十年事，肠断骊山清路尘"，是他在追溯这一切根源，还不是因为唐玄宗爱杨贵妃，爱得死去活来，把国事抛在脑后。"清路尘"是指唐玄宗从宫廷里到骊山去洗温泉的时候，沿途要一级戒备，所有的人不能走这条路。

他一想到这一点就感到很痛苦，他在责怪皇帝，但不是咬牙切齿的咒骂，而是温柔敦厚的责怪，体现了典型的儒家诗学观念，这叫忠厚。

这首诗既有理性，也有感性。不像李白，一遇上逆境，他马上就喊："老子不干了！"——"人生在世不称意，明朝散发弄扁舟。"杜甫不是这样，他总在试图把握社会动乱的原因，一直在刨根究底。

读这首诗我们要梳理诗人的情感脉络：先是说自己连年在外漂泊，再说漂泊是由于"世乱"，也是由于"路难"，而"世乱""路难"的根源，又落在"肠断骊山清路尘"，皇帝的荒淫腐败。随着体验的深入，理性也步步转深，"情"与"理"问题"携手并进"。

这使他的诗歌既情深，又意切。

08. 你看人家多恩爱

　　李白比起杜甫来，显得风流潇洒；杜甫比起李白来，显得稳重深沉。

　　雪莱说，一谈起爱情，就想起罪过。原因是他的爱情，几乎全是婚外的恋情。

　　杜甫的爱情诗全是夫妻恩爱。

　　即使是写爱情诗，杜甫也是在写一种崇高伦理规范制约下的情感。他的大多数爱情诗都是表现深厚的夫妻恩爱，他很少甚至从来不表现那种销魂荡魄的婚外恋。

　　看杜甫的这首诗《月夜》，我认为这是人类最美好的爱情诗：

　　　　今夜鄜州月，闺中只独看。

　　　　遥怜小儿女，未解忆长安。

　　　　香雾云鬟湿，清辉玉臂寒。

　　　　何时倚虚幌，双照泪痕干。

这是首百读不厌的爱情诗。

写作时间，和《春望》大体上相同，可能略微晚一点。因为国家大乱，那个时候通信条件很糟糕，他不知道妻子儿女的消息，他们都在鄜州——长安的北面，也不知道他们情况如何。

诗的主题思想就是想老婆。

"今夜鄜州月，闺中只独看。"第二句这个"看"字不能读kàn，不能念成仄声。

这个时候杜甫四十岁出头，一个壮年男子孤身离开了夫人，因为叛军把长安围了，他出不去，一个人在长安的月底下走，自然就想到了太太。可他偏偏不说自己想太太，而是说，"今天我的太太在月亮底下看月亮，想我想得要命"。

古人把这种写作手法，叫从对面着笔，明明是他想太太，他偏偏要说太太想他，非常委婉和曲折。

第三、四句紧承第二句："遥怜小儿女，未解忆长安。"

很多人把这句话理解得不对，他们理解成"可怜我那些小儿女，还不懂得怀念他在长安的爸爸"。像这样的理解全错，为什么？因为他是进一步写"独看"的，他在鄜州的家里，不仅仅是有太太，还有儿女，怎么可能是独看呢？"解"就是理解、懂得。

这两句意思应该是，"可怜我那些鄜州的小儿女，不理解他们妈妈忆长安的心思"。

比如说，杜甫家住在三楼，杜太太把她的儿女送到床上去睡觉以后，一个人跑到阳台上，在月亮底下看月亮，想着长安的老公。

她的儿女不理解妈妈，可能有个小儿子会说："妈妈一个人在阳台上干什么？回来和我们一起睡觉吧。"杜太太肯定不会说："你们几个好好睡觉，我在阳台上看月亮，想你爸爸。"

人类表达感情的方式、人类的性格千差万别，但大体上的分别就是两种，一种是外向型的，另一种是内向型的。外向型和内向型的女性，会怎么表达对丈夫的爱？比方说，与丈夫分别了三个多月，丈夫突然回到家来了，外向型的女性马上就要跟丈夫说："老公，你在外面三个多月，我真是想死你了。"内向型的女性要到夜深人静跟她老公说："老公，你在外面三个多月，想我不想？"

杜甫的这种表达方式，古人叫从对面着笔，现在叫曲折，叫委婉。

"香雾云鬟湿，清辉玉臂寒。"这两句写得实在太美了。

在内容上，这两句紧承第一句。他老婆在月亮底下看月亮，时间太长，露珠把她的头发都打湿了，所以"香雾云鬟湿"，可见望月之久，思念之深。"云鬟"就是一头乌黑的头发，"清辉"就是月亮的光辉，"玉臂"是像玉一样洁白光润的臂腕，美得不得了，在银白色的月光底下待的时间太长了，所以"玉臂寒"。

这里体现了杜甫对太太的关切，说："老婆你别在月亮底下看月亮时间太长了，别想我了。"表现了老公对妻子的那种关心，那种无限的爱。

杜甫这个时候结婚已经很多年了。

古代的人结婚很早，不像今天三四十岁还到处在登广告，上婚介所，找老婆、找老公。古代人真的跟今天是不一样的——那个时候杜甫四十多岁，他太太也至少是四十岁了，一个男的和一个女的在一起生活了二十多年，他对太太还没有丁点"审美疲劳"，还这样爱他的太太。

他不像今天这么肉麻地说"我爱你"，但是他对太太的欣赏，对太太无限的爱怜，都能从那温情的抒写中感觉到——他觉得太太的头发是"香雾云鬟"，他觉得太太的臂是"清辉玉臂"，还有比这更美的吗？还有比这更性感的吗？

哪个女人嫁给了杜甫，我告诉你，一辈子走运。

这几句诗不仅写得很美，而且写得很性感，只有丈夫写妻子的时候，才是非常得体，可以这样写，也应该这样写的。要是他说别的女人，那就有一点轻佻了。

李白有一首《陌上赠美人》：

> 骏马骄行踏落花，垂鞭直拂五云车。
>
> 美人一笑褰珠箔，遥指红楼是妾家。

一看就知道，完全是在写他的外遇，写得很浪漫，写得很漂亮。但比起杜甫这首诗来，我觉得差距不可以道里计。

在这一点上，不是说李白不伟大，但李白这个家伙有时候管不住自己。

杜甫这首诗前六句完全是从对面着笔，现在管这种写作手法叫化虚为实，它写的其实全部是假的。他太太是不是真在月亮底下看月亮想他了？我看也未必。这完全是他想象中的，但他把想象中的东西写得活灵活现。

杜甫表达感情的方法，在这里是非常委婉、非常含蓄的。

杜甫在这首诗里表达得很细腻，最后两句则直抒胸臆，"何时倚虚幌，双照泪痕干"。意思是说，什么时候才能夫妻团聚？团聚了以后，夜深人静他们抱头痛哭，哭完了再把对方的眼泪擦干。

从古到今，很多爱情诗大多是写的婚外恋。中国古代诗人写夫妻恩爱的，通常都是悼亡诗，也就是怀念死去的妻子，如西晋潘岳《悼亡诗三首》、唐代元稹《遣悲怀三首》，苏轼《江城子》（十年生死两茫茫）等，都是妻子死了以后写的。

丈夫写对妻子的爱情总是写不好，但一写到婚外恋就写得激动人心，"相见时难别亦难，东风无力百花残""十年一觉扬州梦，赢得青楼薄幸名"，都是写销魂荡魄的婚外恋，拈花惹草的艳情，偷偷摸摸的爱情。

只有杜甫，他是写深厚的夫妻恩爱，是在一种崇高的伦理规范下的爱情。

杜甫的诗，感性中总是凝聚着理性，既有强烈的激情，又有很深的理性的思考。杜甫的感情，也总是在崇高的伦理规范制约下的感情，很少冲破伦理道德的堤防。

因为诗人的感情往往强烈，伦理道德的堤防很容易就被冲毁——没有哪个人天生就想去做坏事，往往是感情一激动以后，尤其是在爱情问题上，不容易把握住自己，但是杜甫理性的篱笆筑得特别牢，所以他在爱情上做得特别好。

09. 西方有史诗，中国有诗史

　　杜诗在表现现实的广度和历史的深度上，前无古人，后启来者。

　　杜诗"诗史"之称，始自唐代。后来的人对"诗史"的理解，真是千差万别。在已有的研究著作中，很少听到学者告诉我们，杜诗反映人民的疾苦和社会的动乱，与那些用散文和历史著作反映历史与现实的作品有什么不同。

　　杜诗反映社会生活的哪个层面，是怎样反映的，如果仅看现在的文学史，估计你还是不甚了了。

　　不仅是杜诗，我们往往把诗歌反映现实、文学作品反映现实，和新闻报道反映现实混淆了。比方说白居易的《卖炭翁》、杜甫的《兵车行》，讲来讲去就是这些东西：人民的疾苦，还有统治者的罪恶。这样讲当然也不错，但问题是它们与新闻报道有什么区别？可能比起诗歌来，新闻报道反映人民疾苦，更详细、更清楚。

　　问题在于，即使是杜甫的"朱门酒肉臭，路有冻死骨"，也不同于新闻报道。肯定不是杜甫这边看到了路有冻死骨，那边就看到了朱门酒肉臭，肯定不是那种像照相式的反映。

明朝的胡震亨说，"以时事入诗，自杜少陵始"。

唐代孟棨的《本事诗·高逸》中说，杜甫的诗史之称是这样来的："杜逢禄山之难，流离陇蜀，毕陈于诗，推见至隐，殆无遗事，故当时号为诗史。"说得非常实，说杜诗反映现实没有一点遗漏，所以人们称之为诗史。

此说一出，几乎成了定论，诗史就成了杜甫诗歌的代名词。

明人说杜甫的诗："诗史孤忠笔，文星万古传。"

清朝人说："诗史春秋笔，大名垂草堂。"

很可笑的是，因为杜甫诗歌中有两句话说，"急须相就饮一斗，恰有青铜三百钱"，很多历史学家和杜甫诗歌研究专家，就根据这两句诗来考证唐代的酒价。

这两句的意思是说："仓促之间，我们一起到餐厅去饮一斗，我身上恰好有三百钱。"学者们就以此得出结论，在杜甫那个时候，大概一斗酒就是三百钱。当然他说的是普通酒价，如果是高档的酒——就像我们今天的茅台，它可能是例外。

还有更荒谬的：杜甫有一首诗叫《古柏行》，还有一首《病柏》，诗中写那个古柏有多大的围，有人就根据树围算出古柏有多高，甚至推算古柏的树龄。

这样就把诗歌读死了，就把诗歌等同于韵文形式的历史。

所以有人说，这样考证杜甫的诗史，完全是糟蹋杜甫，真个是"搔痒不着赞何益"。

杜甫的诗歌中，真正的叙事诗极少，大概也就百分之三。即使是叙事诗，也不是那种典型的叙事诗。它有一个很重要的特征，就是在叙事诗中有大量的抒情。比方说他的"三吏""三别"，我们一般把这几首当成叙事诗，但是，从他的"三吏""三别"中还是会看到大量的抒情，所以它们都是叙事兼抒情的诗歌。

杜甫的诗歌大部分都是抒情诗，他是抒情诗人。

黑格尔说，"抒情诗人本来一般地都在倾泄他自己的衷曲"。

抒情诗人的一个特点就是，他是在表现自己的情感。既然他是表达自己的情感，那怎样表达时代的情感呢？

不是说真实地表现现实的一时一事，不是说外面有个人讨米，马上就把那个讨米的人写上去了，这就算诗史的特征了。

杜甫的诗史特征主要表现在哪个地方？我们看看叶燮的《原诗》中是怎样讲的：

"诗之基，其人之胸襟是也。有胸襟，然后能载其性情、智慧、聪明、才辨以出，随遇发生，随生即盛。千古诗人推杜甫。其诗随所遇之人之境之事之物，无处不发其思君王、忧祸乱、悲时日、念友朋、吊古人、怀远道，凡欢愉、幽愁、离合、今昔之感，一一触类而起，因遇得题，因题达情，因情敷句，皆因甫有其胸襟以为基。如星宿之海，万源从出；如钻燧之火，无处不发；如肥土沃壤，时雨一过，夭矫百物，随类而兴，生意各别，而无不具足。"

这段话不是用黑格尔的说法，不是以理论形态表现出来的，但他说得特别漂亮，而且说得很俏皮、很有深度，表述的语言也特别好。

他说"诗之基"——它的基础就是诗人的胸襟，如果一个人有博大的胸怀，那么在你的诗歌中就能够彰显你的性情、你的智慧、你的聪明，也彰显你的才辨。这些都能在诗中表现出来。

北宋初年有一个诗人叫林和靖，他的诗实在是写得漂亮精致。"疏影横斜水清浅，暗香浮动月黄昏。"他对美好的这种体验极其细腻，暗香和月光的那种朦胧美，用语言简直没办法表达出来，但他就表现出来了。语言对偶又精巧，又工整。

但是，它是一种盆景式的美，精致，小巧。

而杜甫有一种博大的胸怀，杜甫的诗汪洋浩瀚。

叶燮说"随遇发生，随生即盛"，他认为最伟大的诗人就是杜甫——"千古诗人推杜甫"。

其实这个评价自宋朝以后已是公论。除了极个别的诗人，比方说北宋的苏轼、南宋的陆游——他们在模仿李白，比较推崇李白以外，大部分诗人都是学杜甫的，推崇的也是杜甫。

即使说李白了不起的人，也是虚晃一枪，说李白很伟大，真伟大，说完了他就把李白甩在一边，因为李白的诗没法学。

前人说杜甫"每饭不忘君"——一端碗就想到皇上，就想到感恩，甚至不管遇上哪个人、哪个境、哪个事、哪个物，他都会想到皇帝；为社会动乱而忧愁，因时光流逝而悲戚，想友朋生牵挂。"凡欢愉、忧愁、离合、今昔之感，一一触类而起。"

"因遇得题，因题达情，因情敷句"，这三句话也写得特别好。

古代有很多乐府，比方说李白作《将进酒》，这个标题是固定的，是汉乐府传下来的。但是杜甫作《兵车行》，也是乐府诗，叫歌行体，叫"即事名篇","因遇得题",就是遇上什么东西,就自己给它起个标题。叶燮说,杜甫因情而生文,不是因文而去造情。

叶燮这个观点虽然缺乏理论论证,但他非常深刻清楚地指出,杜诗是从杜甫的胸襟中流出来的。

更重要的是,他认为杜甫把错综复杂的社会生活、林林总总的万事万物全部吸收到他的自我里面去,并变成了自己的东西,按照他的情感去掌握外在世界的情况、纠纷、命运。

杜甫的情感就是一片汪洋大海,各事各类都从他的情感大海中流出来。

他诗歌中表现出来的,看起来是外在世界,其实是他在这些事情中跃动着的情感。

在杜甫诗歌中所反映出来的社会现实,不是照相机照出来的社会现实,而是经过杜甫情感体验的社会现实,是从他胸中透出来的社会现实。

杜甫的诗歌写的虽是个人的情感,但也是一幅时代风云和民族心灵的历史画卷,是一部时代精神的壮烈史诗。杜甫和我们民族的历史,和当时的国家是统一的——他自觉地把自己和国家、历史、民族统一起来了。

在杜甫身上,国家的伦理和个人的伦理,民族信仰和个人信仰,个人的情感与自身的理智,都没有分裂。

在杜甫身上,国家的伦理要求和个人的伦理生活是统一的,那么他反映个人的道德要求的时候,就反映了时代的、国家的道德要求。

到了一个衰世，人们的理性和情感往往就不统一，情和理开始割裂。

比方说 20 世纪早期一个大学者——可以说是个伟大的学者——王国维，他说很多哲学理论，可爱的不可信，可信的不可爱，就是他的理性和感性是完全不能统一的，所以，自己爱的不信，自己信的不爱。

杜甫的理性和情感高度均衡统一，在他表现个人情感、个人理性的时候，机缘凑巧就表现了这个时代的本质。

10.纪事与感事

　　杜甫的诗歌，既有个人的情感生活，又有鲜明的个性，先看看这首《岁暮》：

> 岁暮远为客，边隅还用兵。
> 烟尘犯雪岭，鼓角动江城。
> 天地日流血，朝廷谁请缨。
> 济时敢爱死，寂寞壮心惊。

　　这首诗是杜甫老年在成都写的。

　　"岁暮远为客，边隅还用兵。""边隅"就是边疆角落的地方，他就在西南一隅做客——其实就是漂泊。

　　"烟尘犯雪岭，鼓角动江城。"当时大唐和吐蕃在打仗，靠近吐蕃的成都锦江一带一直不得安宁。

　　"天地日流血，朝廷谁请缨。"他写得好沉痛。老实说，他现在就是个老百姓——说起来是杜工部，其实他也不到朝廷去上班，就是他的朋友严武找个由头给他一碗饭吃。但是他老人家可不是这样想的，他急得要死。

他天天心忧天下，他的呼吸总是应和着时代的节律，他的心脏和国家民族的心脏同时在跳动。

最后两句实在令人感动："济时敢爱死，寂寞壮心惊。"

他说，"你要是想献身于你的时代，怎么能够爱惜自己的生命呢"？

他这个时候远离了政坛，远离了政治中心，感到非常寂寞。一个人到了这个岁数，满头白发，他还在说"寂寞壮心惊"。

从这里我们会看到，杜甫的诗歌是通过抒发个人的情感来反映时代精神的。所以他把具体发生的历史事实拉到了后景，而把个人的主观情感推到了前台。

杜甫"诗史"对时代的反映，不是纪事，而是感事，着重表现现实社会、现实的动态在他心灵中产生的情感。

《登岳阳楼》是杜甫"感事"的代表作，各地的高中课本都选了这首名诗：

> 昔闻洞庭水，今上岳阳楼。
>
> 吴楚东南坼，乾坤日夜浮。
>
> 亲朋无一字，老病有孤舟。
>
> 戎马关山北，凭轩涕泗流。

杜甫写了这首诗没有多长时间，他老人家就死了，死在郴州——就在今天长沙附近，夏天死的。

一个人快要死了，你看他仍然挂念什么？

"昔闻洞庭水，今上岳阳楼。"这两句他写得很沉痛，他说"我小时候听说洞庭烟波浩渺，今天我终于爬上岳阳楼看到了"。

要是出自一个年轻人之口，这两句诗可能是抒发"如愿以偿"的兴奋：早就听说洞庭湖，听说岳阳楼，今天总算眼见为实，感受了洞庭湖的浩渺与气势，了却多年的一桩心愿。

可出自一个行将就木的老人之口，这两句则写尽一生的磨难：过去听到洞庭水的时候，杜甫正当英姿勃发青少年，大唐帝国正处在开元盛世，而今登上岳阳楼的时候，他自己已是垂垂老矣，时代更是动乱不堪。从"昔闻"到"今上"，一切都已经物是人非，洞庭水还是那个洞庭水，岳阳楼也还是那个岳阳楼，可是唐朝已由盛而转衰，个人也已由少而变老，其中有多少感伤、多少痛苦、多少无奈，这两句从杜甫老人口中说出来就无比沉痛。

颔联"吴楚东南坼，乾坤日夜浮"紧承第二句，马上就写"今上岳阳楼"之所闻所见，他终于在岳阳楼上看到了洞庭湖的壮阔，领略了洞庭水的气势。

"吴"和"楚"，就是今天的江浙和两湖。"坼"就是分裂。洞庭湖很大，大唐帝国的半壁江山由洞庭湖一剖两边，东南的那一边就是吴，西南的这一边就是楚。"乾"是天，"坤"是地。他这表面上是写洞庭湖大得没法形容，天和地好像就在洞庭湖中浮着。

但是，这两句的境界虽然非常阔大，骨力也非常雄强，"坼"和"浮"却隐含着国家的动荡和分裂。以阔大之境写沉郁之心，以大手笔写大悲痛。

颈联"亲朋无一字，老病有孤舟"，第三、四句是登楼之所见，第五、六句就是登楼之所感。

他由洞庭湖之浩渺阔大，突然想到自己的孤单和渺小，这是一种反类的联想。这两句对偶极漂亮，"无"对"有"，"一字"对"孤舟"，"亲朋"对"老病"，对得太好了。

这里他想表达的是，他的人生走向了绝境。想要的偏偏一个字都没有，就是"亲朋无一字"；他现在最讨厌一个人病了，最讨厌到处漂泊，可这些他偏偏摆脱不得，又老又病之际伴随自己的只有孤舟。人生还有比这更悲凉的吗？

这首诗第三、四句非常阔大，第五、六句又境界很小了，到了尾联又突然"振起"："戎马关山北，凭轩涕泗流。"后世诗歌评论家大多从诗艺分析结尾，称赞此诗结尾有力，其实，它不仅仅是诗歌技巧，还涉及人生境界，而后者更是杜甫了不起的地方。

如果我写这首诗歌，写到"亲朋无一字，老病有孤舟"，接着就要继续写我的绝望，我的悲凉，我的倒霉，我还要大发牢骚，还要骂上帝太不公平……

杜甫的伟大在于，他不是想到自己的不幸，而是想到国家的不幸，"戎马关山北，凭轩涕泗流"。当时的北方还在打仗，南方也在打仗，一想到天下还不安宁，一想到天下的人民还在受苦，他在岳阳楼上靠着栏杆，眼泪鼻涕就都来了。

他一个快要死的人了，也没有想还要去当个处长，也没有想把诗歌拿到哪个地方去发表，他没有想想自己的后路，反而一直放心不下自己的国家和民族，这是一种什么胸襟，一种什么气度？

11.帝国的兴衰与心灵的震颤

《秋兴八首》是杜甫晚年的作品，是他七律的代表作。

通过《秋兴八首》，杜甫反映了他那个由盛转衰时期民族心灵的律动。

读《秋兴八首》，既要讲他的艺术特色，也要讲他的情感。

这八首诗是一部大唐帝国的兴衰史。

我们这个民族，漫长的封建社会是以安史之乱为界的。大唐帝国由极盛走向极衰，甚至走向末路，安史之乱是一个重大的转折点。这一历史变故，也是封建社会前后期的分水岭。

我们说一个人很伟大，其实除了这个人的才华以外，也与他生长的时代有关。

杜甫生活的这个时代，刚好就处在大唐帝国由极盛转为极衰的一个转折点，他不仅是这个转折点的旁观者，还是这个转折点中的一个亲历者，他是亲身感受，并且生活在这个时代中。

杜甫的《秋兴八首》，一方面表现了由盛转衰的历史真实，比如诗中所描绘出的威武的旌旗、壮丽的宫殿、皇帝的威严、经济的繁荣、精神的昂扬、生活的安乐，盛世的一切都是那样令人神往。它表现了大唐帝国盛世的富裕、强盛、繁荣，人民生活的安乐。

杜甫把一切都写得很好，但当时他眼前是满地的秋气，满天的风云，烽火连绵、硝烟不断、鱼龙寂寞、关塞萧条，眼前的一切又是这样叫人失望。

在另一方面，也是更重要的一个方面，这八首诗不仅表现了大唐帝国由盛转衰，更了不起的是表现了整个社会、人民在由盛转衰时期的那种心灵历程，表现了民族由自信、骄傲、乐观、充满幻想，陡然变为凄凉、哀怨、痛苦、压抑，甚至沉默。

"彩笔昔曾干气象"是何等自豪，"白头吟望苦低垂"又是何等失望。

这八首诗不仅仅是写了现实，也写了人们对现实的心灵感受。杜甫在这方面做了很多对比，比如"佳人拾翠春相问，仙侣同舟晚更移"，人们的精神是多么舒畅；"关塞极天惟鸟道，江湖满地一渔翁"，心情又是那样悲凉。

这八首诗既是时代风云，也是民族心灵的历史画卷。

这个历史画卷包括两种：一种是时代风云，是写实的一面；另一种是对时代风云的心灵体验。

其实也不仅仅是这八首，老实说，杜甫的所有诗歌都是时代风云和民族心灵的历史画卷。

这八首诗中的意象，基本上分为两种。

一种是长安，代表昔时的强盛。比如画省、五陵、蓬莱宫、雉尾扇、曲江头、花萼楼、芙蓉苑、珠帘、绣柱、锦缆、牙樯、昆明池、织女、石鲸、菰米、莲房、渼陂、紫阁、碧梧、香稻，这些无一不是典型盛世的意象化，无一不是他"故园心"的形象展现。

而在现实，你看他眼前都是些什么东西，巫山、巫峡、塞上、孤舟、哀猿、悲笳、山郭、沧江、渔翁、鸟道，都是表达痛惜之情、故国衰败的意象。甚至可以说，这八首诗是大唐帝国盛世一曲深情的挽歌。

再看看他的表现手法。对这八首诗不管怎样恭维都不过分，因为实在写得特别漂亮。

回想一下前面的四首，在时间上是从傍晚写到夜晚，再写到第二天早晨。在第四首开始"闻道长安似弈棋，百年世事不胜悲"，紧承前面第三首"同学少年多不贱，五陵衣马自轻肥"。这两句是说，既然都是一些坏蛋在朝廷里掌握朝政，那国事肯定是形同儿戏，所以才有了第四首的"闻道长安似弈棋"前后呼应，紧紧相连。

第四首最后说"故国平居有所思"，又引出了第五、六、七、八首所思的内容。

这八首诗，首先从结构上说是非常严密的一个整体，但是他每一首诗又可以相对独立，独立出来都是好诗，连起来又是一个非常好的整体。

顺便说一下，《秋兴八首》和阮籍的《咏怀八十二首》是不一样的，和陶渊明的《饮酒二十首》也是不一样的。

无论是阮籍的《咏怀》，还是陶渊明的《饮酒》，都是所写非一时，所用非一事，而且章与章之间根本都没有联系，他们不过是把长期写的诗对付在一起而已。而杜甫这八首诗，是写历史，而且是有严密的联系，在句法、语言上也是非常了不起。

这八首诗，标志着我们国家古典诗歌的语言和散文的语言分离越来越严重。

在这八首诗中，虚词基本上被剔出了诗外，意象高度地密集，很多语言顺序也被打乱了。这主要是因为诗人想突出自己心里的感受，他想把自己心灵感受的重点提前。比如"香稻啄馀鹦鹉粒，碧梧栖老凤凰枝"，主要体现的是香稻，是碧梧。

这种颠三倒四的句式，打乱语言的顺序，突出的是诗人自身情感体验的真实。

我们把王维的诗歌语言和杜甫的比较一下。

比方说七言律诗，像王维的"漠漠水田飞白鹭，阴阴夏木啭黄鹂"，一看就知道，他的语言顺序非常规范，和口语隔得不远，虽然对偶对得特别好，但实际上他的语序也非常顺溜。

王维也是个了不起的人物，看这两句就知道，他对自然、对田园的感受实在是太美，一看就知道是诗人又是个音乐家写的，"啭黄鹂""飞白鹭"，实在是漂亮极了，但是一看就知道，他的语言顺序和"香稻啄馀鹦鹉粒"是不一样的。

诗歌的语言顺序，从杜甫开始大量地打乱。

杜甫这八首诗，修辞手法也是非常了不起，大量地运用反衬，大量地以美景写哀情。

下面我们将分别分析这八首杰作。

12. 以阔大之境写悲凉之情

《秋兴八首》（其一）：

　　　玉露凋伤枫树林，巫山巫峡气萧森。

　　　江间波浪兼天涌，塞上风云接地阴。

　　　丛菊两开他日泪，孤舟一系故园心。

　　　寒衣处处催刀尺，白帝城高急暮砧。

　　杜甫是盛唐的诗人，一读他这首诗就知道这是大手笔。他的诗歌境界都很阔大，总是用阔大的手笔来写一种沉郁的心境。

　　诗题《秋兴》，所谓"秋兴"，指因秋天而引起的情感活动，"兴"（xìng）指触物生情的心理状态。俗话说"美女当春而思浓，志士逢秋而悲至"，"自古逢秋悲寂寥"，它是中国文人一种特殊的文化——心理特征。秋景引发了杜甫什么样的情怀呢？

　　这一首先渲染满地的"秋"意，交代自己"兴"起的原因。

描绘景象如果过于刻画就容易失之尖新，流于造作，如中唐一位诗人的"鱼跃练江抛玉尺，莺穿丝柳织金梭"，用字虽很巧、很新，但给人的感觉是既吃力又不自然。

此诗一起笔就说，"玉露凋伤枫树林"，"玉露"是怎么样"伤枫树林"的呢？"凋伤"。《秋兴八首》是写秋天，秋天枫叶红了，枫树非常美，杜甫却说是"玉露凋伤枫树林"，是玉露把枫树伤得流血，所以才有了漫山遍野的红叶。

"玉露"就是秋天的白露，没有用"白"而用"玉"，第一是因为该诗的最后一句中用了"白"字，以免犯重。第二是"玉"是一种实体，不像"白"只表示一种颜色，玉露能给人一种阴冷沉重的感觉，与诗人即将抒发的凄凉沉痛的心情十分协调，它的语言特色是凝重浑厚。第三是"白"是开口呼，后面的"露"是撮口呼，"白露"不便于吟唱，而"玉露"两个字都是撮口呼，吟起来忧伤绵长。

如果我说香山的枫树叶红了，你会感到火热、有激情、很开朗，心情很快乐。但我现在不说香山枫叶红了，我说香山的枫树在流血，情况就大不一样，感觉就大不一样了。

杜甫的诗歌风格叫沉郁顿挫，把他的那个诗歌一读，"玉露凋伤枫树林"，感觉字句也不一样，他开始有了诗眼——"凋"。凋是凋零的凋，它使枫树林红了、飘零了。

虽然他这首诗一看就知道是在锤炼字句，但是他写得很厚重，和中晚唐诗的那种纤巧还不一样。

他在唐代开了"诗眼"这个头，到了后来的宋人那就不得了了，任何事情都会踵事增华，变本加厉，什么"云破月来花弄影"，什么"红杏枝头春意闹"，什么"春风又绿江南岸"，都出来了，它们都和"凋伤"是一个路数。

盛唐诗歌很少有诗眼，唐代诗人从杜甫开始，诗眼越来越多，"吟安一个字，捻断数茎须"，"两句三年得，一吟双泪流"，越往后诗眼就越多。

"巫山巫峡气萧森"，从"巫山"到"巫峡"都是"萧森"之气，"萧森"就是秋气萧瑟而又阴森。杜甫这两句诗把整个三峡从上到下都写得萧瑟而又阴森，到处都是秋风秋气秋声，霜叶飘零，一片衰败。

"江间波浪兼天涌，塞上风云接地阴。"第三、四句紧接着第二句写，"江间"紧承"巫峡"，"塞上"紧承"巫山"，他不是说"气萧森"吗？这里一个是长江"波浪兼天涌"，一个是巫山"风云接地阴"，江水自下而上，所以叫"兼天涌"，风云从上到下，所以说"接地阴"，从上到下都一片"气萧森"。

"丛菊两开他日泪"，紧承第一句的"玉露"，刚才说过，"玉露"就是秋天的白露，白露降时菊花开，"丛菊"指菊花。意思是说它开的既是泪，也是菊。

杜甫在外面流浪了两年，他一直想回老家，却一直回不去。在成都的时候，听说叛军被打败了，蓟北收复了，他高兴得快疯了，高叫"青春作伴好还乡"，但最终也没能还乡。严武死后，成都大乱，他离开四川成都后去年秋天在云安，今年秋天又停滞夔州，所以说"两开"，他在外面流浪了两年，两次看到菊花开了，两次眼泪都来了。"开"字双关菊花与诗人的眼泪,秋日眼见菊花开,他的眼泪也跟着流了出来,菊花与泪花两相对,古人都将眼泪叫成泪花,今天还常这样叫,如"妹妹找哥泪花流"。既然眼泪叫泪花,既然是花,就可以用"开"字。"他日"有两种完全相反的意义,一指过去,犹言往日或前日;一指将来,犹言来日或日后,这里的"他日"是指过去的两年,他的眼泪不始于今秋,而是流了两年的老泪。

此前提到过,杜甫在《登岳阳楼》中说,"老病有孤舟"。"孤舟一系故园心"是他更早一年写的,当时还在三峡白帝城。"一系"就是常系的意思,就是系着不动。他用"一系",主要是为了对偶,对前面的"两开"。因为孤舟常系在江边,所以他想回到故园的愿望也不能实现。

"丛菊两开他日泪,孤舟一系故园心。"由大自然秋气的萧瑟,过渡到诗人境遇的萧条。这里要请大家注意的是,"故园心",并不只是想回到河南老家,杜虽为河南巩县人,但他自己总把长安看成是自己真正的故乡,这不仅是因为他的祖辈在长安有田产,更重要的是那里是他精神上的家园,他爱京城就像他爱国一样,他时常说自己是长安人:"杜陵有布衣",清朝人浦起龙在《读杜心解》中说:"舍蜀而往,仍然逗留。历历前尘,屡洒花间之'泪';悠悠去国,暗伤客子之'心'。"

从这两句诗中可以看到,杜甫诗歌语言开始发生了巨大的变化,和散文的语言逐渐分离,而且离得越来越远。陶渊明的"种豆南山下,草盛豆苗稀"离散文的语言最近,"李白乘舟将欲行",

基本是散文化的语言，到了杜甫，意象越来越密集，语序的颠倒越来越频繁。如上面这两句，"开"字双关菊花与泪花，"系"字也是既指舟又指心。

这首诗的最后两句，"寒衣处处催刀尺，白帝城高急暮砧"。这两句紧承第六句申写"故园心"。

为什么说"寒衣处处催刀尺"？这句是倒装句，正常的顺序应该是：处处刀尺催寒衣。

到了秋天，家家都在赶制冬衣。古人制衣，用的布料大都是麻或者丝。棉花在唐朝时候用得很少，当时还不怎么种棉，大量种棉是宋朝以后的事。所以古人不说披棉戴孝，说披麻戴孝。

不管麻也好，丝也好，它都是那种天然的丝，在做衣服之前，都要把它浸水，否则就会缩水得很厉害。所以家家要赶制冬衣，都得在长江边上浸麻布。

我家那边没有江，但有条小河，河边和池塘旁边一般都有一块大石板，供人拿个棒槌去捶洗衣服。"寒衣处处催刀尺，白帝城高急暮砧"，这两句就是说，家家都在江边赶制冬衣，到傍晚的时候，整个长江旁边全是"砰！砰！砰"的声音。

此情此景，杜甫急不？一年将尽，家家都在赶制冬衣准备过年，杜甫想到家乡，想到有家不能归，他心乱如麻，急得要死。古人认为，这首诗是典型的以景结情的诗，他的结果就是写景，但他其实是在抒情。用现在的话来讲，这就是典型的电影蒙太奇。有画面，有声音，就是没有人出场。诗人没有说自己不得归故园，是如何焦虑痛苦，他只是呈现江边特有的画面与声音，不着一字，一切尽在不言中，这就叫情景交融。

顺便提一下，"全家都在风声里，九月衣裳未剪裁"，是清代诗人黄景仁《都门秋思》中的名句，显然受到了杜甫的启发，假如说不是模仿杜甫的话。

最后做个总结，从结构上来讲，本诗的三、四句紧承第一、二句，五、六句又转出了七、八句，前四句是写秋之所见，后四句是写秋之所感；前四句明写秋而暗含兴，后四句则是明写兴。

大自然萧森的秋气，与诗人凄凉沉闷的心情交融在一起。这首诗的整体情调凄绝、沉闷、凝重，它的境界阔大，而它的感情又非常悲凉，明显地体现了杜甫的主导风格——沉郁顿挫。

从八首诗的整体来看，第一首诗是八首诗的总纲。

"故园""他日"——故园就是故国京华，他日就是开元全盛日——是八首诗反复书写的中心。"故园"代表他灵魂的故乡京城，也是他祖国的心脏，"他日"指过去的繁荣与强盛，这两者都是他念念不忘的，正是因为它们都不可能再现于今日，所以才使他梦牵魂绕、痛苦不堪。"秋气"只是引起这种情感的外在景物，同时也是他情感的对象化。

这首诗明写秋景，而虚含兴意；实拍夔府，而暗提京华，落脚处是"他日"与"故园"，之后的七首诗分别就是"他日"和"故园"的展开。

13. 时空交错

《秋兴八首》其二：

夔府孤城落日斜，每依北斗望京华。

听猿实下三声泪，奉使虚随八月槎。

画省香炉违伏枕，山楼粉堞隐悲笳。

请看石上藤萝月，已映洲前芦荻花。

这首诗是紧承接第一首来的。

第一首的最后是"寒衣处处催刀尺，白帝城高急暮砧"。第二首一起笔就是"孤城落日斜"。

这八首诗是联系得非常紧密的一个整体，尤其前三首，在时间上是环环相扣的。

第一首说"孤舟一系故园心"，这首说"每依北斗望京华"，前后勾连照应。因为杜甫在京城少陵有一栋房子，所以"孤舟一系故园心"，主要是指首都长安，而"每依北斗望京华"，就是他天天都会眺望着北边，想念京城长安。

"听猿实下三声泪"，这里他是引用了《水经注》中"巴东三峡巫峡长，猿鸣三声泪沾裳"。原来只是在书上读到的，现在他老杜亲自到这个地方来了，这次亲耳听到的，真的是泪沾裳了。

"奉使虚随八月槎"，这一句话用了两个典故，第一个是《博物志》中的，第二个是《荆楚岁时记》中的。

张华《博物志》中有一个典故，称天河与海相通，有一个住在海边的人，年年八月乘坐一只小船到天上去，从来不失期。《荆楚岁时记》中也有一个典故："汉武帝令博望侯张骞穷河源，乘槎经月至天河。"

用这两个典故，以张骞比自己，以至天河比回朝廷、回京华、归故国。

杜甫在西川节度使严武的手下做幕僚，当时严武给他搞了个虚衔——工部员外郎。从严格的意义上来讲，他应该是朝廷的命官，是使臣，他在这里做官，应该是奉朝廷的命令，但他从来没有回到过中央。

典故中张骞乘槎八月到了天河，杜甫就把乘槎到天河，比喻成回归朝廷，回归首都，但是他从来没有回归过首都，所以是"虚随八月槎"。

"画省香炉违伏枕"，"画省"就是尚书省。尚书省为什么叫画省？因为尚书省里面是以香椒——相当于现在的花椒，就是有香气的东西——煮成水来和泥，然后涂墙抹平，墙就比较香。

而且尚书省里面挂了很多画，所以古人把尚书省叫为画省。

那"香炉"是什么意思呢？就是每天夜晚去尚书省值班的时候，总是有女招待员捧着两个香炉进来。"伏枕"就是值夜班。但为什么要说"违伏枕"？因为杜甫的工部员外郎，是个"假的"工部员外郎，从来没有到尚书省去值过班。

"山楼粉堞隐悲笳"，这里他用字用得特别好。他住的地方是在白帝城，白帝城是座山城，所以住的是"山楼"。"堞"就是比较矮的城墙，"粉堞"就是刷了白灰的矮城墙。"笳"是一种乐器，有点像笛子，"隐悲笳"就是到处传来悲凉的笳声，可见四处战火未息。

"画省香炉违伏枕"，是说因流寓巴蜀不能回京，"山楼粉堞隐悲笳"，是说兵戈未息还朝无望。

"请看石上藤萝月，已映洲前芦荻花。"看看时间，这首诗第一句是"孤城落日斜"，现在是"石上藤萝月"，可见他依北斗望京华望的时间之久，从太阳下山，一直看到月亮当空。由时间的流逝，他写自己望京华的感情越来越深挚，越来越沉重。对此，《杜臆》评价得特别好："顷方日斜，又见月出，才临石上，又映芦洲，岁月如流，老将至而功不建，能无悲乎！"

读这首诗，可以想见诗人心情的悲痛沉重。

诗中有两排意象是并列的，一边是夔州的：猿声、山楼、粉堞、藤萝、芦荻；另一边是京华的：画省、香炉。两重意象不断地交替，也意味着两边空间在不断交错，暗示着诗人的感情不断地跳跃，时而向往京华，时而又回到夔州。

同上一首不同，这首诗主要写的是诗人的情感生活，以自己内心的经历为书写对象，并不把情感蕴藏在山水之中，就只是书写自己的情感，两组意象不断交错，彻底打乱了时间与空间。

14. 美景与哀情

《秋兴八首》其三：

> 千家山郭静朝晖，日日江楼坐翠微。
> 信宿渔人还泛泛，清秋燕子故飞飞。
> 匡衡抗疏功名薄，刘向传经心事违。
> 同学少年多不贱，五陵衣马自轻肥。

第一首结尾"寒衣处处催刀尺，白帝城高急暮砧"，写的是傍晚，第二首诗结尾"请看石上藤萝月，已映洲前芦荻花"，说的是半夜，这第三首头两句"千家山郭静朝晖，日日江楼坐翠微"，刻画的便是晨景。《秋兴八首》不仅抒写的情思具有内在联系，时间上也衔接得十分紧凑。

读了第二首之后，会看到杜甫写诗用字特别讲究，如"听猿实下三声泪，奉使虚随八月槎"一联中的"实"与"虚"。这首诗中的用字更细腻，表情更含蓄。

"山郭"就是小山城，指的是白帝城，白帝城沐浴在旭日的光辉之中，小山城洒满了秋晨的霞光，恬静而又安详，谁都明白这是美景。"翠微"是一种青翠的山色，这里指青翠的山，但"坐翠微"是什么意思？从情理上讲，他应该是坐在江楼。"日日江楼坐翠微"，这个语言又是颠三倒四的。这句翻译成白话应该是说，每天早晨起来，他在江楼上闲坐，四围青翠的山色环抱着他。这要放在今天，是必须跟着旅游公司用钱才能买到的美景，甚至可能是用钱也买不到的美景。

开始我和许多读者一样，以为杜甫很享受这种良辰美景，细读才知道根本不是那么回事。他用了"日日"两个字，下面再来解释它们的深层含意。

颔联"信宿渔人还泛泛，清秋燕子故飞飞"，第三、四句在结构上是紧承"日日江楼坐翠微"，在写坐在江楼上的所闻所见。

"宿"就是一夜，"信宿"就是连住两夜。"泛泛"是荡舟，摇舟摇着走了。"信宿渔人还泛泛"的意思是说，"这个打鱼的人，他在江中间住了两夜晚，尚且想走就可以走，我老杜连个打鱼的人都比不上，想回家却无法回"。

"清秋燕子故飞飞"，《秋兴八首》是写秋景与秋兴，燕子到了秋天就要过冬，就要朝南方去，都飞走了，杜甫还在这个地方走不了。

燕子走了，飞到南方去也就罢了。可气的是，它们走的时候还要边飞边叫，杜甫就觉得燕子是在他面前炫耀。他说"燕子有意在我面前炫耀，它们知道我走不了，它们走得了"。

这两句里的"还泛泛"，"还"在这里是尚且的意思。他强调的是，一个打鱼的人尚且想来就来，想走就走。从这里面就可以看出杜甫的身份意识，他的潜台词是"我好歹还是个贵族，是个士大夫，我连个打鱼的人都比不上"。"故飞飞"的"故"，当然是故意的意思，这是杜甫的移情，觉得燕子飞走时那得意的样子，是故意在他面前炫耀。

看过这两句，杜甫爱不爱这个地方？不爱。他待在这个地方烦死了，但他走不了。

诗人往往容易移情，李白的《独坐敬亭山》，"相看两不厌，唯有敬亭山"。他觉得敬亭山不讨厌他，他也不讨厌敬亭山，实际上是敬亭山跑不了，跑得了它也要走。

再回过头来看这前四句："千家山郭静朝晖，日日江楼坐翠微。信宿渔人还泛泛，清秋燕子故飞飞。"杜甫用词非常细腻含蓄，"日日"在这里强调他生活的单调和重复。天天如此，月月如此，年年如此，再好的东西也有审美疲劳。

表面上看，这前四句的确写得很美，我们误以为诗人喜欢这里，实际上是在写他对此地厌倦了，对这种日子厌烦了，现在想离开了，想马上回京华了。

要是我们，肯定说我好烦这个地方。他不是这样说的，他用"日日""还""故"这些词，只有用字细腻，抒情才会委婉。而且他为了强调不断重复的这种单调，就用同一个节奏来表现——前四句诗的节奏都是一样的：

4——1——2

4——1——2

4——1——2

4——1——2

还有，他用了很多双声和叠韵。比如"日日"，是叠字，叠字既是双声，也是叠韵，双声叠韵；"信宿"是双声，两个声母相同；"清秋"是双声；"泛泛"和"飞飞"都是双声叠韵。

他反复用相同的东西不断地刺激，强调的是重复单调。

我们总是说形式和内容的统一，杜甫在这里做到了。

"匡衡抗疏功名薄，刘向传经心事违。"这是写他坐江楼的所思所感。

《汉书》上说："衡为少傅数年，数上疏陈便宜，及朝廷有政议，傅经以对，言多法义，上以为任公卿……建昭三年，代韦玄成为丞相。"

这里面还没有讲得很明白，我来解释一下：匡衡这个人耿直，每次向皇帝打奏折，总是说皇帝哪个地方错了，但是他每次打了奏折以后，皇帝都特别欣赏，说匡衡忠心耿耿，是国家的耿直之臣，所以他批评朝廷越多，他的官就当得越大。

杜甫曾任左拾遗，也是朝廷的谏官。但他是个书呆子，一当了谏官，就以匡衡为学习榜样，天天给唐肃宗提意见。今天打个奏折，说这个地方搞错了，明天打个奏折，说那个地方搞错了。唐肃宗被他烦死了，结果就叫他滚蛋了。

所以，这句"匡衡抗疏功名薄"是在说他也想学习匡衡。像我们现在有抗捐、抗税，"抗疏"就是提意见。"匡衡抗疏"是不是功名薄？不是。他应该是功名高。杜甫这里是正典反用，他说匡衡当年抗疏，抗得越多，官就当得越大，他杜甫也是向匡衡学习，怎么就这么倒霉呢？怎么抗得疏越多，官就搞得越小了呢？

他为什么突然想到了匡衡，跳跃这么大？刚刚还在说"信宿渔人还泛泛，清秋燕子故飞飞"，杜甫不想在外面漂泊，所以他就在想，自己为什么在外面漂泊呢？不断地追问漂泊的原因，觉得自己一生特别倒霉，所以想到了自己的榜样匡衡抗疏。

"刘向传经心事违"，这里说的是《刘向传》中记载的：刘向在汉宣帝的时候讲五经与四书，在汉成帝的时候又领校五经，他不断地在中央朝廷里面整理儒家的经典，整理国家所有藏书，他是汉代非常了不起的大学问家，还是中国古典文献学的开创人。

中国古代的读书人，首先选择是立德，就是成圣成贤，其次就是从政当官，说好听点就是"立功"，当不了官就做学问写诗文，美其名曰是"立言"，或者就像孔夫子一样，找几个学生娃混饭吃，赚一点束脩¹来活命。

杜甫这里言下之意是说："我老杜实在是倒霉透顶，我每次抗疏不仅升不了官，还不断地被贬官。人家匡衡抗疏越多官就越高，我抗疏越多官就越小。我当不了匡衡也就算了，现在连当个学者，像刘向这样在中央里安安稳稳地读书、整理经典也轮不到我，

---

1 束脩：古代学生与教师初见面时，必先奉赠礼物，表示敬意，名曰"束脩"。早在孔子的时候已经实行。学费即是"束脩数条"，束脩就是咸猪肉，后来基本上就是拜师费的意思，可以理解为学费。

当不了匡衡，现在连个刘向都当不了。"

现在他的感情脉络大概就摸清了。前四句说他漂泊西南，对白帝城、对三峡厌倦了，一心想回到京华。第五、六句是追问他为什么在这个地方漂泊，在找是什么原因让他沦落到这个样子。

尾联"同学少年多不贱，五陵衣马自轻肥"。这里的"同学"跟我们今天的意思不同，今天同学是同校读书的人，是同窗，这里的"同学"主要是指同辈人。

"五陵"就是汉朝五个皇帝的陵墓，汉朝京城的权贵都住在五陵周围，"五陵衣马"就是指当朝的那些权贵。

这句里连用了两个典故，分别出自《论语·雍也》和《论语·公冶长》。

《论语·雍也》中说，"赤之适齐也，乘肥马，衣轻裘"。"衣马"就是裘马。

《论语·公冶长》里面说："子曰：'盍各言尔志？'子路曰：'愿车马，衣轻裘，与朋友共，敝之而无憾。'"这段话的大意是说，孔老师问同学们各自的志向是什么，一般的同学都有点矜持，大家你看看我，我看看你，都不说，只有子路特别能炫耀自己——子路在所有的地方都喜欢表现自己，他说"孔老师，我毕业以后的志向就是要大富大贵，发达起来，坐着高车大马，穿着又轻又暖和的皮大衣。孔老师，我要发迹了，在座的各位兄弟都有份"。"与朋友共，敝之而无憾"，就是说把他的马车坐破了，衣服穿破了，他都没有什么遗憾。

这里请注意，杜甫说"同学少年多不贱，五陵衣马自轻肥"，与子路说的"与朋友共"大不一样，杜甫是在斥责他的同辈，说这些坏蛋"自轻肥"，他们个个都中饱私囊。

再看这首诗的感情发展逻辑。他前面说"日日江楼坐翠微"，然后就写坐翠微之所闻、所见、所思、所感。第五、六句是说自己漂泊西南，非常倒霉，第七、八句是说他这样的忠臣倒霉的原因，原来在中央掌权的都是一群贪婪的小人，才使他这样正直的大夫被排斥在外。

他说"同学少年多不贱"，他这个时候五六十岁，他的那些同辈人，为什么是少年呢？其实是他骂人的话，说他这些同辈一个个都爬得很高了，原来是自私自利的小人，难怪他这样正直的大臣只能跑到这个鬼地方。

这首诗是情与理完美结合的典范，既有浓烈的情感，也有深层的理性。这使得全诗结构上层层转深，由所闻、所见，到所思、所感。所思、所感的四句又分两层，第五、六句先说自己倒霉，第七、八句说自己为什么倒霉。

再看这首诗的艺术特点。这首诗第一个特点就是用美景写哀情，景象写得很美，感情却很悲，这是王夫之说的"以美景写哀情，倍增其哀"。以美景写哀情，因为反差极大，景越美，情便越悲。

第二个特点是用字含蓄，抒发感情非常细腻。

第三个特点就是他所表现的情感，和他所表现的形式，达到了高度的统一。比如前边所说，他为了表示在这个地方单调和厌倦的感受，用了相同的节奏，大量的双声叠韵。又如，在表示愤怒的时候用了带鼻音的韵母，如"匡衡抗疏功名薄"等。

15. 大气

《秋兴八首》其四：

闻道长安似弈棋，百年世事不胜悲。

王侯第宅皆新主，文武衣冠异昔时。

直北关山金鼓振，征西车马羽书驰。

鱼龙寂寞秋江冷，故国平居有所思。

你知道什么样的诗歌堪称"大气"吗？杜甫这首诗也许能让我们尝一点"大气"的味道。

此诗紧承第三首。第三首最后说，"同学少年多不贱，五陵衣马自轻肥"。朝廷弄权的都是些小人，因此就有了第四首的首联："闻道长安似弈棋，百年世事不胜悲。"

"闻道"是听说的意思，因为他现在不在京城，更不在朝廷任职，国家大事，只能是"闻道"，不可能目睹。这些家伙处理国家的大事简直像儿戏一样。"百年"，杜甫经常用百年，古人也经常用百年，百年就是他这一辈子，是泛指。他说，"我这一辈子经历的世事，那真是悲不胜悲"。

"不胜悲"是指哪些呢？

从第三句到第六句，即中间两联，都是申言国事"似弈棋"和"不胜悲"的。

颔联"王侯第宅皆新主，文武衣冠异昔时"。《旧唐书·马璘传》中记载："天宝中，贵戚勋家，已务奢靡，而垣屋犹存制度。然卫公李靖家庙，已为嬖臣杨氏马厩矣。及安史大乱之后，法度隳弛，内臣（宦官）戎帅（将军），竞务奢豪，亭馆第舍，力穷乃止，时谓'木妖'。"可见，安史之乱后，王侯第宅换了一批新的主人，这就是所谓"王侯第宅皆新主"。肃宗和代宗都宠信宦官，李辅国加中书令，开宦官拜相的先例；鱼朝恩为天下观军容宣慰处置使，是以宦官为元帅的先例；鱼朝恩还曾为国子监事，是宦官混迹儒林的先例。文武衣冠与过去大不相同了，立朝多为幸恩怙宠之人，在位都是奸邪谄媚之辈，这就是所谓"文武衣冠异昔时"。

颈联"直北关山金鼓振，征西车马羽书驰"。王侯第宅各夸壮丽，而绝无矢志报国之心，文武衣冠各谋其私，而绝无忧国奉上之士。此辈掌权，国家哪会太平？西北的回纥不断骚扰，西南的吐蕃时常入侵，安史之乱的余孽也未能除尽，这就是"直北关山金鼓振"。金鼓声震，羽檄频驰，真正是国无宁日，民不聊生，国家一直在穷于应付，这就是所谓"征西车马羽书驰"。"羽书"有点像今天常说的鸡毛信。

尾联"鱼龙寂寞秋江冷，故国平居有所思"。国家的前途不堪回首，自己的处境也同样潦倒难熬，第七句才又从长安国事收回夔州自身，"鱼龙寂寞秋江冷"，《水经注》中记载："鱼龙以秋日为夜，秋分而降，蛰寝于渊也。"在这国事日非万方多难之际，自己远窜西南日坐江楼，像蟠伏的鱼龙一样寂寞无聊，因此他常常怀念起国家强盛繁荣的时光："故国平居有所思。""故国"是指长安，更指安史之乱前强大的国家。"故国"照应第一句的长安。

看看这诗的特点，此诗写了他的故园心，望京华的内容。

诗人思故国并非一般的思乡情绪，而是有着更博大、更深广的情怀。他对国家的兴衰一直牵肠挂肚，念念不忘，国家的政局又叫他愤怒、痛苦和失望。

这首诗的容量很大，在五十六个字中间，他将自己一生经历的国家大事，浓缩在博大的胸襟之中，又通过积淀着历史内容的意象传达出来，用清朝人的评点来说，他的诗歌容量"包罗万汇，负海涵天"。

刘克庄在《后村诗话》中说："公诗叙乱离，多百韵，或五十韵，或三四十韵，惟此篇最简而切也。"杜甫有很多长篇排律上百韵，甚至几十韵，这首诗是写得最短的，虽然他写得简切，但是这首诗的容量很大，把他一生的经历都表现出来了。

"大气"在诗歌内容上的表现，就是巨大的历史容量，巨大的时空跨度。

"大气"在诗歌风格上的表现，就是"浑灏流转"，也就是雄浑浩大。

　　"大气"在结构上的表现，就是大开大合，承上启下。结尾"故国平居有所思"一句，总收前面的三首，又引出后面的四首。

　　后四首分别写"有所思"的对象：宫阙、曲江、昆明池、京郊。

16. 壮大富丽与悲凉哀怨

《秋兴八首》其五：

蓬莱宫阙对南山，承露金茎霄汉间。
西望瑶池降王母，东来紫气满函关。
云移雉尾开宫扇，日绕龙鳞识圣颜。
一卧沧江惊岁晚，几回青琐点朝班。

此首承第四首而来，写国家全盛之日，宫阙的壮丽和朝仪的威严，它在内容上应前几首的"故园心""望京华"，和第四首的"故国平居有所思"，本诗为"所思"之一。

"蓬莱宫阙对南山"，蓬莱宫即大明宫，唐高宗李治龙朔二年（662年），将大明宫改名蓬莱宫。蓬莱宫对着终南山。"承露金茎霄汉间"，当年汉武帝好神仙求长生，为了成仙，在建章宫西面建了承露盘，"金茎"就是支撑承露盘的铜柱，一根柱子伸上去，顶端是个人像托着个盘子。

领联"西望瑶池降王母，东来紫气满函关"。西王母是神话传说中的人物，据说曾降临瑶池与周穆王相会。"东来"句，引《列仙传》中的神仙故事，据说，老子西游至函谷关，关尹喜望见紫气自东而来，知有真人当从此路过。有人认为这两句是影射唐玄宗与杨贵妃，唐玄宗迷信神仙事，其实此说有点牵强附会，与全诗中的情调内容不合。清代浦起龙的理解十分通达："其'金茎''紫气''瑶池'等，总为帝京设色，盖以上帝高居，群仙拱向为比。"（《读杜心解》）杜甫用这些神话传说，是把皇帝写得高大上，群仙都环绕拱卫着他。这是写大唐帝国在最强盛时期的"盛唐气象"，到处是瑞气、仙气，显得喜气而又神秘。当时举国都沉浸在一种富有浪漫幻想的美好氛围之中。

在巍峨的宫殿和喜气祥云的背景下，杜甫把大唐王朝的气氛烘托得特别好，紧接着，当时人们心目中最神圣、最尊严的皇帝就出场了："云移雉尾开宫扇，日绕龙鳞识圣颜。"

"雉尾"即用野鸡尾做的障扇，"云移"形容开扇时光彩闪耀，有如云彩的移动。"龙鳞"指皇帝衣上的龙纹。"日绕"句，有人说是唐时上朝很早，必待日出才能辨识皇帝的龙颜，其实，"日绕龙鳞"不能讲得过实，封建社会总是将皇帝比为太阳，此句是写雉尾扇撑开后，但见唐玄宗龙颜日光环绕，呈现出一种神秘庄严的气氛。好神秘，皇帝上朝之前，在龙椅上坐下来，马上有几个野鸡翎毛做的扇子把皇帝隐遮起来，等宦官一声叫唤，扇子慢慢就打开了，天子就徐徐露出了真容。更奇特的是，在上朝的时候，旭日红霞马上环绕"真龙天子","日绕龙鳞识圣颜",何等神奇、神秘、神圣！

前面六句全部是回忆，紧承第四首的"故国平居有所思"，都是写的朝仪——朝廷的威仪。

第七、八句突然反跌，陡然从盛到衰，跌到了眼前："一卧沧江惊岁晚，几回青琐点朝班。""沧"通苍，青绿色，如沧江、沧海，"沧江"泛指一切江河，这里指巫峡段的长江。"一卧"有一蹶不振的感慨。"岁晚"切标题"秋兴"，也兼指诗人自伤迟暮老大。"青琐"本是汉朝建章宫的宫门，因门上刻镂着连环花纹，并涂上了青色，所以宫门被称为青琐门，此处泛指宫殿的宫门。"朝班"，古代上朝时，依官职的大小排列成先后的顺序，听候传点依次上朝。"几回"是说自己在朝时期很短，长期漂泊在外。

这首诗表现对过去国家强盛景象的思恋，包含着对国家兴衰的怅惘和痛心，对自己目前处境的苦闷。

它的写法与前四首不同，前六句的格调博大昌明，宏丽肃穆，极言其承平时的壮丽、欢乐、富盛，最后二句又写得极其衰败悲惨，因而二者之间形成巨大的反差，过去越是洋溢着欢乐喜悦，越是显得富强壮丽，眼前的现实就越是显得悲凉凄切。

用一种壮大富丽的境界，写一种悲凉哀怨的心情，这也是杜甫在艺术上一种成功的创造。

$17.$ 回望盛世

《秋兴八首》其六:

> 瞿塘峡口曲江头，万里风烟接素秋。
> 花萼夹城通御气，芙蓉小苑入边愁。
> 珠帘绣柱围黄鹄，锦缆牙樯起白鸥。
> 回首可怜歌舞地，秦中自古帝王州。

上一首写宫阙、朝仪、龙颜，这一首写京华的风景名胜，是"故国平居有所思"，"所思"之二，写当年的风景胜地——曲江。

首联"瞿塘峡口曲江头，万里风烟接素秋"。此篇提笔就横空陡起，首联两句笔力扛鼎，以巨大的空间跨度，用"万里风烟接素秋"，巧妙地把西南的瞿塘峡，与京城的曲江连在一起。瞿塘峡口是他目前所在的那个地方，在三峡；而曲江头是在长安。他用一句"万里风烟接素秋"把这两个地方连起来，怎么连接的?

他说瞿塘峡口和曲江头都是秋天。"曲江"是唐朝开元时的游览名胜，烟水明媚，与乐游原、杏园等风景名胜相邻。"素秋"，古人认为，秋当西方，西方属金，色白，所以叫素秋。明明是身在三峡，心中想着当年的曲江，可他偏偏不写思念，却只是写景。杜诗达到一种极高的境界，景语就是情语。大家要从这里体会什么是"融情入景"，什么是"情景交融"。

接下来的四句写曲江昔日的繁华。

颔联"花萼夹城通御气，芙蓉小苑入边愁"。"花萼"就是花萼楼。唐玄宗时在兴庆宫的西南面建了这栋楼，西面题曰"花萼相辉楼"，南面题曰"勤政务本楼"，并于开元二十年六月，在大明宫筑了夹城复道，和曲江的芙蓉苑相通。

那个御道是专门供皇上到曲江去玩走的，所以说"花萼夹城通御气"。"御"就是指与帝王有关的东西，"御道"就是他专用的通道。

"芙蓉小苑入边愁"，芙蓉苑就在曲江，"小苑入边愁"，这里面稍稍有一点讽刺，但是比较轻微，主要还是写大唐帝国当年的强盛、当时的奢华，那里非常美丽。

金圣叹是个了不起的人，他的《杜诗解》在杜诗研究中很重要。他说："御气用一'通'字，何等融和，边愁用一'入'字，出人意外，先生字法不尚纤巧，而耀人心目如此。"

这个评价非常好，他读得特别细。"通"字显得当时的曲江幽静美丽，且涂上了一层高贵的气派；"入"字是说，西北边上的叛军打破了人们和皇帝喜游逸乐的安宁梦，是那样突然和意外。

写到这里，诗人只点到为止，不再接着续写边愁了，马上掉转笔头写当年的强盛："珠帘绣柱围黄鹄，锦缆牙樯起白鸥。"

"珠帘绣柱"描写曲江两边建筑的奢华，"锦缆牙樯"指江中舟楫的富丽。以珠装饰帘，以绣装饰柱，以锦来做缆，以象牙为樯杆，使全诗呈现出一种富贵气。曲江的两面到处是珠帘，到处是绣柱，那些鸟儿——白鸥、黄鹄都从那儿飞起。"锦缆牙樯"是说那里应该有船，船上的缆绳是织锦做成的，船上那些樯杆是象牙做的——当然这是夸张的说法，不过是要渲染一片富贵奢华、承平安乐的景象。

到第七句、第八句突然反跌："回首可怜歌舞地，秦中自古帝王州。"

"回首"是回顾、回忆、回想、回望，回想当年的曲江，处处繁华壮丽，现在眼前这一片瓦砾，一片废墟，真叫人心寒，长安所在的关中地区，自古以来就是帝王建都之地，如今却成了兵戎混战的战场，简直叫人羞愧死了！

这首诗在艺术上陡起陡结，开头横空而起，尾句陡转作结，很有特色。盛时歌舞地的繁华，饱含着诗人深情的依恋，结尾像是从甜梦中突然醒来，无限的低回往复，咏叹有情。

和上一首一样，这首诗用了很多华贵的意象，构成那种富丽的境界，然后只用了"回首可怜"四字，使这些富贵豪华成了现实荒凉冷落的反衬。诗人无限的痛苦、无限的惋惜、无限的悲伤，在这种反衬中透露出来。

对这首诗，浦起龙的话讲得特别好，他说："六章就曲江头写望京华，次池苑也，为所思之二。"

再来听听浦起龙对此诗艺术的分析："此诗开口即带夔州，法变。'瞿峡''曲江'，相悬万里，次句钩锁有方，趁便嵌入'秋'字，何等筋节！中四，乃申写'曲江'之事变景象，末以嗟叹束之，总是一片身亲意想之神。"这段话是浅易的文言文，大家一定要多读几次。

18. 语丽情哀

《秋兴八首》其七：

> 昆明池水汉时功，武帝旌旗在眼中。
> 织女机丝虚夜月，石鲸鳞甲动秋风。
> 波漂菰米沉云黑，露冷莲房坠粉红。
> 关塞极天惟鸟道，江湖满地一渔翁。

这首诗是"故国平居有所思"，"所思"之三——昆明池。

昆明池在长安的西南面，现在只能够在诗中读到，在西安却不能见到。

在写法上，这首诗和前两首完全一样，前六句写大唐盛世的气象，最后两句突然反跌。

第一句"昆明池水汉时功"，点明昆明池是当年汉武帝开凿的。"武帝旌旗在眼中"，因为杜甫写作的时候是在三峡，他感觉到当年在水面上，练习水战时的那些旌旗，好像还一直在眼前飘扬。

中间的四句对偶写昆明池的美丽。

"织女机丝虚夜月，石鲸鳞甲动秋风。"昆明池有一个石雕，雕的是牵牛织女，还用一种非常贵重的玉石雕了鲸鱼。这两句就是写那些石雕栩栩如生。

那个织女雕得像活人，但由于它是石雕，夜晚尽管月光非常明亮，它也仍然织不到布，白白地浪费了夜月，所以就叫"虚夜月"。雕的那个鲸鱼的鱼鳞，在秋风中好像要摆动起来，鱼要飞起来一样，所以叫"动秋风"。

"波漂菰米沉云黑，露冷莲房坠粉红。"这两句是写昆明池里物产之丰饶。昆明池两边有很多像芦苇蒲苇一类的东西，它长起来的种子就叫菰米。"菰米沉云黑"，就是很黑很黑的菰米，像乌云一样遍布昆明池。一直到中唐时，昆明池的菰米、莲蓬还很多，白居易的《昆明春》中说："渔者仍丰网罟资，贫人久获菰蒲利。"韩愈的《曲江荷花行》中说："问言何处芙蓉多。撑舟昆明渡云锦……"

昆明池虽然的确有石鲸、织女、菰米、莲房，但这四句不是对昆明池景物的实写，而是借这些意象来表现一种情感的境界，不仅借此抒发自己深切怀念故国的情怀，也渲染出丰饶富足的社会氛围。

当然，历来对这前面六句也有不同的理解。比如朱东润先生的《中国历代文学作品选》，就认为中间的四句是写一种衰败的景象。其实要把这四句理解成衰败的景象，很难讲得清楚，这四句主要还是写大唐帝国盛世的那种气象和境界：富饶、宁静、美丽。

最后两句在写法上十分独到："关塞极天惟鸟道，江湖满地一渔翁。"

"关塞"就是指三峡，"鸟道"，读过《蜀道难》就知道鸟道是指的什么——这个地方非常偏僻，根本就没有人行道。用现在的话来讲，这个地方就不是人活的地方。它不仅不是人活的地方，还是人来不了的地方，因为只有"鸟道"。

这两句写得非常凄凉，而且是突然反跌，那个"一渔翁"当然是自指，指他自己。"江湖满地"是说自己长期流浪，四处漂泊。

最后总结一下第七首的特点。

和第五、六首一样，他是用一种非常富丽的境界，来写一种感伤的情怀，让过去与现实的对比，形成巨大的情感落差，给读者以强烈的艺术震撼力。中间的四句，是以壮丽景写哀怨情，语极浓丽，情却凄凉。

这首诗是以丽语写哀情的典范，尾联"极天""满地"，是诗人俯仰兴怀，言江湖虽广，无地可归，身阻鸟道，迹比渔翁，昆明盛事，只能梦见。

19. 倒错与反跌

《秋兴八首》其八：

> 昆吾御宿自逶迤，紫阁峰阴入渼陂。
> 香稻啄馀鹦鹉粒，碧梧栖老凤凰枝。
> 佳人拾翠春相问，仙侣同舟晚更移。
> 彩笔昔曾干气象，白头吟望苦低垂。

这首诗是"故国平居有所思"所思之四，写他京郊的游历，当年去紫阁峰、渼陂沿途的所见、所闻、所思、所感。

诗一开始就说，"昆吾御宿自逶迤"，到紫阁峰、渼陂去玩，要路过昆吾和御宿。"昆吾""御宿"都是长安东南的地名，"逶迤"的意思是道路很曲折、很漫长。"紫阁峰阴入渼陂"，这句写得很美，意思是紫阁峰倒映在大湖渼陂之中。紫阁峰是终南山的山峰，渼陂发源于终南山，紫阁峰在它的南面，陂中可见紫阁峰的倒影。杜甫在《渼陂行》中道："半陂以南纯浸山，动影裹褭冲融间。"

第一联记渼陂的山川之胜，第二联便写渼陂的物产之美："香稻啄馀鹦鹉粒，碧梧栖老凤凰枝。"

清代的学者大多认为这两句是倒装，要按正常语序应该是"鹦鹉啄馀香稻粒，凤凰栖老碧梧枝"。你们见过香稻会"啄"吗？见过碧梧能"栖"吗？鹦鹉怎会有"粒"？凤凰如何长"枝"？

杜甫写得颠三倒四，把整个句子都打乱了。

但是，如果真说"鹦鹉啄馀香稻粒"，那就是写实。如果是写实，下边那句就有问题，因为根本没有凤凰这种鸟——凤凰是一种神鸟，传说只有在太平盛世、非常伟大的时代才会出来。

所以，这两句显然是在写那个伟大的时代，不能把它完全理解成是倒装。

后来又有人说，这两句杜甫不是为了强调鹦鹉，也不是为了强调凤凰，是为了强调那个地方的物产之丰饶。应该把它理解为："香稻乃是鹦鹉啄馀之粒，碧梧乃是凤凰栖老之枝。"是突出香稻，突出碧梧，并不是倒装，也不是写实，而是写自己心灵的感受，写这个地方非常富饶。

底下两句还是写渼陂："佳人拾翠春相问，仙侣同舟晚更移。"刚才两句写的是渼陂这个地方的香稻和碧梧，这两句是写渼陂周边的景象。

在春天，我们现在就采几朵小花，古人比我们更风雅，"拾翠"，就是拾那些野鸡的翎毛。如今，情侣找不到那些美丽的野鸡毛，那就采几朵野花。"春相问"就是相互赠送简单的礼品。

"仙侣同舟晚更移"，一对一对的情侣，或者一对一对的伙伴，唐朝比较开放，用我们现在的想象就算是情侣吧，他们都在渼陂玩疯了，一直玩到很晚很晚，天快要黑了，还朝湖中间游去。

读了这首诗，我就想古代的风景区大概不像我们今天，一到了什么时候就要关门。我估计，那时游玩完全是"自助游"，想什么时候去就什么时候去，想什么时候回来，就什么时候回来。

这两句就是说，在大唐盛世，人们实在是富饶、宁静、和谐，社会非常安宁、安全。

前面六句写得特别美，和谐、恬静、富饶、美丽，差不多是童话般的世界，其实就是"忆昔开元全盛日"的景象。

最后两句突然反跌。

"彩笔昔曾干气象"，对于这个"气象"有几种解释。有一种解释把气象解释成为皇上，杜甫有一首诗曾说"往时文采动人主"，"人主"就是皇帝，他说："我曾经以我的文采打动了皇上。"还有一种说法，"气象"就是大唐气象，"干气象"就是他曾经用彩笔描绘了大唐气象。

"白头吟望苦低垂"，写得非常凄凉，简直是令人绝望。"白头"这不用说了，四十岁出头的时候，杜甫就"白头搔更短"，这个时候估计他秃顶更厉害，一根黑发也没有了。"吟"就是唱他的诗，"望"就是望长安。"苦"—"低"—"垂"，这有三个层次，先是非常痛苦，再是把头低下，最后完全垂了下来。有人据此绘成了一幅画，画中杜甫非常失望，甚至绝望，非常痛苦。

这首诗无论是语言还是他写的景象，在表现手法上和第五、六、七首都有近似的地方。前面六句都是写大唐气象，最后两句突然反跌，突然从想象上回到眼前，展现了痛苦的现实。

特别要请大家注意的是这首诗的语言，它的语序颠倒错乱，与盛唐其他诗人，如李白、王维、孟浩然等人不同。我们从此可以看到诗歌语言的变化，也可以看到杜甫"语不惊人死不休"的良苦用心。

20. 恨别

杜甫的叙事诗相对来讲比较少，杜集中95%以上都是抒情诗。

他的叙事诗，如"三吏""三别"中的《垂老别》《石壕吏》《新安吏》这些大家都非常熟，其中的诗史特征也容易感受。无论是《新安吏》还是《石壕吏》，都有一点记叙的特征，读来会觉得它表现了时代的真实，但这里面诗人的抒情性都很重，它们仍然是叙事兼抒情的，只是以叙事为主。

在杜甫的抒情诗中，他总是将个人的命运与民族、国家的命运紧紧地连在一起。很多诗中，往往怀念亲人的分离，感叹人生道路的坎坷，同时也忧虑社会的动乱，牵挂国家的兴衰。

如七律《恨别》：

洛城一别四千里，胡骑长驱五六年。

草木变衰行剑外，兵戈阻绝老江边。

思家步月清宵立，忆弟看云白日眠。

闻道河阳近乘胜，司徒急为破幽燕。

这是杜甫漂泊在西南的时候写的。第一句"洛城一别四千里"，是自己在安史之乱后行踪的概述；第二句"胡骑长驱五六年"，就是说叛军还没有完全消灭。后一句是前一句的原因，前一句是后一句的结果。因为"胡骑长驱五六年"，他才"洛城一别四千里"。

"草木变衰行剑外，兵戈阻绝老江边。"这两句写得真是太漂亮了。看他的对偶，"行剑外"，"老江边"，这对偶好得不得了。他说秋天漂泊到了西南，被战乱阻隔在锦江旁边，大概要死在这个地方了。

接下来说，"思家步月清宵立，忆弟看云白日眠"。这里一切都颠倒了，夜晚他是"立"，白天他却"眠"。为什么完全颠倒了？因为他太痛苦了，尤其到夜晚，在月光底下他很容易想家，注意他的语言："思家""步月""清宵立"，一波三折。

这里也有很多倒装，我们可以说"清宵步月思家立"，也可以说"清宵步月立思家"，还可以说"步月清宵思家立"，反正怎么样写都是可以的。这是典型的中国诗歌语言，可以打破顺序，重新组合意象，它给人留下了巨大的想象空间。

"清宵"是快要天亮了，他之前在月光底下不断地踯躅，想家想了一晚。"步月"这两个字写得特别好，杜甫的语言非常凝练。

在月亮底下踱步，如果我要说步月，大家可能就觉得不通顺。

就像英国人说的，莎士比亚的语言，有时候写得的确不通，但是不通得很漂亮。

"忆弟看云白日眠"这句仍然是颠三倒四的，他应该是"看云忆弟白日眠"。但要"眠"又怎么"忆弟"呢？这只能够意会。他难道是躺在江边看云？如果"眠"了，又怎么"看云"呢？总之这需要大家慢慢去体会，你们要是想清楚了，有了结果，一定要告诉我。

这首诗前面六句，差不多都是写自己怀念亲人，感叹自己的漂泊。

最后两句说，"闻道河阳近乘胜，司徒急为破幽燕"。"幽燕"在今天的河北一带，安禄山起兵就是在这个地方。李光弼[1]就是当时的司徒，同时也是兵马元帅。这里杜甫说，听说李大将军正在急着要破幽燕。

前边一直写怀念亲人、感叹漂泊，那最后为什么写"司徒急为破幽燕"？

前面说过，杜甫的精神结构中，感性中有理性，此诗就是一个典型。

他前面是写漂泊，写与亲人分离，而这句"司徒急为破幽燕"紧承前面那句"胡骑长驱五六年"。他到处漂泊，与亲人分离的原因，就是胡骑叛乱，那么他希望和家人团聚，希望国家太平，自然就会联想到"破幽燕"了。

1　李光弼（708—764），营州柳城（今辽宁省朝阳）人，契丹族。唐朝中期名将，左羽林大将军李楷洛第四子。

因为国家的动乱，才导致他的漂泊，他总是把个人的命运和国家的命运紧紧地连在一起。哪怕是写个人的不幸，也隐喻了家国情怀。

　　这首诗的语言，真个是"看似寻常最奇崛，成如容易却艰辛"。初看似曾相识，细读才知奇特新颖。

21. 从讨厌平庸，到同情平凡

　　杜甫的一些咏物诗，也有时代和国家的影子。

　　先看这首《房兵曹胡马》。房兵曹是个人，兵曹是个官的名字，房是姓，胡马就是从西南或者西北进贡来的马。

　　我特别喜欢这首诗，这是杜甫年轻时候写的：

> 胡马大宛名，锋棱瘦骨成。
>
> 竹批双耳峻，风入四蹄轻。
>
> 所向无空阔，真堪托死生。
>
> 骁腾有如此，万里可横行。

　　杜甫写这首诗的时候真是年轻气盛，想想他当年"会当凌绝顶，一览众山小"，那目空一切的气概，大唐盛世，勇猛无前，胡马就是年轻杜甫的影子。

　　第一句"胡马大宛名"什么意思？就是从大宛进贡过来的胡马。

"锋棱瘦骨成"，这里说一下，其实马和人差不多，如果长着肥膘，全部都是油滚滚的，马就跑不动了，就是很糟糕的马。所以这里说的马就是很瘦、很精壮。

"竹批双耳峻，风入四蹄轻。"是说这个马的耳朵很尖，两个耳朵都竖起来了。如果一匹马很肥、很胖，那就没有什么用了，两个耳朵就耷拉下来了。

"所向无空阔，真堪托死生。"不管多宽的沟坎，这匹马都一跃而过。像这样的马，骑在它身上，你可以把命交给它。

"骁腾有如此，万里可横行。"一读就知道，这是大唐气象，有时代的影子。那个时代，李白和杜甫这些爷们儿，横闯天下，万里横行，实实在在是个了不起的时代。

再看看这首《画鹰》，也是他年轻的时候写的：

素练风霜起，苍鹰画作殊。

㩳身思狡兔，侧目似愁胡。

绦镟光堪擿，轩楹势可呼。

何当击凡鸟，毛血洒平芜。

这是一首咏画诗，画的是一只鹰。鹰画得阴鸷凶猛，诗的节奏也铿锵有力。

首联"素练风霜起，苍鹰画作殊"。"素练"就是苍鹰脚上的白色绢帛，把它的脚系住了。这也是用倒装句起式，正常他应该说："苍鹰画作殊，素练风霜起。"为了突出鹰的凶狠、画的生动，才用了倒装句。

"攫身思狡兔"，"攫身"就是竦身，苍鹰的脚攫起来，想从天上突然冲下来，把兔子咬死。"侧目似愁胡"，"愁胡"是什么意思？估计杜甫觉得胡人都是蓝眼睛，把两个眼睛斜着望人，那样子非常凶恶、非常可怕。

"绦镟光堪摘"，系苍鹰的那条绢帛非常美丽。"轩楹势可呼"，门框旁边就是挂苍鹰画的地方，这个苍鹰画得活灵活现，只要呼一声，鹰就要从画框中飞出来。

最后两句写得很吓人，"何当击凡鸟，毛血洒平芜"，他说，"苍鹰啊，你什么时候把那些平庸的鸟全部咬死，然后把毛血洒得满地都是"？

我们从这里可以看到杜甫年轻时候那种英雄主义的激情、英雄主义的气概。他讨厌平庸、讨厌平凡，这和他老年时那种对苦难、对弱者的同情是完全不一样的。

前边两首诗都是他年轻时候的，我们再看看他老年时候写的，就完全是另外一个样子了。

这首诗的标题也可爱，叫《病马》。他骑的马出了问题了，人老了，马病了，人也病了，你看他怎么写：

> 乘尔亦已久，天寒关塞深。
> 尘中老尽力，岁晚病伤心。
> 毛骨岂殊众，驯良犹至今。
> 物微意不浅，感动一沉吟。

这首诗一看就知道是老年人写的。

诗的内容，大概是写杜甫从甘肃天水到四川，骑马翻过山脉。

开头四句就是"乘尔亦已久，天寒关塞深。尘中老尽力，岁晚病伤心"。他说，"马儿马儿，我乘骑你也是时间好长了。现在天气寒冷，山又很高，你又病了，走不动路，好可怜，一切都很可怜"。

下面一句"毛骨岂殊众"，他说这匹马长得跟别的马一样。《画鹰》那首诗说"苍鹰画作殊"是强调特别，而这里是强调和大众一样。

底下他说，"驯良犹至今。物微意不浅"，马虽然是个动物，但是跟我们的感情太深了，所以"感动一沉吟"。

人和动物融为一体，充满了同情。这跟"何当击凡鸟，毛血洒平芜"的那种英雄主义激情是完全不一样的。

一个人什么最真实？他的感受是最真实的。那么随着时间的不同、心境的不同、年龄的不同，他的很多感受都会不一样。

杜甫诗歌诗史特征，就是在于他写出自己的真实感受，反映出了时代的精神风貌。

22. 和杜甫做铁哥们儿

　　在杜甫的诗歌中，可以看到他对国家、对人民、对皇帝、对亲人无一不是一片挚情的。下面我们来看一首他对朋友表示牵肠挂肚的诗——《天末怀李白》。

　　"天末"是什么意思？就是天边很遥远的地方，这里说的就在秦州，就是今天甘肃天水一带。安史之乱后，那里已是边疆，西北有回纥，西南有吐蕃，所以杜甫说是在"天末"。

　　　凉风起天末，君子意如何？
　　　鸿雁几时到，江湖秋水多。
　　　文章憎命达，魑魅喜人过。
　　　应共冤魂语，投诗赠汨罗。

　　这首诗写得特别好。"文章憎命达"是什么意思？意思是说，人要是太走运了，诗就写不好；诗写好了，人又不走运。杜甫是想说，李白的命太不好，所以他的诗就太好。

《不见》这首诗也是怀李白的，是杜甫在四川的时候写的。李白是四川人，当时在外地漂泊。杜甫不是四川人，结果漂泊到了四川，所以自然就想到了李白：

> 不见李生久，佯狂真可哀。
>
> 世人皆欲杀，吾意独怜才。
>
> 敏捷诗千首，飘零酒一杯。
>
> 匡山读书处，头白好归来。

我觉得，"敏捷诗千首，飘零酒一杯"这十个字把李白的一生总结得太好了，对偶也很好。杜甫之后，再难有一副对偶把李白写得这么绝，甚至很难有人写出杜甫这么好的对偶。

《不见》这首诗其实是首无题诗，后来是以第一句的前两个字为题。"佯狂真可哀"，他说李白是佯狂。读了李白很多诗以后，我比较相信弗洛伊德的理论。弗洛伊德说，天才和神经病人只有一步之遥。对此，我真的相信。杜甫认为李白不是真狂，是假狂，是痛苦孤独的外泄。

他底下继续说"世人皆欲杀，吾意独怜才"。看来很多人不喜欢李白，但他欣赏李白的才华。

最后两句"匡山读书处，头白好归来"，是希望李白大哥回到蜀中，哥儿俩好再一起求仙，一起品文，一起写诗。

鲁迅曾说，"人生得一知己足矣，斯世当以同怀视之"。李白一生，不管如何孤独，不管如何倒霉，有了杜甫这样的兄弟，也该知足了，钦佩他，赞赏他，理解他，思念他，没有半点文人相轻。

要交朋友，就交杜甫这样的铁哥们儿。

23. 杜甫待客

　　说杜甫每饭不忘君，说杜甫天天想着爱民，实在太夸张了。杜诗中有一些写他的个人生活，读来特别亲切有味。

　　我们来看看杜甫是如何待客的。先看《客至》：

　　　　舍南舍北皆春水，但见群鸥日日来。
　　　　花径不曾缘客扫，蓬门今始为君开。
　　　　盘飧市远无兼味，樽酒家贫只旧醅。
　　　　肯与邻翁相对饮，隔篱呼取尽馀杯。

　　现在中学语文课本选了这首诗，中学生应该好好学它，好了解社会，也好了解人情。

　　第一句"舍南舍北皆春水"，他为什么连用"舍南舍北"？因为表示强调，强调周边都是水。"但见群鸥日日来"，他喜欢用"日日"——记得"日日江楼坐翠微"吧。注意看看，他说"群鸥日日来"，潜台词是没有人来，他很孤独。

"舍南舍北"都是汪洋一片，鬼才到他这儿来，所以整个春天他家都很清冷，这是欲扬先抑。

下两句，"花径不曾缘客扫，蓬门今始为君开"，这两句充满了喜气，好久没有看到个人，突然来了一个客人，真是欣喜若狂，一听他儿子在外面喊："爸爸！叔叔来了！"啪！马上就把门打开了。

"盘飧市远无兼味"，杜甫在这首诗题目底下写了个注释，"喜崔明府相过"，崔明府是他的一个亲戚，也是县级的官僚。他说这么尊贵的客人来了，真是对不起，他家离城太远了买菜来不及，很抱歉，菜太少了。"无兼味"，就是只有一个菜，当然这是夸张，估计只有一两个菜。

说离城太远来不及买，这是给自己挽回点脸面。

比方说我家里没有苹果，来了客人就说真是不好意思，苹果刚好吃完了。其实是买不起苹果，好几年都没有吃苹果了。

你买不到菜可以理解，那应该有酒吧？"樽酒家贫只旧醅"。

唐朝人不喜欢喝陈酒，因为陈酒容易酸，时间一久就放坏了。我们现在喝的酒都是烧酒，像水一样非常纯净。唐朝人喝的酒，一般都是过滤不纯。像今天这种酒，在古代也有，那叫清酒，一般人家喝不起，普通人都喝浊酒，所以古人总是说"浊酒一杯"。浊酒是不能放的，一放就发酸，就变味。因为"家贫"，只有"旧醅"。

"肯与邻翁相对饮，隔篱呼取尽馀杯。"他跟他姓崔的朋友说："崔老弟你想不想找个陪客，你要是同意，我就把隔壁老头儿给叫过来。"那个老头有身份没有？没有身份。他隔着篱笆说："老头儿，你过来，我家来了个客人，你跟他饮一饮。"对方要是有身份的人，他就要到对方家里去请，而他用的是"呼取"。除了没身份，也可看出杜甫与邻居关系融洽，大家都亲密无间。

"尽馀杯"是什么意思？不是一开始喝酒就请那老头儿过来作陪，而是吃到半途才想到要请别人。

这首诗充满了喜气，又写得非常随便，朋友邻里的关系很随便、很亲密，一看就知道待客非常热情。

这首诗在语言上非常流畅，他把一些虚词引进到诗歌中来了，像"不曾""但见""与"，还有"只"，等等。

对不同的客人，诗人的态度也大不相同，如《宾至》：

> 幽栖地僻经过少，老病人扶再拜难。
> 岂有文章惊海内，漫劳车马驻江干。
> 竟日淹留佳客坐，百年粗粝腐儒餐。
> 不嫌野外无供给，乘兴还来看药栏。

清朝陈秋田说，宾是贵介之宾，是非常贵重的客人，客是相知之客，是感情很近的客人。

看看杜甫如何款待贵客的。

同样是客人来了，与上首诗不同，这首诗他一起笔就有工整的对偶："幽栖地僻经过少，老病人扶再拜难。"句子写得很庄重，因为贵客来了。

"幽栖地僻经过少"，这是谦虚，说他住在穷巷僻乡，平时没人来。这个客人估计地位非常高，杜甫必须下拜，他很傲气不想下拜，但又不想得罪这个高官，于是就说，"老病人扶再拜难"，不是不想拜，是这把老骨头，拜起来太困难了。

"岂有文章惊海内，漫劳车马驻江干。"这两句真是把当时的情景写得活灵活现。

那个大官附庸风雅来拜访杜甫，一见面就恭维说："杜老你真是文章惊海内！"杜甫马上拒绝，说"岂有文章惊海内"，断然拒绝他的恭维——"我没有文章惊海内，劳动您的大驾，真是枉劳您这么尊贵的客人，到江边来看我。"

"竟日淹留佳客坐"，可见这个家伙实在是不识趣，他们两个人肯定是话不投机的。从"淹留客"也看得到两个人的关系，杜甫感到日子过得很慢——要是一个好朋友，或者是谈男女朋友，那就不存在淹留，一天"唰"的一下就过去了。

"百年粗粝腐儒餐"，杜甫说，吃得很糟糕，很抱歉。

这个宾呢，实实在在是个不识趣的家伙，待一整天，两个人坐在家里，你看着我，我看着你，没有话说。杜甫只能说："不嫌野外无供给，乘兴还来看药栏。"意思是："当然，你要是不嫌我这个周边没有什么好看，那就跟我一起看看我的药栏好不好？"

别人家园子里，要么栽的菊花，要么栽的梅花。杜甫晚年多病，他的园子里栽的都是一些中草药。

这首诗跟上面那首《客至》不同在哪个地方？杜甫对这个宾有点敬而远之，写得非常庄重，庄重有余而热情不足，跟刚才的客有点不一样。

看了杜甫的一些写社会的、非常严肃的主题诗歌，再看他表达个人情感的诗歌，再读读他写私人生活的诗歌，觉得格外亲切有味。

24.《登高》：七律的绝唱

　　杜甫诗歌的主导风格，就是他自己在《进雕赋表》中所说的："倘使执先祖之故事，拔泥涂之久辱，则臣之述作，虽不足以鼓吹六经，先鸣数子，至于沉郁顿挫，随时敏捷，而扬雄、枚皋之流，庶可企及也。"

　　这是杜甫跟皇帝说的，他说："伟大的皇帝陛下，你只要让我像我的祖上一样，在中央当一个文官，我虽然说不上能够鼓吹六经，但肯定可以达到像扬雄、枚皋这样的成就。"

　　古人认为著经是最重要的，"先鸣数子"就是像诸子那样著经，他说他可能达不到，但是他有很高的文才，沉郁顿挫，随时敏捷，肯定可以达到。

　　后来人们就发现，他的赋倒不怎么沉郁顿挫，真正沉郁顿挫的却是他的诗，尤其是他后期的诗。"沉郁顿挫"这四个字就成了他的赋诗之道。

　　什么是沉郁顿挫呢?

沉是感情的深沉高远；郁是感情的愤懑抑郁；顿挫好比书法中毛笔的顿笔和转笔，把笔锋按下去停一下，叫顿，转后笔锋稍松而转折，叫挫——古人写字要揉一揉就叫顿，顿了以后把笔松一下，提一下，突然一转就叫挫。这本来是书法上的用语。

前人一般认为，沉郁是指诗情而言，顿挫是指诗艺而言。

陈子昂有一篇文章《修竹篇序》，中间就有一句话说，"音情顿挫，光英朗练，有金石声"。《修竹篇序》就是给东方虬的一封信，他说音情顿挫，就是说顿挫既指音，也指情。

那么顿挫在诗歌中指什么呢？

就是抒情的时候，不是直接地抒情，不是飞流直泻，而是曲折、回旋、婉转，不断地转就叫顿挫。

这是指手法，当然情感也不是直通通的。

作为杜甫诗歌主导风格的沉郁顿挫，是指他的诗歌呈现出某种悲剧性的色彩，感情深沉、抑郁、凝重，与这种感情相适应的表现方式，不是飞流直泻，而是回旋、婉转、波澜起伏。

杜甫有一首七言律诗，古人认为是唐诗的压卷之作，就是《登高》：

风急天高猿啸哀，渚清沙白鸟飞回。

无边落木萧萧下，不尽长江滚滚来。

万里悲秋常作客，百年多病独登台。

艰难苦恨繁霜鬓，潦倒新停浊酒杯。

从明朝的胡应麟，到很多清朝文人，都认为这首诗是古今七言律诗的第一首——最好的一首。当然也有人有不同评价，但说好的人更多。

　　这首诗的句法、字法、章法如何，我们来一句句看。

　　《登高》前四句写登高之所见，后四句写登高之所思所感。

　　"风急天高猿啸哀，渚清沙白鸟飞回。"一句仰望，一句俯瞰。"风急"这两个字，在全诗的前四句中具有很重要的作用，没有"风急"，就没有后面的三句。

　　由于"风急"，所以把那些云彩都吹散了，就有了"天高"。

　　"猿啸哀"，三峡猴子叫的声音很凄厉。"巴东三峡巫峡长，猿鸣三声泪沾裳。"由于"风急"，把猴子那种哀怨的叫声吹得三峡上下到处都是。

　　说实话，我也没听到过猴子叫是什么声音，可能是比较悲哀的吧。

　　"风急天高猿啸哀"，这是抬头的所闻所见。下一句是俯瞰的所见所闻，"渚清沙白鸟飞回"。

　　"渚清"就是秋天的水都枯了，水枯了以后，原来被江水淹了的河床就露出了白沙，风一吹沙看得清清楚楚的。

　　"回"是盘旋，"飞回"就是打转转。"鸟飞回"也与"风急"有关。为什么鸟儿盘旋？因为风急。而且那个鸟不是在天空展翅翱翔的鸟，而是在贴着江水飞的鸟。

　　我是看了杜甫这首诗以后，才注意观察大自然中这一景象的。我发现，风很急的时候，鸟就搞不明白状况，因为风没有形状，它看不到，就迎着风飞，飞得很累，实在受不了就飞转回来，转回来它也搞不明白为什么飞得这么累，于是它就又朝前面飞，飞得又很累，就又转回来。

当然鸟儿是怎么想的我不知道，估计鸟儿在想，"过去我飞都很轻松，今天怎么这么累呢？我就不信这个邪"。它就老在那儿转啊，盘旋啊。

这都是写登楼之所见，一句仰望，一句俯瞰。

马上就是"无边落木萧萧下，不尽长江滚滚来"。第三句紧承第一句仰望，第四句紧承第二句俯瞰。

"落木"就是落叶，"萧萧"是风吹叶子，掉下来的那个声音，这也与"风急"两个字有关，风急吹得满山的黄叶乱飞。同样地，"不尽长江滚滚来"也与"风急"有关，因为江水本来很急，再在那种大疾风中，江水就显得更加波涛汹涌。

这两句的对偶，好得不得了。我们说"极尽锤炼而归于自然"，这就是典型。

杜甫这首诗，一读就能脱口而出，但这个脱口而出跟李白的诗还不一样。杜甫是读书破万卷，是一种人工的极致。他把中华民族汉语的语言，运用到了出神入化的地步。

本来第一联是可以不对偶的，但是他老人家对得工工整整。

"风急天高"对"渚清沙白"，"鸟飞回"对"猿啸哀"。而且，他还当句自对，"风急"对"天高"，"渚清"对"沙白"，对得真是好。

前面四句的所闻所见，和后面四句的所思所感是怎么连起来的呢?

"万里悲秋常作客,百年多病独登台。"他用"万里"两个字,将前面的"无边"和"不尽",从空间上紧紧地连在一起了。

"万里悲秋常作客"是从空间上说的,"百年多病独登台"是从时间上说的。

说杜甫的诗歌凝重,因为他尽可能在有限的字句中包容无数层意思。宋朝和清朝的人都说,这两句就包含了很多层意思。有的人说包含了十几层,有的人说包含了七八层,我们来一层一层地看。

先看看"万里"。一个人离家万里,本来就够可悲、够难熬的了,又遇上秋天,秋天又遇上可悲的心境,那就难上加难。悲秋又遇上作客——这个作客和我们今天说的做客完全不是一个意思,我们今天做客是到别人家去喝一顿,他那个作客是指依人作客,俯首求衣,作客就是靠着别人吃饭。

这一句里,他表达了四层意思:万里难,悲秋更难,作客更难的更难,更难的更难又加上常作客,就是更难的更难的更难。

"百年"是指人的一生。其实这里他引用了一个典故,庄子和列子都说过这样的话,尤其是列子说得比较清楚。

列子说,人生不过百年,这一百年里,比较顺心的也不过几年,那个顺心的几年中间,比较高兴的又不过几天,那个高兴的几天中间,能够开口而笑的,不过几时而已。

这里读了以后,觉得人就没有办法活下去。人生百年够难熬的了,又多病就难上加难,再孤独那就难上加难的难上加难。

这两句只有十四个字，但说了那么多层的意思。

我在家里实验过，用十四个字有时候一层意思也说不完。而杜甫用十四个字，说了那么多层的意思，这叫含量。

杜甫的语言含量很高，用西方人的说法，叫语言的密度很高。

最后两句，"艰难苦恨繁霜鬓，潦倒新停浊酒杯"。这两句真的是一字一血。

艰难、苦恨。沉郁，再也没有比这更沉郁的了。这个时候的"繁霜鬓"，一点都不夸张，杜甫四十岁出头的时候就"白头搔更短"，这个时候他还有几根头发就不错了，肯定是一根黑的都没有。

"潦倒新停浊酒杯"，这个"潦倒"跟我们今天说的潦倒意思不一样。那时的"潦倒"是形容面容憔悴。我们今天的潦倒是说一个人在现实生活中过得很不顺，事业上很失败。"新停"就是刚刚停止。"浊酒杯"，我讲过，唐朝有清酒，还有浊酒，浊酒是比较差的酒。

为什么说这是沉郁？

他前面说："万里悲秋常作客，百年多病独登台。"这十四个字，把一个人一辈子所有倒霉的事，差不多全部碰上了。

一个人最要命的就是两样——穷和病，他是又穷又病又倒霉，样样都碰上了，所以最后几个字总结了他一辈子，"艰难苦恨繁霜鬓，潦倒新停浊酒杯"。

读完了这首诗以后，会觉得很气闷。一个人什么倒霉的事都碰上了，连解脱的办法都没有。

杜甫有首诗说，"宽心应是酒，遣兴莫过诗"。说一个人最好的宽心就是酒，最高兴最好的表达就是诗。

杜甫晚年很多病，别人的园子里面种的都是花，种的菊花、牡丹，他老人家的园子里面，种的是中草药，很凄凉。他晚年经常咳嗽，到底是有肺结核，还是有支气管炎，抑或是有肺气肿，我们不得而知。更要命的是，他耳朵也聋了，他在一首诗中间说，"左臂偏枯右耳聋"，大概问题很严重。

秋天的时候，很多慢性病容易复发，农村人管这叫老病。

杜甫面容憔悴，不知道还能活多久，他说一个人到了绝望的时候，连酒都不能喝。

沉郁、苦闷、愤懑，在这首诗歌中间表现得淋漓尽致。他一直写得很凄绝。

在内容上，这首诗是个行将就木的老人，在历经了时代的沧桑，品尝了人生的苦难以后，对社会、对人生所发出来的沉重叹息。

然而，这首诗的感情虽然沉郁悲凉，但是气势磅礴雄壮。诗人的境界很开阔，这叫盛唐人的手笔。所以这首诗的意境壮阔雄浑。

其实，这首诗不能说悲凉，而应该说悲壮。诗人博大的胸怀，好像承受了整个民族的苦难和艰辛，诗歌显得深沉、悲壮而又凝重。

写悲凉的诗很多，写穷的诗也很多。比如孟郊，他写了很多穷的诗，像"借车载家具，家具少于车"。写得很穷，但是写得不大气，因为他就只是写自己的苦难。

杜甫的诗，哪怕写苦难也写得很大气。

这首诗在艺术上不管怎样恭维都不会过分，确实写得太好。

第一，他这八句全用对偶，好像又全未对偶；极尽锤炼，而又好像是脱口而出。他把汉语这种形式美发挥到了出神入化的地步。

第二，这首诗的语言密度很高，容量很大，他在尽可能少的句子中包容了无数层意思。

第三，这首诗在结构上针脚绵密，或者叫结构紧凑。"风急"两个字，带出了前四句，前四句写登高之所见，全部由"风急"而来，没有"风急"就没有"天高"，没有"无边落木"。

后四句写登高之所思所感，他用"万里"从空间上将前四句和后四句连在一起。再有，第五、六句转出了第七、八句，有"万里悲秋常作客，百年多病独登台"，才有了第七、八句的艰难、苦恨。

在结构上，这八句环环相扣，结构紧凑。

最后再总结一下杜诗在艺术上的特点：第一，语言上的形式美，他把汉语的形式美运用到了出神入化的地步；第二，语言的容量很大，语言的密度很高；第三，他的章法针脚绵密；第四，他的诗歌感情沉郁苦涩，语言凝重精练。

25. 杜甫的自嘲

杜甫自道其创作特点是"沉郁顿挫",害得读者以为他整天心情沉郁,说话时语调也总是抑扬顿挫。

杜甫并没有天天哭丧着脸,他在《堂成》一诗中说过,"旁人错比扬雄宅,懒惰无心作解嘲"。相反,他并非"无心作解嘲",而是经常自我解嘲。

"烂漫通经术"的杜甫,儒家忠义仁爱是他思想的底色,他入世之心很迫切——希望"立登要路津",对自己的才能又极其自负——"自谓颇挺出",政治理想也极其高远——"致君尧舜上,再使风俗淳",可现实却非常残忍——"纨绔不饿死,儒冠多误身"。

他和李白等盛唐诗人一样,自我感觉好得出奇,认为凭才华应"立登要路津",要马上在官场上卡个好位置。天宝五载(746年)西入长安,次年唐玄宗诏天下凡通一艺以上者赴京师就选,杜甫怀着满腔热情应试。李林甫害怕应试对策揭露其奸恶,黜落了所有应试者,并向唐玄宗献上"野无遗贤"的贺表。杜甫不明不白地吃了一闷棍，他在仕途上不得其门而入。

在这期间，他不断向权贵赠诗，多次向朝廷献赋，但一直到天宝十四载（755年），他仍然像今天的许多"北漂"一样，是一个"长漂"。天宝十载（751年）正月，唐玄宗举行祭太清宫、太庙、天地大典。既为了自己的前程，也为了全家的生存，杜甫这时具有极高的"政治敏感"，迎合皇上的这三大盛典，头年冬天就向唐玄宗进献了《三大礼赋》。这三大赋引起了唐玄宗的注意，也让唐玄宗对他的文才点头，并命杜甫待制集贤院，接受宰相对其文章的考试，好不容易才有了"参列选序"的资格。"参列选序"的意思是说，你现在可以排队等官了。

可他一等就是四年没有下文，想想这四年杜甫经受了怎样的煎熬！

挨到天宝十四载十月，唐玄宗总算给他安了一个河西县尉之职。河西县在哪个地方呢？闻一多《少陵先生年谱会笺》中称"在今云南河西县境"，可当时此地属于南诏，郭沫若《李白与杜甫》中称"在宜宾附近"，可唐代剑南道只设过一个河西县，辖区在今云南弥渡、姚安一带，还是闻一多所说的那个县。据今人考证，任命杜甫的河西县在今陕西合阳黄河西岸，在长安东北面约200公里处。

杜甫没有接受这一职位。

很快他又被改派为右卫率府兵曹参军。这次杜甫接受了。

县尉一职不用解释，俗称的"九品芝麻官"。右卫率府兵曹参军还需说明，它的官位略高于县尉，属于从八品下的低级官吏，负责看守府内兵甲器杖，管理门禁锁钥。不要看右卫率府兵曹参军说出去好听，实际上就是一个兵库的保管员。因为它是京官，所以官位高于县尉。

让一位心高气傲的诗人，去当一个兵库保管员，在今天看来，与其说是对他的任命，还不如说是对他的羞辱！

问题是，杜甫为什么拒绝县尉，却接受近于保管员这种官职呢？

历史上有种种猜测和辩解。有人说是不想欺压百姓，有人说右卫率府兵曹参军级别比县尉高一点，谁不想官位高一点呢？事实上，这两种官职无所谓高低，当县尉也许还有点实惠，当兵库保管员则只能与刀枪做伴。清朝人浦起龙说："尉职为人属吏，率府定是闲曹。"县尉是给人家帮忙的，忙是为别人忙，率府是个闲职，除非刀枪来找他，两官不是受辱就是无聊。

在我看来，杜甫接受右卫率府兵曹参军，是没有选择的选择，是无可奈何的举措。前不久已经拒绝了河西县尉，要是再拒绝右卫率府兵曹参军，朝廷还会有第三次任命吗？谁敢拍胸脯说肯定会有呢？假如没有第三次任命，杜甫一家总不能天天喝西北风吧。

"会当凌绝顶，一览众山小"，十几年前的杜甫目空一切；"李邕求识面，王翰愿卜邻"，刚来长安时的杜甫何等自信；"致君尧舜上，再使风俗淳"，"鸿鹄之志"还不能形容杜甫志向的高远。

可现在竟然去当一个兵库保管员，人家可是"读书破万卷，下笔如有神"的诗人呵。

现实比所有演员都要滑稽。

杜甫在长安困守十年，从天宝五载进京，到天宝十四载任职，今天向权贵投诗，明天向皇帝献赋，用他自己的话来说，赖着脸去"朝扣富儿门，暮随肥马尘"，得到的只是"残杯与冷炙，处处潜悲辛"，现在换来的只是一个兵库保管员。

理想那么大，才华那么高，官职这么低。二者落差如此之大，心理压力自然更大。杜甫是怎样缓解自己的心理压力的呢？

自嘲。

沉郁悲壮的人要是幽默起来，那可是地道的黑色幽默。来看看他的《官定后戏赠》：

> 不作河西尉，凄凉为折腰。
> 老夫怕趋走，率府且逍遥。
> 耽酒须微禄，狂歌托圣朝。
> 故山归兴尽，回首向风飙。

诗题中的"戏赠"，明朝人王嗣奭《杜臆》认为，"'赠'字有误，当是'戏题'"。"赠"字不误，此处是杜甫"赠"给自己。"官定后"他自己也觉得荒唐，"戏赠"其实就是自己调侃自己。

首联"不作河西尉，凄凉为折腰"，单刀直入，诉说自己拒绝河西县尉的原因。县尉是县令的佐官，主管一县捕盗揖贼察奸一类治安差使。对县令以上的长官要逢迎，对一县百姓又得凶狠。"拜迎长官心欲碎，鞭挞黎庶令人悲"（《封丘作》），便是他的好友高适做封丘县尉的心理写照。"怕折腰"是用陶渊明不为五斗米折腰的典故，只要杜甫在县尉位上，下属的天才不得不对上级蠢材弯腰，杜甫还没折腰就觉得"凄凉"，高适折腰了更感到"心欲碎"。哪怕县尉实惠再多，也不愿意去做县尉丢人。只这一条理由，就不应做河西尉。

颔联是说为什么接受右卫率府兵曹参军："老夫怕趋走，率府且逍遥。""老夫"是说自己老了，此时他还只四十多岁，在古代算是人到中年，还不够称"老"的时候，主要还是指他精神上的疲倦。"趋走"指东奔西走地执行公务。第三句承上启下，一方面从生理年龄这一角度，进一步交代不做县尉的理由，另一方面解释为什么要做保管员。第四句意脉上一气顺承，说"圣上让我当兵库保管员，真是太好了！管几支棍棒、几把刀枪，落得个逍遥自在，棍棒刀枪又不会和我闹矛盾，我想把它们怎么摆就怎么摆"。

颈联是颔联的引申，从另一层面倾诉接受右卫率府兵曹参军的原因："耽酒须微禄，狂歌托圣朝。""真想放声高歌我朝厚恩，让我保管兵库官从八品，有一些微薄的俸禄来酤酒，经常能让我过一下酒瘾！"

尾联"故山归兴尽，回首向风飙"承上直下，是说保管员这么美的差使，京城这么好的地方，常有酒喝这么好的日子，此时此刻还要归隐故山，不是闲得慌吗？狂风之中回首四顾，想想这些年的追求，看看眼前的处境，酸甜苦辣一齐涌上心来。

从表面上来看，你会以为杜甫对当兵库保管员高兴死了，兵库保管员这个职位真是棒极了！他太喜欢当兵库保管员了！

细读你就会明白，让一个"读书破万卷"的诗人，去一个兵库做保管员；不让一个"下笔如有神"的人提笔写诗，却让他去使枪弄棒，真是要多荒唐就有多荒唐！

再往深处想想，他死前还在"恋阙劳肝肺"，何曾向往过清闲逍遥呢？他终生矢志不渝的是"致君尧舜上"，哪会乐意当兵库保管员？

就朝廷而言，这四句是反讽；就个人来说，这四句是自嘲；就心理而论，这四句是给自己解套。

每个人面对自己的选择，先得说服自己的选择不错。譬如一个女孩和前男友分手，后来又与另一个男孩结婚，可能换来换去一茬不如一茬，但她自己不愿也不能接受这个残酷事实，她必须在心里不断地告诉自己："我的选择不错，现在这个男孩虽然矮了一点，但人善良；虽然穷了一点，但人勤快；虽然笨头笨脑，但人实诚，孔子不是说过'木讷近仁'吗？"这样想她心里就好受多了，她看自己的老公也顺眼多了，否则她与他就无法过下去了。

可杜甫心里亮堂着哩，他一边告诉自己当保管员再好不过，一边又清楚自己无奈的现实，他正儿八经说着反话，"戏赠"是自我调侃，也是自我解嘲，当然也是黑色幽默。一个想当宰相的人，让他去当兵库保管员，他手舞足蹈地说正合我意，谢主隆恩！你说是不是搞笑，是不是心酸？

26. 听杜甫侃穷

古代士人仕途上的潦倒，必然造成生活上的贫穷。

杜甫三十多岁旅食京华十年，四十多岁才好不容易做了兵库保管员，很快安史之乱连保管员也做不成。至德二载（757年），也就是安史之乱第二年四月，他冒着生命危险逃到凤翔，《喜达行在所三首》就是写这次惊险经历，唐肃宗刚在那里即位。"所亲惊老瘦，辛苦贼中来"，一到凤翔"麻鞋见天子，衣衫露两肘。朝廷愍生还，亲故伤老丑"（《述怀》），俗话说"世乱识忠臣"，唐肃宗这回真的动了恻隐之心，第二个月便授予他左拾遗。左拾遗的位置还没有坐热，又因上书营救宰相房琯触怒唐肃宗，不仅保不住头衔，还差点保不住头颅。多亏宰相张镐力救暂免惩处，但第二年六月被贬成华州司空参军。在这个位置上待了将近一年时间，第二年他就扔掉了这根鸡肋。他的侄儿杜佐当时正在秦州，还有朋友高僧赞上人也在那儿，他便携家来到秦州觅食，《秦州杂诗二十首》之一说："满目悲生事，因人作远游。"

没有想到来秦州后，侄子杜佐来看过他，"多病秋风落，君来慰眼前"（《示侄佐》），他也去看过和尚赞公，"相逢成夜宿，陇月向人圆"（《宿赞公房》），好像并没有得到他们多少接济，秦州又不时受到吐蕃的侵扰，杜甫一家生活陷入绝境，他们常常靠橡栗和野菜充饥。又冷又饿又穷又孤独，因而就有自嘲名作《空囊》：

> 翠柏苦犹食，晨霞高可餐。
> 世人共卤莽，吾道属艰难。
> 不爨井晨冻，无衣床夜寒。
> 囊空恐羞涩，留得一钱看。

"空囊"就是没装钱的口袋。

像孟郊一叹穷就面有愁色，语带哭音。我们来听听杜甫如何侃穷。

"翠柏苦犹食，晨霞高可餐"，翠柏籽味苦犹可充饥，朝霞纵高仍然能食。这两句说没钱买粮，一家人只好餐霞食柏。《列仙传》中记载，仙人"赤松子好食柏实"，道教典籍中仙人餐朝霞的记载更多。相传仙人餐霞饮露食柏延年，民间还常常调侃不吃饭的人说：想成仙啦？这两句一望即知是自我解嘲，说自己现在"空囊"无食，一家人只好餐霞成仙了。

第一、二句讲"空囊"无食，第三、四句写何以"空囊"："世人共卤莽，吾道属艰难。""卤莽"指粗疏、蛮干，"世人共卤莽"

是指世人大多苟且贪婪，他坚守道义自然日子艰难。这两句与"众人贵苟得，欲语羞雷同"（《前出塞九首》之九）意思相近。大多数人有奶便是娘，要是有人不食嗟来之食，这个人就可能无食可吃，就只好餐霞食柏了。

接下来就写"空囊"之状："不爨井晨冻，无衣床夜寒。""不爨"是指没米不能开火，不做饭自然就不必打水，井又因没打水而冰冻，"床夜寒"表明，不仅无衣而且无被。这一联上句写饥，下句写寒，真是饥寒交迫。

最后两句是全诗的亮点："囊空恐羞涩，留得一钱看。"一个大男人钱包空空如也，那真叫人难为情，无论如何要留一文钱看守钱包。"看"此处可作多义解，一是"看守"，二是"看看"。"看守"是就钱而言，让它看守钱袋；"看看"是就自己着眼，是说囊中恐怕有点"羞涩"，最后一文钱再缺钱也不能花掉，让它留在钱袋里，一想钱的时候就拿出来看看，也好过过眼瘾。"看"作第二义解更加诙谐，想想杜甫摸钱出来看的样子就忍俊不禁。

印象中的杜甫不苟言笑，读者误以为他缺乏幽默感。其实，很多幽默都来自闷骚，整天嘻嘻哈哈的家伙，往往张扬浮浅，其拿手好戏是滑稽夸张的动作，很难从他们嘴里听到让人会心一笑的幽默。深沉严肃的人平时相对沉闷，在公众场合极少叽叽喳喳，他们的心理压力不易释放，内心因而也更为紧张，这样，他们只得既以自嘲来舒缓紧张的情绪，也以自嘲来抚慰心灵的创伤。闷骚人偶尔的幽默自嘲，既让人感到意外惊喜，也使人觉得意味深长。

浦起龙说《空囊》"总皆自嘲自解之词"，杜甫以诙谐幽默的笔调，写自己无食无衣的苦况，令人读之仿佛见到诗人带泪的微笑，见到诗人对贫穷的蔑视，全诗诙谐而不油滑，幽默而又有深度。

　　如果杜甫天天板着脸，不是被"杀戮到鸡狗"的社会动乱击倒，就是被"艰难苦恨"的磨难吞噬，他就不可能在灰暗中见到光明，在沮丧时仍然充满希望。

27. "诗歌最高成就奖"

杜甫的诗歌，在艺术技巧和艺术方法上综合了前人所有的成就。

每一个时代，它能不能作为一个集大成的时代，与那个时代的各种因缘凑巧是连在一起的。在杜甫的时代，五言律诗成熟了，七言律诗也成熟了，五言绝句成熟了，七言绝句也成熟了，一切都给杜甫准备好了，就等着他去创造，去达到那个时代的顶峰。

比如五言、七言律诗，就是在刚刚要成熟还不是特别成熟的时候，杜甫"啪"的一下子把它推向了顶点。

五言古诗、七言古诗在杜甫手上都达到了最高的成就，这与他那个时代有关。

除了时代为他准备好了各种题材以外，还有一个很重要的因素就是那个时代的气魄，以及那个时代的社会氛围。当时大唐帝国的统治者对自己的统治力具有很强的自信。

一个时代的统治者越自信，那个时代就越宽容。

在盛唐，甚至在整个唐朝，它的文化政策实实在在是比较宽容的。

你想随便相信一个什么宗教都可以，没有哪个人来干涉你。唐王朝没有一个主导思想，整个时代很强大，它的统治者很自信。

举个例子，我觉得统治者就像丈夫一样，一个丈夫如果很自信，他太太在外面跟哪个男人说句话，回家去就不挨骂；如果哪个丈夫不自信，他太太只要给别人使个眼色，回家那就大祸临头了。

一个宽容的社会，容易形成集大成者，因为它对人们有很大的包容性。

还与个人的原因有关，主要是与个人的性格有关。

有的人天生就比较偏激，比方我现在主张宽容，但其实我是个比较偏激的人——爱极端的人都比较偏激。好，就好得不得了，坏，就坏得不得了。

我觉得年龄有时候是一种智慧，有时候也可能是一种愚蠢。

说是智慧，其实就是见得比较多了，有的时候要认真一想，很多事情绝对不是一刀切的。我们对很多事情应该采取一种包容的态度，在这个方面，西方有一些原则是很重要的，应该尊重多数，包容少数，应该有一种包容性。

在这个方面，杜甫的心胸就比较博大。比如，他说"不薄今人爱古人，清词丽句必为邻"。再对比看看李白，他就不是这样的。李白说，"自从建安来，绮丽不足珍"。说从建安以后，就没有什么好东西。

杜甫是一个博大、浑厚的人，他行事可能不是表现在小巧、小聪明上——喜欢玩小聪明的那些家伙都搞不成事。

杜诗集大成这个说法的由来，首先是元稹在《唐故检校工部员外郎杜君墓系铭并序》中说的。

他说："唐兴，官学大振，历世之文，能者互出。而又沈、宋之流，研练精切，稳顺声势，谓之为律诗。由是而后，文体之变极焉。"（这里"文"就是文章，也指诗歌）

"然而莫不好古者遗近（喜欢古体的，他又疏漏了近体），务华者去实（写得华美的，往往又没有什么好的内容），效齐梁则不逮于魏晋，工乐府则力屈于五言，律切则骨格不存（诗歌如果音调和谐，显得很柔美，那么它就没有骨格），闲暇则纤浓莫备（写得很冲淡，那它就不容易腻）。

"至于子美，盖所谓上薄风骚，下该沈宋，言夺苏李，气吞曹刘，掩颜谢之孤高，杂徐庾之流丽，尽得古今之体势，而兼人人之所独专矣。"

他说，诗歌发展到了杜甫的时候，真可以说是上继承了《诗经》中风雅的传统，下囊括了沈宋以来的成就。

"苏李"，苏是指苏武，李指李陵。

"曹刘"，就是汉朝的曹植和刘桢，建安风骨的代表。

"颜谢"，颜是颜延之，谢是谢灵运。

"徐庾"，指徐陵和庾信。

这些古今所谓的诗体，杜甫他都继承了。这些人每个人都有他的长处，杜甫把所有人的长处都包括了。

当然，这里面也涉及一个性格问题。比方说李白，他有一点偏激，他的七言律诗写得不好，原因很多人分析过，之所以写得不太好，主要就是因为他受不了这个拘束。

但其实还有一个原因，李白比杜甫大十几岁，在李白那个时候，七言律诗还不是特别成熟，李白那么佩服的崔颢那首诗[1]就不怎么样，还不是很严格的七言律诗。

每个人，无论才华多大，眼界多高，都难以超越他的时代。

十几年以后，七言律诗开始成熟了，到了杜甫就达到了顶峰。

也有的人可能是才气不够。比如孟浩然，他的五言古诗写得特别好，但他的七言古诗就没有气魄，原因是七言古诗要写得波澜壮阔。李白的七言古诗读了以后能震撼人，"君不见黄河之水天上来"，像这样的句子孟浩然一句都写不出来，他没有那个气魄。

有的人是没有气魄，有的人是没有才气，有的人是没有胸襟。

胸襟、才华、气魄，三者兼备的就是杜甫。

杜甫在这方面真的是很了不起的，我们可以从他的诗论和诗歌创作两个方面看他的成就。

风雅、骚体、汉魏、齐梁，杜甫都兼收并蓄。典雅、刚健、平淡、奇崛、浓丽，各种风格他无所不包。正因为他能广采古今之长，所以他才能独具古今之体，除了绝句稍有逊色以外，他的古体诗

1　起源是由于崔颢的《黄鹤楼》："昔人已乘黄鹤去，此地空余黄鹤楼。黄鹤一去不复返，白云千载空悠悠。晴川历历汉阳树，芳草萋萋鹦鹉洲。日暮乡关何处是，烟波江上使人愁。"后来李白来到黄鹤楼，想趁着酒意题诗一首，但是他读了崔颢的诗以后，出了一身冷汗，心想幸好没有写，否则可能会献丑，因此说了这句话："眼前有景道不得，崔颢题诗在上头。"

歌都达到了那个时代的最高成就。

杜甫的绝句还很难说，因为李白的五言和七言绝句实在是太好了。

还有王昌龄和王维——王维的五言绝句和李白齐名，王昌龄的七言绝句和李白齐名，都实在太好。

除了绝句以外，杜甫所有的诗歌题材，都达到了那个时代顶尖的成就，也达到了中国古体诗歌顶尖的成就。诗史长篇像《自京赴奉先县咏怀五百字》，五言古诗像《北征》、"三吏"、"三别"、《羌村三首》，七言古诗像《饮中八仙歌》《洗兵马》《丽人行》《哀江头》等，可以说在他的手里达到了人类的杰作巅峰。

坦然
——写在书后

十年前，我给本科生开过一门"走近大诗人"的选修课，原准备分别讲屈原、陶渊明、李白、杜甫和苏轼。后来只讲了陶、李、杜三人，屈原因我准备不足，苏轼又因课时不足，使得这两位诗人没有被讲成。

再后来，随着大学管理越来越"规范"，教师开选修课就越来越不"随便"。什么课程设置，什么教学模块，不是教师想开什么课，他就可以上什么课，而是课程设置中有什么课，老师就必须去讲什么课。虽然当年我这门课座无虚席，但在"规范"的课程设置中，容不下"走近大诗人"这种个性化的课程。想讲屈原是因为敬他，想讲苏轼主要是爱他，最后连陶、李、杜都讲不成，屈原和苏轼更无从"走近"。

有段时间我为此十分遗憾，现在对这一切都已释然。因为人生的遗憾太多，不放下遗憾就没法儿活。

讲授"走近大诗人"时，超星给我随堂录像。在"超星名师讲坛"中，这门课一直为全国大学生所喜爱。两年前，我的一些讲课短视频零零碎碎地传上了网络，我的讲课风格，意外地受到朋友们近乎狂热的欢迎。网上时常出现"戴建业口音"模仿秀，"戴建业麻普"，很长时间排在热搜榜前几名。说实话，我一直都觉得不可思议，我对自己的普通话一向自卑，"戴建业口音"哪来这般"魔力"？难道真的有鬼神附体？

应广大网友和大学生的要求，出版社将我的讲课录音整理出版。眼前这本书就是其中讲李白和杜甫的部分。讲陶渊明的那部分，将来会出一本"陶谢与山水田园诗"。

论文论著和随笔杂文，我都是用书面语写作。前者追求语言的准确优美，后者则希望写得机智俏皮。而在课堂教学中，我从来都是用口语讲授，特别反感"照本宣科"。每节课我都备得细致认真，教案也基本写成"教程"，可讲课时从来不带"本本"。如果带上教案讲课，我会依赖性地重复教案。

当然，空手走上讲台是一种挑战，"空手"只是手"空"，可绝不能脑"空"。首先是要对教学内容十分熟悉，对所讲的作品基本能够背诵下来，这样在讲台上就成竹在胸。既对所讲内容烂熟于心，又不完全为教案所限，我的教态就会从容自如，我的讲授就能随意挥洒。这样，常有意想不到的新发现，激动时还会冒出一些"金句"和"段子"。讲者易于走进角色，听众也容易被感染。不带本本上台讲课，有点像唐人写新乐府，"无复依傍，即事名篇"——看来讲课和写作都是一种创造。

由于篇幅所限，这次出版的内容，主要选取了课堂上分析具体作品的部分，又因为要引起读者的兴趣，帮我整理录音稿的朋友又给各节取了一些新颖的标题。在此，请帮忙整理录音稿的朋友，接受我深深的谢意。

整理成文字后我修改了几次，也请我的同行和研究生审读了多次。为了使读者对李白和杜甫有整体把握，出版前我又写了一篇长序《诗国的"爷们"》，这篇"序言"其实是本书的"绪论"。

将课堂录音整理成书，在我还是第一次。这里我要和读者朋友交个"底"：我对此书心里实在没"底"。这很正常，第一次，谁有"底"？

一本书的荣誉和价值，不是决定于受过专业训练的专家，而是那些没有被偏见污染的普通读者。这可不是我的信口开河，我是在掉书袋似的引经据典，大家不妨去翻看伍尔芙《普通读者》的开篇。

读者朋友，我特别重视你们的意见，你们"满意"，我就"得意"。

我一定要把每本书写好，竭力写得既有益也有趣，要让自己的书对得起为我埋单的读者。

在今日头条上，我大约有500万粉丝，和新加坡全国的人口差不多，还有很多喜欢我的朋友，并没有在今日头条上关注我。一个长期枯坐书斋的教书先生，竟然受到这么多朋友的喜爱，一不小心又成了社会的公众人物。

既然是公众人物，我就要诚实地面对公众，尤其是要诚实地面对自己。英国有个俗语说，每个人的衣橱里都有一具骷髅。我不仅偶有不良之行，还常有鄙俗之念。先后与二三知己谈过，我要把这些东西摊在阳光下。张三夕教授说现在这样做不合时宜，各种各样的议论会干扰你的情绪，使你无法专注于读书、写作。我向来尊重这位兄长的意见，但我会选择适当的时机，面对公众来解剖自己。

　　我是今日头条的签约作家，多次要求今日头条的编辑朋友，保留我文章后面的所有跟帖，获得赞美固然高兴，得到批评同样欢喜。网友大多未曾谋面，自然不会碍于情面，评论起来也无须敷衍，所以在网上能够听到真言。在今天这个世道，听真言比中大奖还难。

　　现在有很多回忆录令人生厌，它们不是在诚实地回忆往事，而是作者在着意"塑造"自己。

　　不管是精神还是形体，我都讨厌对自己进行"美容"。所有和我打过交道的人可以做证，无论是大型演讲，还是私下录像，我从来都拒绝任何化妆。站在公众面前的戴建业，满头白发，一脸皱纹。自己是个什么样子，就呈现出什么样子，不装不作我才活得坦然。

　　坦然，是我的上帝。

2020 年 4 月 1 日

深夜于武昌